Lena Avanzini lebt als Musikerin und Autorin in der Nähe von Innsbruck. Sie liest und schreibt gern spannende Geschichten. »Tod in Innsbruck« ist ihr erster Kriminalroman.

LENA AVANZINI

Tod in Innsbruck

KRIMINALROMAN

emons:

Bibliografische Information der Deutschen Nationalbibliothek
Die Deutsche Nationalbibliothek verzeichnet diese Publikation in der Deutschen Nationalbibliografie; detaillierte bibliografische Daten sind im Internet über http://dnb.d-nb.de abrufbar.

FSC
www.fsc.org
MIX
Papier aus verantwortungsvollen Quellen
FSC® C083411

Umschlagmotiv: Heribert Stragholz
Umschlaggestaltung: Tobias Doetsch
Druck und Bindung: CPI – Clausen & Bosse, Leck
Printed in Germany 2012
Erstausgabe 2011
ISBN 978-3-89705-840-8
Originalausgabe

All meinen wunderbaren Klavierlehrern gewidmet,
die mit Sergej Sofronsky nichts gemeinsam haben

Oh Mensch! Gieb Acht!
Was spricht die tiefe Mitternacht?
»Ich schlief, ich schlief –,
Aus tiefem Traum bin ich erwacht: –
Die Welt ist tief,
Und tiefer als der Tag gedacht.
Tief ist ihr Weh –,
Lust – tiefer noch als Herzeleid:
Weh spricht: Vergeh!
Doch alle Lust will Ewigkeit –,
– will tiefe, tiefe Ewigkeit!«

Friedrich Nietzsche,
»Also sprach Zarathustra«

PROLOG

Innsbruck, Mai 2010

Wie das Maul eines Ungeheuers gähnt die Kellertreppe, jede Stufe ein Zahn, und am Ende lauert schwarz der Schlund, der mich verschlingen wird. Obwohl meine Füße mit jedem Schritt schwerer werden, treibt mich das Klappern von Mutters Absätzen nach unten.

Noch fünf Stufen, die Feuchtigkeit leckt an meinen Fersen. Noch vier, es riecht nach schrumpeligen Äpfeln.

Noch drei, und alle Härchen an meinen Armen sträuben sich. Die Steinstufen wölben sich meinen nackten Zehen entgegen, als wollten sie mir ein Bein stellen.

Über die vorletzte Stufe stolpere ich; knalle mit der Schulter gegen die Holztür, in die der Moder grüngraue Flecke gebissen hat.

Mutter hat mich fast eingeholt. Sie schlägt mit dem Leintuch nach mir. Rasch drücke ich die rostige Klinke hinunter. Die Tür öffnet sich quietschend. Ich taumle in den dunklen Flur und tippe auf den Lichtschalter. Eine Glühbirne flackert auf. Sie baumelt nackt an einem Kabel wie eine vertrocknete Frucht und taucht den Korridor in trübes Gelb.

Mutters Hiebe treiben mich in die Waschküche. Hier hat Vater das Fenster mit Brettern vernagelt, um den Raum in eine Dunkelkammer zu verwandeln. Irgendwann ist er ausgezogen, die Bretter sind geblieben. Auch in der Waschküche gibt es eine Lampe, doch Mutter schraubt die Glühbirne heraus.

»Was wäre das für eine Strafe, mit Licht?«

Mein Weinen lässt ihre Stimme noch eisiger klingen. »Im Dunkeln denkt es sich besser. Also überleg dir, ob es angebracht ist, mit sechs Jahren noch ins Bett zu pissen.« Das Leintuch mit dem Fleck, dem Zeichen meiner Schande, lässt sie auf den Boden klatschen.

Schon fällt die Tür hinter ihr ins Schloss. Mit metallischem Rasseln dreht sich der Schlüssel. Dunkelheit umhüllt mich wie eine

Decke aus schwarzem Filz, legt sich um meinen Hals, bis ich kaum noch Luft bekomme. Ich beginne zu zählen.

Eins. Auf allen vieren krieche ich über den Steinboden, taste mich zur Wand.

Vier. Klümpchen wie von Erde zerbröseln unter meinen Händen und verströmen einen scharfen Geruch.

Rattendreck.

Sieben. Ich kauere mich mit dem Rücken gegen die Mauer, krümme meine Zehen und frage mich, wie lange es dauern wird, bis die Ratten mich anknabbern. Ob sie sich bereits angeschlichen haben?

Fünfzehn. Endlich hebt sich die Filzdecke von meinen Augen. Ich erkenne einen hellen Rand oberhalb des Fensters und einen unter der Tür. Das Schwarz weicht einem Grau, vor dem sich dunkle Schemen abzeichnen. Rechts von mir sehe ich die Umrisse des alten Schranks, der früher in Vaters Zimmer gestanden hat. Daneben kauert die Waschmaschine. Der Schatten auf halber Höhe ist das Waschbecken.

Plötzlich ein Luftzug. Eine Haarsträhne fällt mir ins Gesicht. Aus dem Augenwinkel nehme ich ein Huschen wahr. Die Ratten fliehen, fliehen vor ihnen.

Die Kellerwesen sind da. Sie holen die faulen Kinder; die unfolgsamen; die Bettnässer.

Wie auf einen geheimen Wink setzen ihre Stimmen ein. Sie raunen, flüstern, kichern und stöhnen. Sie fließen die Wand entlang. Im Waschbecken ballen sie sich zusammen und tropfen aus dem Hahn.

»Sbotsch!«

Je angestrengter ich hinhöre, umso lauter und schneller tropfen sie.

»Sbotsch! Sbotsch!«

Ich drücke meinen Rücken gegen die Kellerwand.

»Sbotsch! Sbatsch! Sbjatsch!«

Das ist kein Tropfen, sondern ein Schmatzen. Ein Schmatzen von einem gierigen Mund, der sich an mir festsaugen und mich ausschlürfen wird wie ein rohes Ei.

Das Schmatzen stammt aus dem Maul der Schattenkröte.

Sie hockt im Waschbecken und späht herüber; lauert auf eine falsche Bewegung von mir.

Doch ich bewege mich nicht. Auf keinen Fall darf ich mich bewegen. Obwohl mein Körper vor Kälte und vor Angst zittert, befehle ich ihm, zu erstarren. Ich spüre, wie mein Rücken in die Kellerwand hineinwächst, wie ich mit der Wand verschmelze, ein Teil von ihr werde; ein Stück kalter, toter Stein. Sogar der Kloß, den die Angst mir in den Hals geschoben hat, versteinert.

Dr. Czerny lässt die Blätter sinken und nimmt seine Brille ab. »Gut. Sehr gut. Sie haben Ihren Albtraum auf Papier gebannt. Wie haben Sie sich dabei gefühlt? Ist es Ihnen schwergefallen?« Er nickt mir zu, väterlich, als wäre ich immer noch das Kind aus meinen Aufzeichnungen.

Ich antworte nicht. Mein Blick gleitet über seinen Kopf hinweg zum Fenster, das einen Ausschnitt der Nordkette preisgibt.

Über Nacht hat es in den Bergen geschneit. Die Brandjochspitze ist bis zu den Flanken in Weiß getaucht, ein Weiß, das einen harten Kontrast zum wolkenlosen Blau des Frühlingshimmels bildet. Auch die Felsnadel der Frau Hitt hat eine weiße Haube bekommen. Sie gleicht nicht mehr der hartherzigen Riesin aus der Sage, sondern eher dem Zwerg Nase.

»Natürlich ist es das«, antwortet Dr. Czerny sich selbst. »Aber es ist notwendig. Ich bin überzeugt davon, dass es einen kausalen Zusammenhang zwischen dem wiederkehrenden Traum und Ihrer Nyktophobie gibt.«

Mehrfach streicht er über seinen grauen Spitzbart. Dann setzt er die Brille auf, hinter der die Augen unwirklich groß und verschwommen erscheinen. »Ihre Aufgabe bis zu unserer nächsten Sitzung wird eine Phantasiereise sein. Begeben Sie sich im Geiste wieder in den Keller Ihres Albtraums.« Er pausiert, hebt den Zeigefinger und lässt ihn in der Luft kreisen. »Doch diesmal nehmen Sie einen Helfer mit, einen mächtigen Verbündeten, der Sie beschützt. Ich denke da an einen Schutzengel. Oder an eine Art Superman, wenn Ihnen die Vorstellung eines Engels zu altmodisch erscheint.« Er erhebt sich und reicht mir die Hand zum Abschied. »Schreiben Sie auf, wer Ihr Helfer ist und wie Sie sich in seiner Gegenwart fühlen.«

Ich wende mich zur Tür.

»Wir verwandeln Ihren schlimmsten Albtraum in ein wunderbares Märchen. Dann werden Sie die Angst vor der Dunkelheit abstreifen wie ein lästiges Insekt.« Begeisterung schwingt in seiner Stimme, Begeisterung über seine eigene Genialität.

Die Tür fällt hinter mir ins Schloss.

Ich lache auf.

Wie ein lästiges Insekt. Dieser alte Scharlatan. Was er wohl sagen würde, wenn er wüsste, dass mein Albtraum kein Traum ist, sondern eine Erinnerung?

EINS

München, Juni 2010

Sein Gesicht glänzte schweißnass. Grinsend schlenderte der Glatzkopf auf Vera zu. Er war nicht viel größer als sie, aber dreimal so breit. Schultern wie Schwarzeneggers Sohn. Der Stoff des T-Shirts spannte sich über seinem Bizeps.

Das Muskelspiel beachtete Vera nicht. Ihre Augen fixierten seine Hand. Die Hand, die das Messer hielt.

Vera hob die Arme, als versuchte sie, den Angreifer hinter einen unsichtbaren Zaun zu bannen.

Unbeirrt rückte er vor. Zwei Schritte.

Sie wich zurück. Zwei Schritte.

Sie wollte schlucken, aber ihre Zunge klebte wie eine verdorrte Raupe am Gaumen. Alles, was ihr Körper an Feuchtigkeit zu bieten hatte, sammelte sich auf der Stirn. Ein Schweißtropfen löste sich, kullerte über die Schläfe und kitzelte sie am Ohr.

Das Grinsen des Glatzkopfs wurde breiter, gab den Blick auf eine Zahnlücke frei. Spielerisch drehte er die Waffe in seiner Hand.

Dann ging alles blitzschnell.

Er sprang vor. Das Messer schoss auf Vera zu.

Ihr Unterarm prallte auf den des Angreifers.

Vera drückte dagegen; mit der Kraft ihrer aufgestauten Wut versuchte sie, seinen Messerarm wegzuschieben.

Natürlich war er stärker. Wie ein Stück Schaumgummi bog er ihren Ellbogen zur Seite.

Das Messer fand freie Bahn.

Er zog es über ihre Kehle, als pflügte er durch Butter.

»Scheiße!« Vera stampfte auf. Wut leckte über ihre Wangen und ließ die Ohrläppchen pulsieren.

Im Spiegel sah sie den dicken roten Strich, der ihren Hals zierte. Es war der fünfte.

»Baby, du bist tot! Schaut nicht gut aus, ich hab dir schon wieder die Kehle durchgeschnitten. Kann es sein, dass du zu langsam bist?«, spottete der Glatzkopf.

Sie hob die Brauen. »Das muss an deinem Wahnsinnscharme liegen. Der lähmt mich.«

Endlich blätterte sein Dauergrinsen ab.

Seit einer halben Stunde trainierte Vera die Abwehr eines Messerangriffs mit Korbinian. Der Anblick seiner feixenden Visage bescherte ihr eine juckende Kopfhaut. Doch es wollte ihr nicht gelingen, ihn zu entwaffnen. Entweder sie reagierte zu spät oder rutschte an seinen schweißnassen Unterarmen ab. Wieder und wieder hatte er es geschafft, ihr mit der Messerattrappe, einem roten Filzstift, einen Strich zu verpassen.

Sifu Jochen legte seine schmale Hand auf Veras Schulter. »So geht das nicht. Nicht mit Kraft. Ein Muskelpaket wie ihn kannst du nicht wegdrücken. Er ist stärker als du, also gib nach.« Der Wing-Tsun-Trainer zwinkerte. Unzählige Fältchen entsprangen aus seinen Augenwinkeln und furchten die wettergegerbte Haut bis zu den Schläfen. »Dann leih dir seine Kraft aus und verwende sie gegen ihn.«

Vera schluckte.

»Und schau nicht auf das Messer, schau in seine Augen.«

Der Sifu strich sich eine grau melierte Locke hinters Ohr. »Los, Korbi, greif Vera noch einmal an.«

Korbinian zückte den roten Filzstift und stellte sich in Position. Er lächelte siegessicher.

Angestrengt starrte Vera in seine wasserhellen Augen. Als sie sah, dass sich die Pupillen zusammenzogen, schoss ihre Linke vor. Sie blockte Korbinians Arm ab, während sie ihren Oberkörper zur Seite drehte, um seinem Vorwärtsdrall auszuweichen.

Er verlor das Gleichgewicht und taumelte an Vera vorbei ins Leere. Wie von einer unsichtbaren Feder gespannt streckte sich ihre Rechte durch. Die Handfläche schlug gegen sein Schulterblatt.

Der Glatzkopf fiel vornüber und landete auf seinen Knien. Er stöhnte auf. Der Filzstift entglitt ihm und rollte klappernd über den Parkettboden.

»Prima! Genau so, dann kann dir keiner was.« Sifu Jochen reckte den Daumen hoch. »Das war beinahe prüfungsreif.«

Hinter ihrem Lächeln fletschte Vera die Zähne. Eines nahm sie sich vor: Sollte tatsächlich jemand mit einem Messer auf sie losgehen, mit einem richtigen Messer, dann würde sie rennen. So schnell und so weit weg wie möglich.

Die Nachmittagssonne fiel durch die Ritzen der Rollläden, und winzige Staubpartikel tanzten in ihren Strahlen.

Sifu Jochen klatschte in die Hände. »Genug vom Zweikampf! Am Ende unserer Trainingseinheit üben wir alle noch die Formen. Stellt euch auf!«

In drei Reihen gruppierten sich die Kampfkunstschüler vor der Spiegelwand, die Anfänger vorn, die Fortgeschrittenen hinten. Jeder für sich wiederholten sie eine Abfolge von stereotypen Armbewegungen und Schrittkombinationen. Es sah wie eine bizarre Pantomime aus. Obwohl etwa zwanzig Menschen angestrengt trainierten, hörte man nichts als das leise Schleifen der Ledersohlen über den Parkettboden, ein Geräusch, das Vera liebte.

Aller Augen waren auf den Spiegel gerichtet, der gnadenlos jede Fehlhaltung aufzeigte. Die Gesichter sahen angespannt aus. Nur der chinesische Großmeister lächelte hohlwangig und gelassen aus seinem Bilderrahmen, als würde ihn die Verbissenheit seiner westlichen Schüler amüsieren.

Sifu Jochen ging durch die Reihen, korrigierte hier eine Handhaltung, dort einen Schritt.

Vera mochte das Meditative dieser Bewegungsmuster, seit sie mit Wing Tsun begonnen hatte. Damals war sie sechzehn gewesen. Ein schlaksiger, unsportlicher Teenager mit schlechter Haltung. Durch die chinesische Kampfkunst hatte sie ein gesundes Selbstbewusstsein und ein gutes Gefühl für ihren Körper entwickelt, aber auch das Bedürfnis, ihn zu kontrollieren.

Normalerweise gelang es ihr, abzuschalten und sich ganz auf die automatisierten Bewegungsabläufe einzulassen. Nur heute war sie unkonzentriert. Ihre Gedanken kreisten um das

Physiologiepraktikum und den alten Pfeifer, dieses Arschgesicht. Er hatte es tatsächlich geschafft, eine ihrer Kolleginnen mit gemeinen Fragen und sexistischen Bemerkungen derart in die Enge zu treiben, dass sie in Tränen ausgebrochen war. Daraufhin lachte er die Studentin aus. »Als Sie unlängst mit Ihrem Freund geknutscht haben, waren Sie nicht so zimperlich«, sagte er und starrte in den Ausschnitt der üppigen Blondine.

»Nur kein Neid, Herr Professor«, rief Vera dazwischen. Der ganze Hörsaal hatte gelacht. Pfeifer hatte sie mit einem säuerlichen Lächeln gemustert, als müsste er sich ihr Gesicht einprägen. Für die nächste Prüfung. Und die war schon in zwei Wochen.

Danach hatte sie ihren Ärger durch den Kauf von aberwitzig teuren, quietschgrünen High Heels beschwichtigen müssen. Jetzt besaß sie einen Feind und ein Paar Schuhe mehr. Und sie war endgültig pleite.

Sifu Jochens Stimme riss sie aus ihren Gedanken. »So, Leute, Schluss für heute.«

Vera genoss das Prickeln des Wasserstrahls auf der Haut. Sie schrubbte ihren Hals mit Seife und einer Bürste, bis die roten Striche verblassten. Ganz ließen sie sich nicht entfernen.

Als sie fertig angezogen war und auf ihren neuen Schuhen ein wenig schwankend das Trainingslokal verließ, waren die anderen längst gegangen.

Im Korridor wartete der Sifu auf sie. Er wedelte mit einem Zahlschein. »Du hast deinen Monatsbeitrag noch nicht bezahlt.«

Vera erschrak. »Oh Mist, das habe ich diesmal total vergessen.«

»Diesmal?« Er lachte. »Du vergisst es fast immer. Mit einer Einzugsermächtigung würde das nicht passieren.«

»Stimmt. Aber im Moment würde die nichts nützen. Mein Konto ist überzogen, und ich …«

Sifu Jochen runzelte die Stirn. »Vera, ich bin nicht nur dein Wing-Tsun-Trainer, sondern auch ein guter Freund. Und ein geduldiger Mensch. Aber du solltest das nicht überstrapazieren.«

»Es tut mir leid. Ich war leichtfertig und habe ...«

Sein Blick wanderte nach unten und blieb an ihren Füßen haften. »Du hast dir schon wieder Schuhe gekauft. Bald stellst du Imelda Marcos in den Schatten.« Er grinste. Einen Lidschlag später wurde er wieder ernst. »Bei Geld hört die Freundschaft auf.«

»Schon klar. Ich werde den Betrag überweisen. Bitte gib mir noch drei Wochen.«

Das Handy vibrierte in ihrer Hosentasche. Sie zog es heraus.

Mutter. Immer im falschen Moment.

Ungeduldig drückte sie den Anruf weg und steckte das Handy wieder ein.

»Kannst du nicht wenigstens einen Teil zahlen?«

»Nein. Es war Blödsinn, Schuhe zu kaufen. Das sehe ich ein. Aber bitte sei jetzt nicht kleinlich. Du wirst nicht verhungern, wenn ich erst in drei Wochen bezahle.«

»Es geht ums Prinzip, weißt du? Gleiches Recht für alle. Wenn ich drei Wochen warten muss, muss ich dir Verzugszinsen und eine Mahngebühr berechnen.«

»Was? Das ist ja nicht dein Ernst!« Wut kochte in ihr hoch. »Das ist Wucher!« Sie schnaubte. Niemals hätte sie Jochen für so geldgierig gehalten. »Es gibt genau zwei Möglichkeiten. Entweder unsere Freundschaft ist dir eine Gnadenfrist von drei Wochen wert, zinsfrei, oder ich kündige!«

»Unsere Freundschaft oder deine Mitgliedschaft im Wing-Tsun-Verband?«

»Beides«, zischte sie. »Und zwar fristlos.«

Jochen bog den Kopf zurück. Er lachte, bis seine Augen tränten. »Entschuldige, Vera, aber du bist einfach herrlich, wenn du wütend bist. Natürlich kannst du in drei Wochen zahlen.« Er zwinkerte. »Ich hab doch nur Spaß gemacht. Hast du wirklich geglaubt, dass ich dir Zinsen ...?«

»Schöner Spaß.« Vera biss sich auf die Lippen. Dann musste sie selbst lachen.

Jochen zerknüllte den Zahlschein und warf ihn in hohem Bogen in den Papierkorb.

»Danke.« Wieder ging ihr Handy los. Wieder war Mutter die Anruferin.

Jetzt nicht. Vera drückte auf den roten Knopf.

»Übrigens … Es gibt tolle Neuigkeiten. Halt dich fest.«

Sie hob die Brauen. »In Sachen Band? Hast du einen Gig klargemacht?«

»Und was für einen.« Jochens Augen strahlten. Mehr als seinen Beruf als Kampfkunsttrainer liebte er den Jazz. Vor etlichen Jahren hatte er »The Old Papas' Jazzquintet« gegründet. Jochen war der Bassist der Truppe und ihr Manager. Obwohl die alten Herren alle die fünfzig überschritten hatten und nur zwei von ihnen Berufsmusiker waren, hatten sie ein professionelles Niveau und überregionale Bekanntheit erreicht. »Den Gig der Gigs«, sagte Jochen und verschränkte die Arme.

»Wow, ich freue mich für euch. Wo spielt ihr denn?«

»Was heißt ihr? Ich hoffe, du bist mit von der Partie.« Er grinste Vera an. Seit sie ihn auf seiner Geburtstagsparty mit einigen Jazzstandards überrascht hatte, engagierte er sie immer wieder für Auftritte mit seinen »Papas«. Bisher hatte es sich allerdings um schlecht bezahlte Gigs in kleinen Jazzcafés gehandelt.

»Jetzt mach's nicht so spannend. Um welchen Schuppen geht es diesmal?«

»Kein Schuppen. Eine Alm. Die Steinalm in Saalfelden.«

Vera schnappte nach Luft. »Saalfelden? Du meinst jetzt aber nicht das …« Der Gedanke war so kühn, dass sie ihn nicht aussprechen konnte.

»Doch.« Jochens Blick wurde feierlich. »Das Saalfeldener Jazzfestival ruft.«

Ungläubig schüttelte sie den Kopf. »Das ist wieder einer deiner Witze.«

»Keinesfalls. Ich hoffe, du hast am 28. August noch nichts anderes vor. Es gibt gute Kohle. Da ist bestimmt das eine oder andere Paar Schuhe drin. Und ein Monatsbeitrag für Wing Tsun.« Er zwinkerte.

»Mensch! Das ist ja der Hammer! Wie hast du das geschafft?« Sie umarmte Jochen, der sie bei den Schultern packte und im

Kreis herumwirbelte. Vera hatte Mühe, auf ihren High Heels das Gleichgewicht zu halten.

»Wir springen ein. Eine österreichische Band musste wegen einer Terminkollision absagen. Bist du dabei?«

»Glaubst du, ich lasse mir Saalfelden entgehen? Ich bin doch nicht bescheuert!« In diesem Augenblick vibrierte ihr Handy zum dritten Mal. Mutter.

Merkwürdig. Sie ist doch sonst nicht so aufdringlich.

Diesmal nahm Vera den Anruf an.

»Mama?«

Es knackte. Jemand keuchte.

»Hallo?«

Keine Antwort, nur ein Knistern.

»Was soll das?«, fragte sie lauter als beabsichtigt. »Melde dich endlich!«

Als Vera ein Schluchzen vernahm, blätterte die Gereiztheit von ihr ab wie eine spröde Lackschicht. Ihr Herz begann zu rasen. Etwas war passiert. Etwas Schlimmes.

»Mama, bitte! Was ist los?«

Das Schluchzen brach ab. Mutters Stimme klang, als käme sie vom anderen Ende der Welt. »Isabel ist tot.«

***

Innsbruck

Das Motorengeräusch lullte Vera ein. Sie saß zusammengesunken auf dem Beifahrersitz, unfähig, einen klaren Gedanken zu fassen.

Isa. Tot. Die beiden Worte rotierten in ihrem Hirn.

Herzstillstand, hatte Mutter gesagt. Isa sei in der Innsbrucker Klinik an einem Herzstillstand gestorben. *Unmöglich.* Ihre kleine Schwester war immer kerngesund gewesen. Es musste sich um einen Irrtum handeln. Vielleicht hatte Mutter den Anruf aus der Klinik falsch verstanden? Und Isa hatte nur einen harmlosen Unfall erlitten, eine Gehirnerschütterung vielleicht? Vera klammerte sich an diesen Hoffnungsfunken und schalt sich gleichzeitig wegen der Absurdität dieses Gedankens. Was gab es an einer Todesmeldung falsch zu verstehen?

Jochen saß still da, beide Hände am Lenkrad und die Augen stur auf die Fahrbahn gerichtet. Seine besorgten Seitenblicke spürte Vera mehr, als dass sie sie sah.

»Danke, dass du mich hinbringst.« Und sie hatte vor Kurzem an seiner Freundschaft gezweifelt!

»Das ist doch selbstverständlich. Nicht der Rede wert. Ich wollte ohnehin bald nach Innsbruck fahren, alte Bekannte besuchen, mal wieder ins ›Treibhaus‹ gehen. Oder ins ›Blue Note‹ …« Er drehte ihr den Kopf zu. »Es tut mir so leid, Vera.« Sein Blick wurde glasig. Dann wandte er sich abrupt ab und starrte auf die Fahrbahn. Die Tachonadel kroch auf zweihundert Stundenkilometer. Während der restlichen Fahrt schwieg Jochen.

Vera rechnete es ihm hoch an, dass er ihr kein Gespräch aufzwang und nicht nach tröstenden Floskeln suchte, die nur falsch geklungen hätten.

Sie durfte sich nichts vormachen. Isa war tot, Irrtum ausgeschlossen. Vera horchte in sich hinein. Sie fühlte nichts. Nichts außer Leere und einer unbestimmten Übelkeit, die sich als pelziger Belag auf ihrer Zunge breitmachte.

Sie musste sich zusammennehmen. Funktionieren. Herausfinden, was wirklich geschehen war.

»Wo sind wir eigentlich?«, fragte sie und setzte sich auf.

»Vor Kurzem an Hall vorbeigefahren. Dauert nicht mehr lange.«

Vera sah durch die Windschutzscheibe. Die Nordkette leuchtete im warmen Spätnachmittagslicht.

Was für ein majestätischer Anblick, hatte sie gedacht, als sie zum ersten Mal nach Innsbruck gefahren war, um Isa zu besuchen. Damals war sie vor Ehrfurcht erstarrt. Heute wirkte der schroffe Gebirgszug kitschig. Ein letzter Schneerest in der Seegrube leuchtete rosa wie gefärbter Zuckerguss. Die passende Kulisse für ein drittklassiges Stück der Bauernbühne. Vera war froh, als sich eine hohe Lärmschutzwand vor die Postkartenidylle schob.

Sie verließen die Autobahn bei Innsbruck-West und reihten

sich kurz darauf in den zähflüssigen Siebzehn-Uhr-Verkehr ein. Meter für Meter quälte sich der Toyota den Innrain entlang.

Dann bog Jochen in die Anichstraße ein und blieb auf einem Taxistandplatz stehen. Ein Hupkonzert war die Folge.

»Du hast mir sehr geholfen. Danke.«

»Ruf an, wenn du was brauchst.«

Sie stieg aus und atmete tief durch.

»Landeskrankenhaus Innsbruck Universitätskliniken«, las sie über der Einfahrt, die von einer Schranke versperrt wurde. Links davon erhob sich ein moderner Bau.

»MEDIZIN«, stand in grünen Großbuchstaben auf der Plexiglasfront, überlagert vom blutroten Schriftzug »HEILKUNST«. Das I und das L wurden von der Schiebetür geschluckt, als sie sich öffnete und einen jungen Mann im Rollstuhl ausspuckte.

Die Frau in der Portierloge schob das Kreuzworträtsel zur Seite und hackte auf die Tastatur ein. »Tut mir leid. Eine Isabel Meyring habe ich nicht im Computer«, sagte sie.

»Sie ist ...«, Vera schluckte, »... heute gestorben.« Es kam ihr wie Verrat vor, dieses endgültige Wort auszusprechen.

Die Augen der Portiersfrau verdunkelten sich um einen Hauch. Sie telefonierte. Vera verstand kein Wort, obwohl sie bayerischen Dialekt gewohnt war. Aber die Bayern sprachen breit und weich. Tirolerisch klang dagegen, als würde man während des Sprechens mit der Handkante auf den Kehlkopf schlagen.

»Sie müssen in die Chirurgie«, sagte die Frau. »Das ist der dunkle Turm mit dem Hubschrauberlandeplatz auf dem Dach.« Sie beugte sich wieder über die Rätselzeitschrift. »Die Verstorbene liegt auf 02.«

Das Zimmer war klein. Nackte Wände mit nichts als einem Kruzifix. Ein Bett, das unwahrscheinlich groß aussah, im Verhältnis zu dem schmächtigen Körper, den es beherbergte. Ein Tisch mit einer brennenden Kerze. Und dieser medizinische Geruch, der Heilung versprach, aber einen bitteren Nachgeschmack hinterließ, nach Siechtum, Tod.

»Setzen Sie sich, Frau Meyring, nehmen Sie sich Zeit. Die meisten Menschen finden Trost hier«, raunte die Krankenschwester ihr zu. Sie schob Vera einen Stuhl hin und legte ihr die Hand auf die Schulter. Eine kräftige, gerötete Hand. Dann ging sie hinaus, ließ Vera allein in dieser Abstellkammer, die Verabschiedungszimmer hieß.

Stille stand wie ein Vorwurf im Raum.

Vera trat näher an das Bett heran. Der Tod hatte seine wächserne Maske über Isas Antlitz gestülpt und ihre Haut mit einem Gelbstich belegt, der die Schar der Sommersprossen überdeckte, als hätte es sie nie gegeben. Auch die rote Lockenmähne hatte er gebändigt, was bisher niemandem gelungen war. Der brennende Busch war zu Asche geworden, schlaff und leblos lagen die Strähnen auf dem Kissen.

Warum? Warum ausgerechnet Isa? Sie war doch erst sechzehn!

Veras Blick streifte das hölzerne Kreuz an der Wand. Sie fragte sich, wie Menschen an einen Gott glauben konnten, der offenbar keinerlei Interesse für seine Schöpfung aufbrachte. Der es zuließ, dass Kriegsverbrecher und Diktatoren in hohem Alter sanft entschliefen, während Kinder verhungerten, von Plastiksprengstoff zerrissen wurden oder an Aids und Krebs krepierten. Als sie klein war, hatte sie sich Gott wie einen schlohweißen Dirigenten vorgestellt, der weise und umsichtig das Zusammenspiel der Menschheit leitete. Bis sie erkannt hatte, dass er bisweilen mit seinem Stab auf ahnungslose Musiker dieses unfreiwilligen Orchesters zeigte: Gustav Müller – Lungenkrebs. Isabel Meyring – Herzstillstand.

Von so einem Gott wollte Vera nichts wissen. Die einzige Entschuldigung, die es für ihn gab, war seine Nichtexistenz.

Energisch straffte sie ihren Rücken.

Sie glaubte weder an göttliche Fügung noch an schicksalhafte Vorbestimmung. Menschen trafen Entscheidungen, Menschen machten Fehler. Und wenn eine vollkommen gesunde junge Frau plötzlich starb, musste jemand einen Fehler gemacht haben.

Sie legte ihre Hand an Isas kühle Wange. »Ich werde den Schuldigen finden, das verspreche ich dir.«

Ruckartig wandte sie sich ab und stürzte hinaus.

Die Krankenschwester, die im Korridor auf sie gewartet hatte, zuckte zusammen. Dann drückte sie Vera wortlos einen Plastikbeutel in die Hand. Er enthielt Isas Badeanzug, ein Paar Flipflops, ein Handtuch, einen Schließfachschlüssel.

Ist das wirklich alles? Ein feuchter Händedruck und ihre Sachen in Plastik verschweißt?

»Wer hat meine Schwester reanimiert? Wer ist verantwortlich?«, fragte Vera mit einem Zischen in der Stimme.

Die Krankenschwester wich einen Schritt zurück. »Dr. Eberharter, glaube ich. Er ist stellvertretender Leiter der traumatologischen Intensivstation. Ein sehr guter Anästhesist und ab und zu als Notarzt im Einsatz.«

»Wo finde ich ihn?«

»Fahren Sie mit dem Patientenaufzug in den zweiten Stock und fragen Sie eine der Schwestern nach ihm.«

Vera klemmte den Plastikbeutel unter den Arm und machte sich auf den Weg. Ihr Zorn musste ein Ventil finden, in die Gehörgänge eines Verantwortlichen abgelassen werden, ehe sie platzte. Sie brauchte Antworten. Und sie würde keine Ruhe geben, bis sie alle Auskünfte erhalten hatte.

***

»Wie bitte?« Das Klappern von Absätzen hatte Robert abgelenkt, und so war ihm Pauls Frage entgangen. Aus dem Augenwinkel nahm er wahr, dass jemand den Korridor betreten hatte und sich einer Schwester zuwandte, die auf Paul und ihn zeigte. Dann rollte die dunkle Gestalt heran wie eine Flutwelle. Ihrem schnörkellosen Gang zufolge hätte Robert sie für einen Mann gehalten. Doch die Schuhe – giftgrüne High Heels – überzeugten ihn vom Gegenteil. Es war eine Frau, hochgewachsen, mit zerzausten Haaren, als wäre sie gegen den Wind gerannt.

Paul wedelte mit einem Reiseprospekt vor seiner Nase. Ein Sandstrand, Palmen, knallblaues Meer, sonnengebräunte Badende. »Was du von Teneriffa hältst, habe ich ge…« Er schrak hoch, als die Frau direkt vor ihm stehen blieb. Der Prospekt fiel zu Boden.

Sie bückte sich, hob ihn auf und behielt ihn in ihren Händen. Hände, die eher nach kräftigem Zupacken aussahen als nach Häkeln oder Harfenspiel.

Abschätzend musterte sie Paul, ehe sie die eisblauen Augen auf Robert heftete.

Sein Herz setzte einen Schlag aus, als sie zu sprechen begann. Einmal, weil sie sich als Vera Meyring vorstellte und ihm klar wurde, dass sie die Schwester des verstorbenen Mädchens sein musste, von dem Paul ihm erzählt hatte. Hauptsächlich aber wegen ihrer Stimme, die tief war wie ein lichtloser Schacht und rau, als wären ihre Stimmbänder aus Glasscherben zusammengeklebt.

Robert hob abwehrend die Hände. »Sie verwechseln mich. Mein Name ist Dr. Nemetz. Wenn Sie mit Dr. Eberharter sprechen wollen, wenden Sie sich bitte an den Herrn neben mir.« Er nahm ihr sachte die Reisebroschüre aus der Hand und steckte sie seinem Freund zu. Paul erblasste, als Vera Meyrings Blick zu ihm schwenkte. Dann schien er sich zu fassen und führte sie zum Ausgang.

Robert spürte Erleichterung, dass nicht er das Ziel ihres sprühenden Zorns war, aber auch einen Stich Enttäuschung, ein Gefühl, das er nicht einordnen konnte.

Während sie sich entfernte, vernahm er noch einmal ihre Stimme. Was sie sagte, verstand er nicht. Er wusste nur, dass es nach Blues und Gänsehaut klang. Und nach Gefahr im Verzug.

***

Ihre Hände waren eiskalt. Sie ballte sie zu Fäusten und grub die Fingernägel in die Handflächen.

»Was haben Sie mit meiner Schwester gemacht?«, fragte Vera zum zweiten Mal und konnte nicht verhindern, dass ihre Stimme bebte.

Dr. Eberharter starrte sie mit weit aufgerissenen Augen an,

als käme sie von einem fremden Planeten. Er schwieg, Vera kam es wie eine Ewigkeit vor.

»Ich möchte Ihnen mein Beileid aussprechen, Frau Meyring«, sagte er endlich mit ruhiger, beinahe tonloser Stimme. Dann führte er Vera in das kleine Lokal im Erdgeschoss. »Café-Pizzeria Chirurgie«. Er forderte sie auf, an einem Tisch in einer ruhigen Ecke Platz zu nehmen. Zögernd setzte sie sich. Sie wollte nichts trinken, aber der Doktor winkte dem Kellner und bestellte zwei Tassen Cappuccino.

»Was ist passiert?«, fragte Vera. »Isabel war kerngesund.«

»Ihre Schwester hatte einen Herzstillstand. Vorübergehend konnten wir sie zurückholen, doch letztendlich haben wir sie verloren. Es tut mir sehr leid.« Dr. Eberharter schlug die Augen nieder.

Vera ertappte sich dabei, seine überlangen Wimpern attraktiv zu finden, und ärgerte sich über den Gedanken. »Wie lange haben Sie meine Schwester reanimiert? Welche Maßnahmen haben Sie gesetzt?« Ihre Stimme durchschnitt die Luft, die zwischen ihnen stand.

»Sind Sie Medizinstudentin?«

»Ich glaube, Sie haben Mist gebaut, Herr Doktor. Und ich werde Sie dafür verklagen.«

Der Kellner, der die Cappuccini brachte, zuckte zusammen, als hätten Veras harsche Worte ihm gegolten.

»Ich verstehe, dass Sie außer sich sind. Wütend. Es ist eine Wut, die einen hilflos macht. Ich würde an Ihrer Stelle genauso reagieren.«

»Erklären Sie mir nicht meine Reaktion. Erklären Sie mir, was geschehen ist.«

»Ihre Schwester war heute Morgen im Amraser Schwimmbad.«

»Da ist sie jeden Mittwoch hingegangen, weil sie später Schule hatte. Sie war eine ausgezeichnete Schwimmerin.«

»Der Bademeister hat beobachtet, dass sie fast eine Stunde lang ohne Unterbrechung ihre Bahnen geschwommen ist. Dann bekam sie plötzlich Probleme und ging unter. Zum Glück hat er es gesehen und sie sofort herausgezogen. Er hat einen Notruf abgesetzt. Während er auf unser Eintreffen wartete, führte er Beatmung und Herzmassage durch.« Die aufs Feinste manikürten Hände des Arztes waren in ständiger Bewegung. »Wir, das heißt zwei Rettungssanitäter und ich, sind zwölf Minuten nach dem Notruf eingetroffen und haben die Wiederbelebung fortgesetzt. Ich konnte zum Übernahmezeitpunkt keinerlei Herzaktivität feststellen. Nach zehnminütiger kardiopulmonaler Reanimation haben wir den Defibrillator eingesetzt und schließlich einen stabilen Herzrhythmus erreicht. Wir haben Ihre Schwester auf die Intensivstation gebracht.« Dr. Eberharter senkte die Stimme. »Doch dann hat sich ihr Zustand leider rapide verschlechtert, und der Kreislauf ist zusammengebrochen. Meine Kollegen und ich haben alles versucht. Über eine Stunde lang haben wir um Ihre Schwester gekämpft und das Menschenmögliche getan.«

»Das glaube ich nicht.«

»Sie können jederzeit das Notarztprotokoll und die ärztlichen Aufzeichnungen aus der Intensivstation einsehen.«

»Ihnen muss ein Fehler unterlaufen sein.« Vera hatte so laut gesprochen, dass einige andere Gäste sich zu ihr umdrehten und sie anstarrten.

»Einen Fehler gab es, aber nicht auf unserer Seite.« Dr. Eberharter fuhr sich mit den Fingern durch die Haare. »Ihre Schwester hatte vermutlich einen Herzfehler. Genaueres wird die Obduktion klären.«

»Einen Herzfehler? Aber …«

»Ich vermute, sie litt an einer Mitralstenose. Das ist eine …«

»Eine Verengung im Bereich der Mitralklappe?«, riet Vera.

»Richtig. In seltenen Fällen angeboren, weit häufiger eine Spätfolge eines rheumatischen Fiebers. Wissen Sie, ob Ihre Schwester als Kind so eine Erkrankung durchgemacht hat?«

»Möglich, ja. Ich erinnere mich, dass sie als Dreijährige einmal sehr krank war.«

»Das könnte hinkommen. Die Latenzzeit beträgt zehn bis zwanzig Jahre.«

»Aber sie hat nie über Herzprobleme geklagt.«

»In Fällen geringfügiger Mitralstenosen haben die Patienten

oft lebenslang keinerlei Beschwerden.« Der Doktor suchte Veras Blick und sah sie forschend an. Oder war es vorwurfsvoll? »In Kombination mit exzessiver sportlicher Betätigung und Mangelernährung kann jedoch auch ein geringfügiger Klappenfehler zum Tod führen.«

Vera sprang auf. Ihre Kaffeetasse fiel zu Boden und zerbarst in tausend Scherben. Die braune Brühe spritzte auf die Hose des Arztes, auf seine Schuhe. Er tat, als bemerkte er es nicht.

»Mangelernährung? Was wollen Sie damit sagen?«

»Auf den ersten Blick hätte ich bei ihrer Schwester eine beginnende Anorexie diagnostiziert, ohne ihr Gewicht und den BMI zu kennen.«

Hitze flutete Veras Gesicht. »Isa hat abgenommen, ja. Aber sie war nicht magersüchtig!« Vera verdrängte das Bild des schmächtigen Körpers im Verabschiedungszimmer. »Das wäre mir doch ...«

»Aufgefallen? Sie hat es wohl unter drei Pulloverschichten verborgen, wie so viele ihrer Leidensgenossinnen. Im Badeanzug war es überdeutlich.« Er räusperte sich. »Und an ihrem Essverhalten hätten Sie es bemerken müssen.«

Es war, als hätte er ein Messer in Veras Magengrube gestoßen. Eine Welle von Übelkeit spülte über sie hinweg. Sie wankte auf den Ausgang zu, riss die Tür auf, stolperte ins Freie. In ihrem Kopf hallte das Echo seiner Worte: »... bemerken müssen ... hätten Sie es bemerken müssen ... hätten Sie ...«

Vera lief los, hinaus aus dem Klinikareal, ohne Ziel, nur weg. Natürlich war ihr aufgefallen, dass Isa abgenommen hatte. Sie hatte ihr noch dazu gratuliert!

Als sie Isa das letzte Mal sah – war das tatsächlich schon vier Monate her? – wirkte sie stiller als sonst. Ernster. Sie wurde eben erwachsen. Auch ihren Babyspeck hatte sie eingebüßt. Vera, die seit eh und je dünn war, ohne zu hungern, hatte sich nichts dabei gedacht.

Mit Riesenschritten ging sie auf dem Radweg innabwärts. Das Klingeln und die Flüche der Radfahrer beachtete sie nicht. Sie hatte immer noch die Worte des Arztes im Ohr: »... hätten Sie es bemerken müssen ... hätten Sie ...«

Bald brannten ihre Fußsohlen. Sie zog die High Heels aus und rannte barfuß weiter.

Vor drei Wochen hatte sie zuletzt mit Isa telefoniert. Sie war ihr einsilbig vorgekommen.

»Ist alles okay bei dir?«, hatte Vera gefragt.

»Alles im grünen Bereich«, war die Antwort gewesen. Und sie hatte sich allzu gern damit zufriedengegeben.

Ich habe mich zu wenig gekümmert.

Zwischen Hofburg und Kongresshaus gelangte sie zum Rennweg. Vor dem Landestheater parkte ein Fiaker. Das Pferd, ein Apfelschimmel, sah klapprig aus, und ein beunruhigendes Zittern lief über seine Flanken.

»Stadtrundfahrt gefällig?«, fragte der Alte auf dem Kutschbock und lüftete seinen Trachtenhut.

Vera schüttelte den Kopf. Der Gestank nach Pferdepisse ließ sie schneller gehen. Kurz darauf fand sie sich im Hofgarten wieder.

Isa war gern hierhergekommen, sofern Schule, Hausaufgaben und das stundenlange Klavierüben ihr Zeit dazu gelassen hatten.

Die alten Bäume, die die Wege säumten, sahen in der Dämmerung wie hünenhafte Wächter aus einer anderen Welt aus.

Vera setzte sich auf eine Bank zu Füßen einer mächtigen Platane. Die weißfleckige Rinde löste sich in schimmernden Plättchen ab. Sie bog den Kopf zurück, bis sie in die Krone des Baumes sehen konnte. Unter dem dichten Blätterdach fühlte sie sich geborgen. Das Gedankenkarussell kam langsam zum Stillstand. Nur das Schuldgefühl blieb und schnürte ihr die Brust zusammen.

Sie hätte öfter nach Innsbruck fahren müssen. Aber ihre eigenen Probleme, das Studium, der Sport und das Singen waren ihr wichtiger gewesen.

Ich habe Isa im Stich gelassen.

Sie umklammerte den Rand der Bank und presste ihre Fingernägel ins Holz. Sie musste mit Isas Freundinnen sprechen. Vor allem mit Bernie, ihrer Mitbewohnerin im Schülerheim. Vielleicht wusste sie, warum Isa gehungert hatte.

Irgendetwas steckt dahinter, und ich finde es heraus.

Für einen Moment schloss Vera die Lider, sog den Duft nach frisch gemähtem Gras und Rinde ein. Und das schwere Parfum eines blühenden Strauches, den sie nicht kannte. Als sie die Augen wieder aufschlug, jagten dunkle Schemen im Zickzack zwischen den Baumkronen hindurch. Fledermäuse.

Erst jetzt fiel ihr auf, dass allmählich die Nacht hereinbrach und sie sich noch nicht um einen Schlafplatz gekümmert hatte. Sie rief Jochen an. Er nannte ihr die Adresse seiner Freunde, die im Stadtteil St. Nikolaus eine Altbauwohnung besaßen, und beschrieb ihr den Weg dorthin.

Als Vera aufstand, wurde ihr schwindlig. Sie hatte seit dem Morgen nichts gegessen. Knurrend forderte ihr Magen sein Recht. Auf tote Schwestern nahm er keine Rücksicht.

Am Ausgang des Hofgartens, hinter dem Glashaus, entdeckte sie einen Würstelstand. Sie kaufte sich ein Paar Wiener, die hier Frankfurter hießen. Nach dem ersten Bissen wurde ihr schlecht, weil sie Isas wächsernes Gesicht nicht aus dem Kopf bekam. Sie warf den Pappteller mit den Resten in den Müll. Im Weggehen sah sie, wie sich ein Obdachloser über den Abfalleimer beugte, das angebissene Würstel herausfischte und es sich in den Mund schob.

***

Als Vera am nächsten Morgen in der Pradler Straße aus dem Bus stieg, war es kurz nach sieben. Die Nacht hatte sie auf dem Sofa von Jochens Freunden verbracht, geschlafen hatte sie kaum.

Zum Eduard-Wallnöfer-Heim waren es nur ein paar Schritte. Stallgeruch zog in ihre Nase.

Schon erstaunlich, dass es in einem Viertel, das sich mitten in der Stadt befindet, gleich zwei Bauernhöfe gibt. Innsbruck ist eben ein Kuhdorf.

Gerade diese Nähe zur Natur hatte Isa gemocht. Fast zwei Jahre hatte sie hier gewohnt und sich wohlgefühlt – soviel Vera wusste. Zumindest beschwerte sie sich nie, weder über die anderen Heimbewohner noch über die Erzieher, die die Studierzeiten überwachten. Nur auf das Klavier im Musikraum, einen verstimmten Klimperkasten, bei dem die halben Tasten stecken blieben, hatte sie geschimpft und war deshalb zum Üben in die Musikakademie ausgewichen.

Die goldene Aureole des heiligen Franziskus, der die Fassade des Heims zierte, um dort auf ewig den Fischen zu predigen, glänzte in der Morgensonne.

Als Vera eintrat, schlug ihr Kaffeegeruch, vermischt mit Schülermief, entgegen. Eine Traube von Halbwüchsigen drängte lärmend aus dem Speisesaal.

Der Heimleiter, ein schnauzbärtiger Mann um die fünfzig, wusste bereits von Isas Tod. Bestimmt hatte Mutter ihn verständigt.

»Mein Beileid«, murmelte er und wischte sich mit dem Handrücken etwas Eigelb vom Bart. »Jessas Maria, das arme Madl.«

Dass Isa abgenommen hatte, war ihm nicht entgangen. An Magersucht hatte auch er nicht gedacht. »Wie kommt's nur, dass die jungen Dirndln so auf eine schlanke Figur versessen sind? Schuld sind die Models, diese blutleeren, klapprigen Dinger.«

Isa hat sich nie für Models interessiert, immer nur für Musik, dachte Vera, behielt es aber für sich. Stattdessen bat sie den Heimleiter, ihr Isas Zimmer zu zeigen.

Bernadette saß am Schreibtisch, den Kopf in die Hände gestützt, und starrte in ein Buch.

»Hallo, Bernie.« Vera hatte Isas Mitbewohnerin vor einem Jahr kennengelernt. Sie war seither kaum gewachsen, nur ein bisschen in die Breite. Die pausbäckigen Wangen wirkten bleich.

»Vera …«, stammelte sie, »ist es wahr?«

»Ja. Gestern ist sie gestorben.«

Bernie schniefte.

Veras Blick fiel auf das Bett ihrer Schwester. Auf dem Kissen thronte Fritzi, Isas Lieblingsplüschtier, ein flauschiger Esel mit langen Schlackerbeinen.

»Wusstest du, dass sie magersüchtig war?«, fragte Vera nach einer Weile.

»Magersüchtig?« Das Mädchen nahm den Haarreif ab und schüttelte die dunkle Mähne. »Sie hat in letzter Zeit total wenig gegessen, das schon. Ich hab versucht, es ihr auszureden, aber sie wollte nichts davon wissen.«

»Weißt du, warum sie gehungert hat?«

Bernie sah Vera mit großen Augen an. »Na, weil sie nicht mehr moppelig aussehen wollte.« Sie sah an sich herunter. »Sie wollte keine fette Kuh werden wie ich«, murmelte sie. »Ich hab sie bewundert, weil sie es geschafft hat.«

»Aber sie sah doch schon lange nicht mehr moppelig aus. Warum hat sie nicht aufgehört?«

»Keine Ahnung.«

»Ich dachte, ihr wart Freundinnen. Isa hat zwei Jahre mit dir zusammengewohnt, ist in deine Klasse gegangen, hat sich dem Klavier verschrieben. Wie du.«

»Schon.« Bernie kratzte sich am Kinn und erwischte einen Pickel, der zu bluten begann.

»Bestimmt habt ihr irgendwann darüber gesprochen.«

»Nicht so richtig.«

Vera suchte Bernies Blick, aber sie wich aus. »Es wäre sehr wichtig für mich. Das verstehst du doch, oder?«

»Sie hat mal gesagt, sie hört erst mit dem Abnehmen auf, wenn ihre doofen Kamelhöcker verschwunden sind.« Sie deutete auf ihre Brüste. »Dabei war da kaum was, bei Isa.«

Vera erstarrte. Was bedeutete das? Dass Isa sich geweigert hatte, eine Frau zu werden?

»Hatte sie eigentlich einen Freund?«, fragte Vera so beiläufig wie möglich. »War sie verliebt?«

Röte zog über die Wangen des Mädchens. »Weiß nicht. Mir hat sie es nicht erzählt, ehrlich nicht.« Sie drehte ihren Kopf weg und starrte aus dem Fenster.

Wut kroch in Vera hoch. Sie musste sich zusammennehmen, um die Kleine nicht zu schütteln. *Du lügst. Du verschweigst was.*

»Ich muss jetzt zur Schule.« Bernie stand auf, steckte das Buch und die Stifte in den Rucksack und ging zur Tür. »Vielleicht kann Sarah dir weiterhelfen. Sie war viel mit Isa zusammen.«

»Warte!«

Bernie hielt inne, die Türklinke in der Hand.

»Ich werde Isas Sachen mitnehmen. Möchtest du etwas haben? Als Andenken?«

Das Mädchen überlegte. Dann leuchteten ihre Augen plötzlich auf. Sie schielte zu dem Esel auf Isas Bett. »Fritzi vielleicht?«

Vera wunderte sich. Sie hatte mit sechzehn alles Mögliche im Kopf gehabt, Ausgehen, Abtanzen, Jungs, den ersten Joint. Bestimmt keine Plüschtiere. »Okay.«

»Danke, Vera. Mach's gut.« Bernie öffnete die Tür.

»Warte!«

Mit gehobenen Brauen sah sie Vera an.

»Du bist keine fette Kuh, hörst du? Versprich mir, dass du niemals so eine Diät machst wie meine Schwester.«

Bernie nickte.

Als sie gegangen war, legte Vera Isas Kleider zusammen und packte sie in einen Koffer. Die Schulsachen, Bücher und anderen Habseligkeiten füllten einen zweiten.

Sarah, die Geigerin. Ich muss mit ihr reden. Und hoffen, dass sie gesprächiger ist als Bernie.

ZWEI

Hamburg-Ohlsdorf

Am Tag der Beerdigung drückte der Himmel bleigrau auf die alten Linden des Ohlsdorfer Friedhofs. Windböen zerrten an den Schleifen der Kränze, und von einem Nachbargrab verströmten verrottende Begonien ihr süßliches Parfum, das Vera an den Geruch im Seziersaal erinnerte. Die Hanfseile ächzten, als Isabels Sarg in die Grube gelassen wurde.

Als ob er zentnerschwer wäre. Dabei ist nur ein Häufchen Haut und Knochen darin.

Die Obduktion hatte Dr. Eberharters Vermutungen bestätigt. Ein Herzfehler, an sich harmlos. Aber in Kombination mit Isas geschwächter Konstitution und der übermäßigen Anstrengung hatte er zum Tod geführt. Schon einen Tag nach Isas Tod wurde ihr Leichnam freigegeben. Ein Hamburger Bestattungsinstitut schickte einen Leichenwagen nach Innsbruck. Der Fahrer holte Isa in der Pathologie ab und überführte sie nach Hamburg. Vera hatte er gleich mitgenommen.

Nun stützte sie ihre Mutter, die gebeugt ging, als wäre sie innerhalb der letzten Tage um Jahre gealtert. Mutter bückte sich. Sie warf eine Schaufel voll Erde auf den Sarg. Der Aufprall der Erdklumpen auf dem Fichtenholz klang endgültig und unwiderruflich wie ein Hammerschlag.

Der Reihe nach defilierten die Trauergäste zum Grab, nahmen die Schaufel und taten es Mutter nach. Das dumpfe Prasseln schlug den Nachfolgenden den Takt.

Vater stand abseits. Er nahm die Kondolenzbekundungen entgegen. Seine Hand kroch automatisch vor, fiel in die Hand des Gegenübers und ließ sich schütteln. Seine Lippen murmelten Dank, doch die Augen starrten ins Leere. Während der Schmerz Mutter wie Falten ins Gesicht geschrieben war, trug Vater ihn in seinem Innersten verschlossen. Für Vater würde es am schwersten werden.

Den Schluss des Trauerzugs bildeten vier von Isas ehemaligen Hamburger Mitschülerinnen. Jede ließ eine weiße Rose ins Grab fallen. Isa hatte weiße Rosen geliebt.

Bei ihrem ersten öffentlichen Klavierabend hatte sie ein cremefarbenes Kleid mit Puffärmeln und aufgenähten Seidenrosen getragen. Damals war sie vierzehn und übte bereits fünf Stunden täglich Klavier, neben der Schule. Ihr Herz schlug für Chopin und Rachmaninow, ihre Pupillen waren Notenköpfe. Das Konzert wurde ein Riesenerfolg, Kritiker sprachen vom »Triumphzug eines Wunderkinds«. Danach weigerte sich die Klavierlehrerin, Isa weiter zu unterrichten. Sie könne ihr nichts mehr beibringen. Ein derartiges Talent müsse unbedingt bei einem großen Klavierpädagogen studieren, am besten beim allergrößten, Professor Sergej Sofronsky, der in Innsbruck die Elite der Nachwuchspianisten ausbilde. Isa platzte fast vor Begeisterung, obwohl es bedeutete, dass sie die Schule wechseln und Familie und Freunde in Hamburg zurücklassen musste. Nur Vater hatte Bedenken geäußert.

»Bestimmt gibt es in Hamburg auch einen guten Lehrer für Isabel. Sie ist doch noch ein Kind. Wie kann sie ganz allein in dieser fremden Stadt wohnen, neunhundert Kilometer von uns entfernt? Sie wird Heimweh haben und verloren sein und …«

Vera wurde von Horntönen aus ihren Gedanken gerissen. Ein Freund ihrer Eltern hatte sich vor das offene Grab gestellt und blies eine Choralmelodie, die ursprünglich traurig sein sollte. Da der Hornist jeden Ton haarscharf zu tief ansetzte, klang es wie eine Parodie. Vera musste sich das Lachen verbeißen. Als Vaters Blick den ihren kreuzte, nur für einen kurzen Moment, ehe er wieder ins Leere glitt, fühlte sie sich schuldig.

Sie hätte auf ihn hören sollen, damals. Aber sie hatte seine Einwände beiseitegewischt und sich in den Kopf gesetzt, Isa bei der Verwirklichung ihres Traumes zu helfen.

»Ich studiere auch in Innsbruck, dann ist Isa nicht allein«, schlug sie vor. Und Mutter, die Dritte im Bunde, argumentierte mit der großen Chance, die Isa nicht entgehen durfte. Natürlich gelang es ihnen spielend, Vater zu überstimmen. Allerdings zerschlug sich Veras Plan. Sie verpatzte den Eignungstest, der Voraussetzung war, um in Innsbruck zum Medizinstudium zugelassen zu werden. Ein Schutz der Österreicher vor dem Ansturm der Deutschen. Dafür erlaubte ihr der ausgezeichnete Notendurchschnitt beim Abitur, sich an der Ludwig-Maximilians-Universität in München zu immatrikulieren. Vera versprach, an den Wochenenden für Isa da zu sein. Doch die kleine Schwester hatte sich rasch eingelebt, und Vera war selten nach Innsbruck gefahren. Viel zu selten.

Die Wolkendecke riss auf, ein verirrter Sonnenstrahl durchbrach das geballte Grau und ließ das Waldhorn aufleuchten. Der Bläser, als wäre er darüber erschrocken, verfehlte den Schlusston der Choralmelodie, der als jämmerlicher Gickser in der Luft verzitterte.

Nach dem Begräbnis hatten die Eltern sich hingelegt. Auf Zehenspitzen schlich Vera in Isas Zimmer, um ihr Tagebuch zu suchen. Sie hatte es ihrer Schwester zum fünfzehnten Geburtstag geschenkt, ein schmales Büchlein, in smaragdgrünes Wildleder gebunden. Bestimmt hatte Isa ihre Nöte und Sorgen darin festgehalten. Vielleicht auch den wahren Grund für ihre Magersucht?

Sie öffnete die beiden Koffer, die sie aus Innsbruck mitgebracht hatte, kippte Isas Sachen auf den Fußboden und durchwühlte sie.

Nichts. Auch im Rucksack, den Isa als Schultasche benutzt hatte, war kein Tagebuch zu finden. Hatte Vera es im Heim liegen lassen?

Ich muss nochmals mit Bernie sprechen. Und mit Sarah. Vielleicht weiß eine von ihnen, wo das Tagebuch geblieben ist.

Als Vera das Chaos, das sie veranstaltet hatte, wieder aufräumen wollte, fiel ihr ein Buch aus der Hand. »Momo« von Michael Ende. Ein Blatt Papier flatterte heraus.

Vera erkannte Isas krakelige Schrift. Kleine, wild hingeworfene Buchstaben, manche wieder durchgestrichen, manche verschwommen, als hätte die Schreiberin geweint.

Innsbruck, 17. Mai 2010
Liebe Vera!

Es war ein angefangener Brief, keine drei Wochen alt.

Veras Herz klopfte schneller. Sie setzte sich aufs Bett und las.

Gestern hast du angerufen und gefragt, wie es mir geht.
Und wieder einmal habe ich dich belogen.
Es geht mir beschissen. Nichts ist im grünen Bereich.
Am liebsten würde ich alles hinwerfen und mit dem Kopf gegen die Wand rennen. Alles kaputt machen.
Dabei bin ich selbst schuld an der Situation.
Warum kann ich nicht Nein sagen? Nur das eine Wort: Nein! Was ist so schwer daran?
Er sieht mich an, und das Nein bleibt mir im Hals stecken. Ich sage nichts, lasse alles mit mir machen, biete keinen Widerstand. Seinen Händen nicht. Seiner Zunge nicht. Und seit Kurzem auch …

Der Rest des Satzes war durchgestrichen und so übermalt, dass Vera ihn nicht entziffern konnte.

Ich fühle mich wie eine Marionette. Er hat die Fäden in der Hand und macht mit mir, was er will. Ich bin sein Spielzeug, das er benutzt und nach Gebrauch weglegt.
Er meint es nur gut, habe ich gedacht. Bisher. Jetzt weiß ich nicht mehr, was ich denken soll.
Ich schäme mich so. Mich ekelt vor ihm, vor allem aber vor mir selbst. Sogar vor der Musik ekelt mich. Zum Üben muss ich mich zwingen.
Wie soll es weitergehen? Ich weiß es nicht. Ich weiß nicht einmal, ob ich diesen Brief abschicken kann. Wahrscheinlich nicht, weil ich mich zu sehr schäme. Und irgendwann werde ich ihn zerreißen, wie die anderen zuvor.
Ich möchte nicht, dass du mich verachtest. Außerdem hast du deine eigenen Sorgen.

Ab und zu träume ich davon, dass sich irgendwann alle meine Probleme einfach in Luft auflösen. Dass ich nur noch ein bisschen durchhalten muss. Nur noch ein paar Tage, ein paar Wochen ...

Der Brief zitterte in Veras Händen.

Irgendein verdammtes Schwein hatte Isa missbraucht. Jemand, der ihr Schuldgefühle einimpfte, damit sie sich niemandem anvertraute. Deshalb hatte sie nichts mehr gegessen. Wenn schon ihre Probleme nicht verschwanden, dann wenigstens sie selbst. Sie hatte sich in Luft aufgelöst.

»Warum hast du mir nicht vertraut, Isa?« Vera schlug ihre Fäuste gegen die Wand.

Und dann kamen die Tränen, die sich so lange geweigert hatten, geweint zu werden.

Als es an der Tür klopfte, schreckte sie hoch. Sie musste auf Isas Bett eingeschlafen sein.

Mutter steckte ihren Kopf herein. Zwei senkrechte Fältchen ließen ihren Mund verbittert aussehen.

»Was ist denn hier los?«, fragte sie und musterte das Chaos am Fußboden. »Wieso durchwühlst du Isas Sachen?«

»Ich habe nach einem Hinweis gesucht, warum sie gehungert hat.«

Mutter wischte sich eine Haarsträhne aus der Stirn. Die Haut darunter sah mürbe aus wie Recyclingpapier. »Sie wollte immer sein wie du und dein Vater. Schlank und langbeinig. Wie oft hat sie gejammert, dass sie die Neigung zum Dickwerden von mir geerbt hat.« Schwer ließ sie sich in den Bürosessel fallen. »Hungern ist wie eine Sucht. Irgendwann konnte Isabel nicht mehr damit aufhören.«

»In Wahrheit steckt etwas anderes dahinter.« Vera senkte die Stimme. »Isa wurde sexuell missbraucht. Deshalb hat sie gehungert.«

»Was? Wie kommst du denn darauf?«

»Ich habe einen Brief von ihr gefunden, den sie nie abgeschickt hat. Hier, lies selbst.« Sie hielt das Blatt Papier ihrer Mutter hin.

Die warf einen flüchtigen Blick auf das Schreiben und gab es kopfschüttelnd zurück. »Ach, Vera. Das Geschreibsel eines pubertierenden Teenagers. Erinnere dich, was du dir in dem Alter alles zurechtphantasiert hast.«

»Heißt das, du hältst Isa für eine Lügnerin? Obwohl du den Brief nicht mal gelesen hast?«

»Sie ist tot, und irgendwelche Anschuldigungen bringen sie nicht zurück.« Als Mutter sich mühsam aus dem Sessel hievte und sich bückte, um Isas verstreute Kleidungsstücke einzusammeln, wirkte sie müde und zerbrechlich.

»Willst du wirklich nicht wissen, wer ihr das angetan hat?«

»Sie selbst hat sich das angetan. Und wir, weil wir nicht für sie da waren.« Sie musterte Vera mit diesem anklagenden Blick, den sie so einwandfrei beherrschte. Dann fuhr sie fort, Isas Kleidungsstücke zusammenzulegen und aufeinanderzustapeln. »Lass uns zur Ruhe kommen. Es ist schwer genug, mit ihrem Tod fertigzuwerden, auch ohne irgendwelche Horrorgeschichten.«

»Typisch«, zischte Vera. »Du verschließt die Augen vor der Wahrheit, wenn sie dir nicht passt. Dein Mustertöchterchen hat versagt. Anstelle einer Starpianistin ist eine Magersüchtige aus ihr geworden. Was werden die Leute sagen?« Vera hob einen BH vom Boden auf und warf ihn aufs Bett. »Das wirft ein schiefes Licht auf unser Familienidyll. Deshalb kann es dir nicht schnell genug gehen, dass Gras darüber wächst«, ätzte sie. »Aber ohne mich! Ich werde der Sache nachgehen. Ich fahre nach Innsbruck und finde Isas Peiniger!«

Mutter schaute auf. Die Gebrechlichkeit war wie weggewischt. »Und dein Studium? Du hast doch bestimmt bald Prüfungen? Willst du das alles aufgeben?«

»Ich werde das Schwein vor Gericht bringen, das bin ich Isa schuldig. Danach kann ich immer noch weiterstudieren.«

»Hättest du dich mehr um sie gekümmert, als sie noch lebte. Ich wette, du bist nicht halb so oft in Innsbruck gewesen, wie wir es vereinbart hatten.« Mutter war wieder ganz die Alte. Vorwürfe und Anschuldigungen. Rotfleckige Wangen. »Jetzt hat niemand was davon, wenn du hinfährst, nur um dein Gewissen zu beruhigen.«

Ihre Stiche saßen gut. Sie hatte ein Talent, den wunden Punkt zu finden, die Nadel hineinzubohren und im entzündeten Fleisch umzudrehen.

Vera schwieg. Sie faltete Isas Brief zusammen und ging zur Tür.

»Geh nur! Und tu, was du nicht lassen kannst«, keifte Mutter. »Aber von mir bekommst du keinen Cent mehr, wenn du dein Studium hinschmeißt.«

»Behalte deine Kohle«, antwortete Vera ruhig. »Ein Job findet sich. Ich brauche dein Geld nicht.«

DREI

Innsbruck

In der Küche duftet es nach gerösteten Zwiebeln. Sie hat schon das Knödelbrot abgewogen und die Milch mit den Eiern verquirlt. Fasziniert beobachte ich, wie sie den Speck in regelmäßige Würfel schneidet und ihn abwiegt.

»Viel zu wenig. Ich brauche die doppelte Menge.« Sie richtet ihre Rosinenaugen auf mich und verzieht den Mund zu einem zuckersüßen Lächeln. »Bist du so lieb? Holst du mir welchen aus dem Keller?«

»Aus dem Keller?« Etwas in mir versteift sich.

»Zwei fingerdicke Scheiben genügen. Am besten schneidest du sie an Ort und Stelle herunter, dann musst du nur einmal gehen.«

Sie wartet meine Antwort nicht ab, sondern händigt mir das große Fleischmesser aus.

»Dafür mache ich die Speckknödel extra saftig, mit Zwiebeln und viel Petersilie, wie du sie magst, mein Schatz.«

Das Messer liegt schwer in meiner Hand. Es fühlt sich gut an. Dr. Czernys Worte fallen mir ein: »Nehmen Sie einen Helfer mit, einen mächtigen Verbündeten, der Sie beschützt. Ich denke an einen Schutzengel. Oder eine Art Superman.«

Mit Schutzengeln habe ich nichts am Hut, und Superman halte ich für eine lächerliche Figur. Was kann ein fiktives Heldenwesen im Vergleich zu einer realen Waffe schon bieten?

Ist eine geschliffene Klinge nicht ein weit verlässlicherer Helfer im Kampf gegen eine Phobie?

Meine Linke schließt sich fester um den Griff des Messers.

Stufe für Stufe steige ich die Kellertreppe hinab. Mit einem Knarren öffnet sich die Tür. Ich lege den Lichtschalter um und atme auf, als nach mehrmaligem Blinken die Neonröhren den Korridor milchig weiß erhellen.

Langsam tappe ich voran. Vorsichtig öffne ich die Tür zum

Vorratsraum. Der Geruch nach schrumpeligen Äpfeln schlägt mir entgegen. Vor meinem inneren Auge zieht eine Flut von Bildern auf. Bilder von früher, von dunklen Schemen, der Fratze eines schleimigen Ungeheuers, das sich aus den Schatten löst, um mich zu …

Endlich ertaste ich den Lichtschalter. Wie ein Blitz flackert für einen Lidschlag Helligkeit auf.

Dann knallt es.

Ich schreie.

Klappernd fällt das Messer auf den Fliesenboden.

Dunkelheit legt sich über mein Gesicht, ein Polyp aus schwarzem Gewebe, der in meine Augen wuchert, in die Ohren, den Mund. Ich presse meine Hände gegen die Brust und ringe nach Luft. Beginne zu zählen.

Eins. Die Kälte der Fliesen kriecht in meine Füße und lässt sie erstarren.

Drei. Aus der Stille schält sich ein Raunen, Flüstern, Kichern und Stöhnen. Die Kellerwesen.

Sieben.

»Was ist los? Warum ist der Strom plötzlich weg?« Ihre kreischende Stimme bringt mich in die Gegenwart zurück.

Ganz ruhig. Die Glühbirne ist durchgeknallt und hat einen Kurzschluss verursacht. Reiß dich zusammen. Heb das Messer auf und geh langsam wieder nach oben. Du kannst es.

Ich versuche, meine Beine zu bewegen, aber sie knicken ein. Mein Körper gehorcht nicht, und mir bleibt nichts anderes übrig, als meinen Rücken gegen die Wand zu drücken und langsam an ihr zu Boden zu gleiten.

»Schatz? Dir ist doch nichts passiert?«

Mit zitternden Fingern taste ich nach dem Messer, während sich Schritte nähern. Schwere Schritte.

Sie poltern die Kellertreppe herab.

Noch drei Stufen.

Wo ist das Messer?

Noch zwei.

Endlich fühlen meine Finger den scharfen Stahl.

Noch eine.

Ein Stöhnen entschlüpft mir, meine Hand schließt sich hart um das Heft.

»Schatz?« Die Kellerwände werfen die quakende Stimme zurück und lassen sie hohl klingen.

Schon zuckt ein Lichtstrahl heran.

Ich bäume mich auf, als der gelbe Kegel über mein Gesicht tastet.

»Hast du dir wehgetan?«, fragt die Schattenkröte.

Jetzt beugt sich der schmatzende Mund über mich.

Ich schnelle vor.

Meine Rechte bekommt die Taschenlampe zu fassen.

Mit der Linken stoße ich zu.

Einmal, zweimal, dreimal tanzt das Messer durch die Luft und landet im Krötenbauch. Die Lampe malt einen gelben Kreis über das warzige Gesicht. Das breite Maul klafft auf wie eine Wunde.

Grell gellt der Schrei der Kröte in meinen Ohren.

Er wird zu einem Gurgeln, als ich das Messer quer über den faltigen Hals ziehe.

Warme Flüssigkeit spritzt mir ins Gesicht. Ich lecke über die Lippen, schmecke die Bitterkeit von Kupfer, vermischt mit ein wenig fader Süße. Als das Licht der Taschenlampe auf die Wand fällt, glänzt dort ein bizarres Muster purpurner Spritzer. Es sieht aus wie ein Kunstwerk. Beinahe wie ein Schüttbild von Nitsch.

VIER

Sie trat kräftig in die Pedale und überholte einen Opa, der zwei prallvolle Einkaufstüten am Lenker balancierte und Schlangenlinien fuhr. Die Sonne brannte auf das asphaltierte Innufer. Obwohl Vera flott dahinrollte, reichte der Fahrtwind nicht aus, ihren Schweiß zu trocknen. Immer wieder löste sich ein Tropfen und kullerte nackenabwärts.

Seit acht Uhr morgens flitzte sie auf einem rostigen Drahtesel, den sie von Jochens Freunden ausgeborgt hatte, kreuz und quer durch Innsbruck, auf der Suche nach einer Wohnung. Vier Adressen hatte sie schon abgeklappert. Ohne Erfolg. Entweder die Vermieter verlangten Kautionen, von denen am Telefon nicht die Rede gewesen war, oder die Zimmer waren desolat. Eines hatte sich als fensterloser Kellerraum herausgestellt, mit schimmligen Wänden, einem vorsintflutlichen Elektroöfchen als Heizung und einem Waschbecken als Dusch-Ersatz. Vera hatte der aufgetakelten Vermieterin einen Vogel gezeigt und sich enttäuscht auf den Weg in die Altstadt gemacht, zur letzten Adresse, die sie in der Internetbörse gefunden hatte.

Bei der Ottoburg stieg sie vom Rad und schob es im Slalom zwischen trödelnden Touristen hindurch. Eine Gruppe dunkelhäutiger Frauen in bunten Saris quoll aus einem Souvenirladen. Eine der Inderinnen zeigte auf das Goldene Dachl und lachte glockenhell, als würde sie sich über die Mickrigkeit des Innsbrucker Wahrzeichens amüsieren. Kein Wunder. Ein Volk, das ganze Tempel in Blattgold hüllte, musste von den paar vergoldeten Schindeln des überdachten Erkers zwangsläufig enttäuscht sein.

Vera hielt auf das Café Katzung zu, dahinter bog sie in die enge Seilergasse ein. Zwischen den dicht gedrängten Häuserfronten war es angenehm kühl, Touristen verirrten sich nur vereinzelt hierher.

Das Haus mit der Nummer 22 sah aus, als hätte es seine beste Zeit schon hinter sich. Vera kletterte die steile Stiege hinauf bis in den dritten Stock und klingelte. Eine junge Frau in Unterwäsche öffnete.

»Hallo, ich bin Vera, Vera Meyring. Wir haben gestern telefoniert.«

»Das Zimmer, na klar. Hab total verschlafen, sorry. Komm doch rein.« Sie führte Vera in die Küche. Dreckiges Geschirr türmte sich überall, sogar die Mikrowelle war voll damit. Die Unterwäschenlady füllte eine italienische Espressomaschine mit Kaffeepulver, schraubte sie zusammen und stellte sie auf den Herd. Sie suchte etwas, vermutlich saubere Tassen. Schließlich nahm sie zwei Keramikbecher aus der Spüle, in denen verschiedenfarbiger Schimmel wucherte. Fluchend wusch sie die Becher aus und wartete, bis die Espressomaschine ausgeröchelt hatte.

Der Kaffee war schwarz wie frischer Teer.

»Milch ist aus. Zucker auch.«

Sie stürzte die Brühe hinunter. Erst danach stellte sie sich vor. Sie war die Hauptmieterin der Wohnung, hieß Anna Mitterer und studierte Architektur. Während sie sich anzog, sah Vera sich um.

Die Bude bestand aus drei Zimmern, der Küche und einem Bad, das nicht ganz so dreckig war, wie der Zustand des Geschirrs es vermuten ließ. Außer Anna wohnte noch ein BWL-Student hier, Karl, der aber meistens bei seiner Freundin übernachtete und sich selten blicken ließ.

»Dein Zimmer ist das kleinste und daher auch das billigste«, erklärte Anna, als hätte Vera schon zugesagt.

»Kaution?«, fragte sie vorsichtig.

Anna schüttelte den Kopf. »Wenn du willst, kannst du sofort einziehen und musst erst ab Juli blechen.«

»Wieso das denn?«

»Karin, deine Vorgängerin, hat bis einschließlich Juni bezahlt. Sie war Kellnerin im Blue Note. Vor einigen Wochen hat sie dort einen Kerl aufgerissen, na, was soll ich sagen, so ein Industriellensöhnchen, Typ Milchbubi, aber stinkreich.« Anna warf ihre Haare zurück und verzog den Mund. »Mr. Rich Man muss megamäßig auf Karin abgefahren sein. Vor ein paar Tagen hat sie ihren Job geschmissen und das Zimmer gekündigt. Sie ist mit ihrem ganzen Krempel zu ihm nach Seefeld gezogen, in eine Traumvilla. Mit goldenen Armaturen und so. Arbeiten hat sie wohl nicht mehr nötig.«

»Klingt nach einem schlechten Film.«

»Das Leben ist doch bekanntlich der schlechteste aller Filme«, sagte Anna und grinste. »Und? Gefällt dir das Zimmer?«

»Doch, ja. Ich überlege nur wegen der Miete.«

»Unter dreihundert Euro kriegst du kaum was Vergleichbares. Nicht in Innsbruck.«

»Wenn ich einen Job finde, ist es okay. Im Moment bin ich ehrlich gesagt pleite.«

»Ich arbeite stundenweise bei Douglas, die suchen immer wieder Aushilfskräfte. Wenn du willst, frage ich für dich.«

»Das wäre nett.« Den ganzen Tag Parfums auf Handgelenke von Kundinnen zu sprühen und dabei zu lächeln, war zwar nicht Veras Traumjob, aber besser als nichts.

»Oder du versuchst es im Blue Note. Vielleicht hast du Glück, und sie haben noch keinen Ersatz für Karin gefunden. Du müsstest halt abends bis weit nach Mitternacht arbeiten.«

»Das wäre mir sogar lieber.« So hätte sie tagsüber Zeit für ihre Nachforschungen. »Was für ein Lokal ist das?«

»Ein Jazzcafé mit Livemusik. Zum Essen gibt es nur Kleinigkeiten, das aber bis ein Uhr nachts. Ziemlich beliebter Schuppen. Viele gehen nur wegen dem Jazzpianisten hin.« Anna ließ ihre Wimpern flattern. »Der schöne Luca, ein heißer Typ. Karin hat ihn mal angeschleppt.«

»Luca und wie noch?«

»Briguglia. Ein echter sizilianischer Romeo.«

»Luca Briguglia? Ich glaub's nicht.«

»Kennst du ihn?«

»Ein Freund von mir hat vor Kurzem in München mit Briguglia gespielt und ihn in den höchsten Tönen gelobt. Ein Spitzenpianist.« Das wäre wenigstens eine Arbeit, bei der sie erstklassige Musik zu hören bekäme. »Der Job klingt prima. Wenn du mir die Telefonnummer vom Blue Note gibst, rufe ich gleich an.« Vera lächelte. »Und wenn es klappt, nehme ich das Zimmer.«

»Klar nimmst du das Zimmer. Hier sind schon mal die Wohnungsschlüssel. Fühl dich zu Hause.«

***

Heisenberg unterdrückte ein Ächzen, als er sich bückte, um unter dem rot-weißen Absperrband hindurchzukriechen. Dann mühte er sich die Wiese hoch, die noch nass vom Tau war. Obwohl das Gelände nur minimal anstieg, ging ihm schon nach wenigen Metern die Puste aus. Er pausierte, presste seine Hand an die Brust und sah sich rasch um. Einige Leute von der Spurensicherung durchstreiften das Gras, die Augen auf den Boden gerichtet. Niemand hatte seine Schwäche bemerkt, gut so. Sie redeten ohnehin über nichts anderes als seine bevorstehende Pensionierung und dass es höchste Zeit dafür war. Zur Schau gestellte Kurzatmigkeit wäre Wind auf die Mühlen der Lästermäuler.

Der Spusi-Chef Severin Bartsch, der in seinem engen weißen Ganzkörperanzug wie eine überdimensionale Weißwurst aussah, richtete sich auf. Er hob grüßend die Hand, ließ dann den gestreckten Daumen nach unten sacken.

Bis jetzt nichts. Heisenberg nickte ihm zu.

Dann entdeckte er Wurz, um dessen Mundwinkel ein triumphierendes Lächeln spielte.

Endlich ein Kapitalverbrechen, schien das Lächeln zu sagen. Endlich nicht nur die üblichen Drogendelikte oder Diebstähle, sondern etwas richtig Großes, etwas Karriereförderndes. Als dienstältester Kripobeamter nach Heisenberg wartete Wurz nur darauf, ihn als Leiter des Landeskriminalamts zu beerben. Natürlich war das aussichtslos.

Nach mir werden sie sich wieder einen Wiener holen, da nützt dir auch das richtige Parteibuch nichts.

»Grinsen S' nicht, Wurz, das ist keine Party hier.«

Wurz errötete wie ein ertappter Schuljunge.

»Der Prantl ist gerade fertig geworden, Chef.«

»Dann will ich mir den Fund mal anschauen.« Heisenberg näherte sich dem Holzstoß, vor dem eine schwarze Plastikfolie ausgebreitet war. Vier blutige Fleischbrocken lagen darauf. Die Hände waren das einzig Menschenähnliche daran.

Scheußlich.

Prantl schloss seinen Koffer und sprang aus der Hocke in den Stand. Er begrüßte Heisenberg mit einem kräftigen Händedruck. Mit seiner rahmenlosen Brille und dem breiten Lächeln hätte man ihn für einen Bankbeamten halten können. Dass er täglich Leichen zerschnippelte und in ihren Eingeweiden wühlte, sah man ihm nicht an. Schon gar nicht, dass er einer der Besten seines Faches war. Heisenberg schätzte ihn sehr. Wenn Prantl nicht ständig seine penetrant gute Laune zur Schau gestellt hätte, hätte er ihn sogar gemocht.

»Können S' schon was sagen?«

»Wenig, mein Lieber, wenig. Wie Sie sehen, handelt es sich um zwei menschliche Arme.«

»Todeszeitpunkt?«

»Kann ich nur ganz grob schätzen. Liegt auf alle Fälle mehr als vierundzwanzig Stunden zurück, weil die Totenflecke nicht mehr vollständig wegdrückbar sind. Der maximale Ausprägungsgrad der Totenstarre ist bereits überschritten. Daher ist das Opfer nicht länger als achtundvierzig Stunden tot.«

Heisenberg riss die Augen auf. »Sie können anhand dieser Stücke die Totenstarre beurteilen?«

»Dazu braucht man nur einige intakte Gelenke, nicht eine komplette Leiche.«

Heisenberg nickte anerkennend.

»Gut. Und wie steht's mit dem Geschlecht des Opfers?«

»Schwierig, sehr schwierig. Genaues kann nur die DNA-Analyse bringen. Nach der Struktur der Finger vermute ich, dass es sich um eine Frau handelt. Lackreste an den Nägeln haben wir auch und zwei hellere Stellen, von Ringen.« Er deutete auf zwei Finger. »Aber Lack und Ringe beweisen natürlich gar nichts, heutzutage.«

»Und das Alter?«

»Noch problematischer. Nach dem Hautbild zu urteilen, handelt es sich möglicherweise um eine ältere Person. Aber da betreten wir schon den Bereich der Spekulation. Für eine genauere Einschätzung muss ich zuerst die Knochenstruktur untersuchen, vor allem den Oberarmknochen.«

»Bis wann bekomme ich die endgültigen Ergebnisse?«

»Die Ergebnisse der DNA-Analyse haben Sie bis morgen Abend.«

Heisenberg öffnete den Mund, um einen schwachen Protest zu formulieren. Aber Prantl ließ ihn nicht zu Wort kommen.

»Fragen Sie gar nicht. Es geht nicht schneller. Ich habe die Brisanz des Falles und Ihre Ungeduld schon einberechnet.«

Arroganter Knilch, dachte Heisenberg und ärgerte sich gleichzeitig darüber, dass er so ungerecht war. »Noch eines. Was ist zur Zerstückelung zu sagen?«

»Sauber durchgeführt, glatte Schnittstellen, vermutlich von einer Axt.«

Prantl verabschiedete sich und lief mit federnden Schritten Richtung Parkplatz. Woher nimmt der die Zeit, seinen Körper dermaßen fit zu halten, obwohl er so viel arbeitet?, fragte sich Heisenberg. Mit Entsetzen erinnerte er sich an seinen letzten Besuch in der Sauna. Er war eigens nach Seefeld gefahren, um keine Bekannten zu treffen. Und ausgerechnet der Prantl war ihm als Erster über den Weg gelaufen, mit seinem Waschbrettbauch. Noch nie hatte Heisenberg sich so hässlich gefühlt. Ja, sogar schuldig. Als wäre Übergewicht ein Verbrechen an der Gesellschaft. Seither mied er Wellnesseinrichtungen aller Art, sehr zu Theas Leidwesen.

Wind kam auf. Als ein Schwall süßlichen Gestanks seine Nase erreichte, krampfte sich sein Magen zusammen. Er wich zurück, als hätte ihm jemand einen Schlag verpasst. Brechreiz stieg in ihm auf. Doch er hatte ihn kommen sehen und kämpfte dagegen an.

»Wo genau lagen die Teile?«, fragte er, als er sich wieder im Griff hatte.

Wurz zeigte auf den Holzstoß. »Sie waren in einen Müllsack eingeschlagen und mit Bindfaden verschnürt. Das Päckchen befand sich im Brennnesselgestrüpp neben den Holzscheiten. Irgendein Tier hat das Plastik durchgenagt und eine Hand herausgezerrt. Die hat dann eines der Kinder entdeckt.« Wurz deutete auf die Schüler, die am Parkplatz warteten und wie ein Haufen verschreckter Küken durcheinanderschnatterten.

Zwei Kinder heulten, andere standen kurz davor. Die beiden Lehrerinnen versuchten, sie zu beruhigen.

Mitterhofer kam aus dem Wald und schloss seinen Hosenstall. Mit seinen zu langen Beinen wirkte er, als könnte ihn der erstbeste Windhauch umknicken. Bis jetzt hatte er sich allerdings als ziemlich zäh erwiesen.

»Soll ich mich um die Kinder kümmern?«

»Die Kinder übernehme ich. Heizen Sie den Spusi-Leuten ein. Die müssen den Rest der Leiche finden.«

»Sie suchen schon seit einer Stunde. Schaut nicht gut aus.«

»Von mir aus sollen sie den ganzen Tag suchen und jeden Grashalm einzeln umdrehen, Hauptsache, sie finden was.«

Mitterhofer trollte sich.

»Wurz, Sie können mit den Ermittlungen anfangen. Nehmen Sie sich die Vermisstenanzeigen aus der näheren und weiteren Umgebung vor.«

Heisenberg ließ Wurz stehen und spazierte zum Holzhäuschen am Waldrand, das zum Spielplatz gehörte. Es war auf Pfählen gebaut, eine Hühnerleiter führte nach oben. Sie war zwar für Kinder gedacht, machte aber einen stabilen Eindruck.

»Gibt ja auch schwere Kinder«, brummte er und kletterte vorsichtig hinauf. Hier hatte man einen Ausblick über das gesamte Areal. Gierig sog er den Duft von Rindenmulch ein und überlegte.

Wenn jemand einen Mord beging und die Leiche am Kinderspielplatz entsorgte, sie schlecht und recht unter Brennnesseln verbarg, dann war er entweder dumm, oder er wollte, dass sie gefunden wurde. Vielleicht war es ihm auch einfach wurscht.

Der Chef der Spusi, der gerade noch mit Mitterhofer gesprochen hatte, näherte sich.

»Severin, habt ihr was?«

»Nein, Willi, bis jetzt nichts.«

»Dann macht weiter. Sperrt großräumiger ab, sucht unter jedem Stein.«

Eine Gruppe Wanderer näherte sich und glotzte herüber.

»Und jagt die Gaffer weg. Ich kann sensationsgeile Leute nicht ausstehen.«

Heisenberg stieg von seinem Hochsitz herunter und ging gemessenen Schrittes auf die Schulklasse zu. Er nestelte an seinem Kragen und strich sich das Haar zurück. Nicht dass das viel ausgemacht hätte, bei den spärlichen Federn, die noch auf seinem Kopf sprossen.

Reine Ersatzhandlung aus Nervosität. Das bevorstehende Gespräch mit den Volksschulpädagoginnen lag ihm im Magen. Und er ärgerte sich darüber, dass er in solchen Dingen nicht souveräner war.

Als er am Abend an seinem Schreibtisch saß und sich eine Zigarette drehte, bemerkte er, dass seine Finger zitterten wie bei einem Parkinsonkranken. Nichtsdestotrotz bat er Linda, ihm einen Espresso zu bringen. Wenigstens wusste er dann, wieso er nicht schlafen konnte.

»Soll ich Ihnen eine Topfengolatsche holen, bevor der MPREIS zusperrt?«, fragte sie.

Er zögerte. Eigentlich hatte er sich vorgenommen, auf die süßen Blätterteigteilchen zu verzichten, um sein ewiges Sodbrennen endlich in den Griff zu kriegen. Kalorientechnisch waren die Dinger natürlich auch höchst ungünstig.

»Ja, bitte, Linda. Das wäre lieb.«

Nach diesem fürchterlichen Tag hatte er sich eine Belohnung verdient.

Fast zwei Jahre lag der letzte Mord zurück. Zwei Jahre, in denen es ruhig gewesen war, von den Problemen mit den marokkanischen Dealern, ein, zwei Vergewaltigungen und schwerem Raub einmal abgesehen. Und jetzt musste eine zerstückelte Leiche auftauchen. Ausgerechnet drei Wochen vor seinem Urlaub, der nahtlos in die Pension übergehen sollte.

Es klopfte.

»Herein!«

Wurz steckte den Kopf ins Büro. »Ich bin mit der Recherche durch, Chef. Hab mich auf weibliche Vermisste beschränkt.«

Heisenberg wiegte den Kopf. Immer öfter leistete sich Chefinspektor Wurz Eigenmächtigkeiten. Dass es sich bei dem Opfer um eine Frau handelte, hatte Prantl schließlich nur vermutet.

»Und?«

»Wir haben Abgängigkeitsanzeigen im Raum Innsbruck-Land, in Rosenheim und im Trentino. Außerdem in Wien und in Kärnten.«

»Gut. Kontaktieren S' die Angehörigen. Wir brauchen Haar- oder Zahnbürsten der Vermissten oder Mundabstriche der nahen Verwandten für DNA-Tests.«

»Schon erledigt, Chef.«

»Haben S' auch um einen Personalausweis, Pass oder Führerschein gebeten?«

Wurz erblasste. »Nein. Wozu?«

»Schalten S' Ihr Hirn ein. Um die Fingerabdrücke mit denen des Opfers abzugleichen. Das geht schneller als der DNA-Test.«

Wurz' Wangen färbten sich scharlachrot. »Wird sofort nachgeholt.« Plötzlich hatte er es eilig.

»Und nehmen Sie sich noch die männlichen Vermissten vor, von einer Beschränkung auf Frauen hab ich nämlich nichts gesagt.«

»Aber … Prantl meinte …«

»Genau. Er meinte. Meinen und wissen sind zwei Paar Schuhe.«

»Der hat sich doch noch nie getäuscht.«

»Machen Sie's einfach, weil ich es sage.«

Als Wurz wieder gegangen war, nahm Heisenberg ein Blatt Papier. Er griff zum Bleistiftstummel, der hinter seinem Ohr steckte, und schrieb in die Mitte des Blattes:

»Fundort – Waldspielplatz, Gramartboden.« Er zeichnete einen Kreis herum, versah ihn mit einem Pfeil nach unten und schrieb: »zwei Arme. Weiblich? Über sechzig?

Todeszeit: Samstag oder Sonntag.

Offensive Leichenzerstückelung aus Hass?

Oder defensive, um das Opfer zu beseitigen?«

Wahrscheinlich Letzteres, dachte er. Aber auch das war reine Spekulation.

»Motiv???«

Keine Ahnung. Er wusste nichts.

Wenn er Glück hatte, war das Opfer mit einer der Vermissten identisch. Im Moment war es sinnlos, sich weiter den Kopf zu zerbrechen. Es würde genauso wenig bringen wie die Befragung des Mädchens, das die Leichenteile gefunden hatte. Verärgert erinnerte er sich an die peinlichen Momente, als die jüngere der beiden Lehrerinnen ihn angeschrien und mit einer Anzeige gedroht hatte, wenn er es wagen sollte, dem armen Kind Fragen zu stellen. Erst der Überredungskunst des Psychologen gelang es, die hysterische Frau zu überzeugen, dass ein Gespräch mit der Polizei dem Mädchen helfen würde, das Erlebnis schneller zu verarbeiten.

Die Kleine erzählte, dass sie zu dem Holzstoß gegangen war, weil dort viele Rindenstücke herumlagen, die sie zum Basteln brauchte. Als sie mit einem Stock die Brennnesseln zur Seite bog, sah sie eine Hand. Sie schrie und rannte zu den Lehrerinnen. Sonst hatte sie nichts beobachtet, keine verdächtige Person, niemanden. Auch den anderen Kindern war nichts aufgefallen.

Das Mädchen fragte, ob er ein richtiger Polizist sei, wem die Hand gehöre und ob er sie wieder ganz machen könne. Sie sah ihn aus ihren großen Kulleraugen an. Er hätte gern etwas Tröstliches gesagt und war sich hilflos vorgekommen, weil ihm keine altersgerechten Worte eingefallen waren.

Vielleicht doch gut, dass Thea keine Kinder bekommen konnte. Wenigstens ist mir das Versagen als Vater erspart geblieben.

Wieder klopfte es.

»Herein!«, rief er ungeduldig.

Es war Linda, die ihm mit einem Lächeln den Espresso und die Golatsche servierte.

»Danke, Linda.« Woher nahm sie nur ihre unerschütterliche Freundlichkeit, obwohl er sie immer wieder anfauchte und seine schlechte Laune an ihr ausließ?

Hoffentlich hat sie einen netten Freund, einen, der ihre menschlichen Qualitäten zu schätzen weiß.

Genüsslich biss er in das süße Teilchen, kaute und spülte mit einem Schluck Kaffee nach.

Zum dritten Mal klopfte es.

»Kruzifixsakrament!«, brüllte er. »Kann man nicht einmal in Ruhe nachdenken?«

Wurz trat ein und lächelte wieder sein dämliches Karrierelächeln.

»Sagen S' nicht, dass Sie mit den vermissten Männern schon fertig sind!«

»Hat sich erübrigt, Chef.« Sein Grinsen wurde breiter. »Der Prantl hat angerufen.«

Heisenberg klopfte mit dem Bleistift auf die Tischplatte. »Und? Lassen Sie sich nicht alles aus der Nase ziehen.«

»Das Alter des Opfers schätzt er auf sechzig bis fünfundsiebzig Jahre. Er hat eine Arthritis festgestellt. Außerdem handelt es sich mit großer Wahrscheinlichkeit um eine Frau.«

»Ist das wahrscheinlich oder ist es sicher? Ist die DNA-Analyse etwa schon fertig?«

»Nein. Ganz sicher ist es nicht.«

Heisenberg schnaubte. »Dann lassen Sie sich nicht aufhalten und recherchieren S' weiter. Vermisste Männer in Bayern, Südtirol und Österreich.«

Wurz tat, als hätte er ihn nicht gehört. Er trat ans Fenster und sah hinaus. »Eigentlich wissen wir doch schon einiges.«

»Ja, freilich. Fehlt nur die Identität des Opfers und die des Mörders. Aber das sind ja Kinkerlitzchen, was?«

Wurz reagierte nicht auf Heisenbergs Zynismus. Er schaute in die untergehende Sonne, als hätte er den Fall schon gelöst. Die Szene erinnerte Heisenberg an diese Fernsehserie, von der Wurz so schwärmte: CSI Miami. Wenn Lieutenant Caine die Sonnenbrille aufsetzte und auf die Skyline von Miami blickte, die im Licht der untergehenden Sonne aufleuchtete, wirkte er genauso selbstzufrieden und eitel wie Wurz jetzt. Nur dass die Aussicht aus Heisenbergs Büro sich auf die graue Fassade des Gasthof Innrain beschränkte, hinter der man den Patscherkofel erahnen konnte. Oder auch nicht.

FÜNF

Kaum hatte Robert die Tür zum Blue Note geöffnet, tauchte er in die Atmosphäre von gedämpftem Licht, Gläserklirren und schrägen Akkorden ein wie in eine exotische Welt, in der die Zeit langsamer lief und Stress ein unbekanntes Wort war. Er schlenderte an die Bar, bestellte ein Hefeweizen und sah sich um. Das Jazzcafé war brechend voll, vermutlich weil nach längerer Urlaubspause wieder Luca Briguglia am Flügel saß. Robert mochte Lucas opulente Harmonien und seinen spielerischen Hang zur Virtuosität. Und natürlich faszinierte ihn immer wieder, dass der Sizilianer so souverän über das Reich der Tasten herrschte, ohne sie zu sehen.

Nach seinem Vierundzwanzig-Stunden-Dienst-Marathon erfrischte ihn der erste Schluck Bier wie ein Bad in einem Gebirgsbach. Genießerisch schloss Robert die Augen.

Als er sie wieder aufschlug, sah er sie. Er erkannte sie an den Haaren, die genauso zerzaust aussahen wie letzte Woche, als sie im Klinikkorridor auf Paul und ihn zugerollt war: Vera Meyring. Eine unförmige Kellnerinnengeldtasche war um ihren Bauch geschnallt, und sie trug violette Plateausandalen. Robert konnte sich ein Grinsen nicht verkneifen. Die meisten Frauen hätten mit solchen Schuhen nuttig ausgesehen. An Veras Riesenfüßen wirkten sie komisch. Als wollte sich die Trägerin über sich selbst lustig machen. Geschmeidig fädelte sie ihren schmalen Körper zwischen den Tischen hindurch und balancierte ein Tablett mit leeren Gläsern.

Inzwischen hatte der Pianist die Jazzballade in den höchsten Regionen des Bösendorfers verhauchen lassen. Applaus brandete auf.

Luca erhob sich, kontrollierte den Sitz seiner dunklen Brille und lächelte in die Runde. Mit leicht vorgestreckten Händen tastete er sich zur Bar.

Zwei Studentinnen gafften ihn ungeniert an. Die Tatsache, dass der Blinde ihr Starren nicht sehen konnte, ließ sie jede Hemmung verlieren. Dass Luca die begehrlichen Blicke auf seinem knackigen Po fühlte, davon war Robert überzeugt.

Klavier spielen sollte man können, dachte er mit einem Anflug von Neid.

Vera war mit dem Tablett hinter der Bar verschwunden. Sie wechselte einige Worte mit dem Barkeeper, schenkte Rotwein in ein Glas und servierte es Luca, der sie sofort in ein Gespräch verwickelte. Zu gern hätte Robert die Unterhaltung der beiden belauscht. Es war nicht zu übersehen, dass Luca alle Register seines Charmes spielen ließ. Seine Hände zeichneten Figuren in die Luft, streiften dabei Veras Schulter, ihre Wange. Eine Hand landete auf ihrem Arm. Entschlossen packte Vera sie und legte sie auf die Theke zurück.

Robert grinste. Nicht jede Frau schien auf die Papagallonummer abzufahren. Plötzlich drehte Vera den Kopf in seine Richtung, als hätte sie seine Blicke gespürt. Ihre Lippen verzogen sich zu einem Lächeln. Schau an. Sie erinnerte sich an ihn, obwohl er geschworen hätte, dass sie damals blind vor Zorn über den Tod ihrer Schwester gewesen war. Grübchen spielten um ihre Mundwinkel, und die spitzigen Gesichtszüge wirkten beinahe weich. Erfreut erwiderte Robert das Lächeln. Im selben Augenblick bemerkte er, dass sie gar nicht ihn gemeint hatte. Ihr Blick war über seinen Kopf hinweg auf jemanden gerichtet, der hinter ihm stand. Über die Schulter erspähte er einen drahtigen Typen mit ergrauter Lockenmähne, den er noch nie gesehen hatte. Er ging auf Vera zu und umarmte sie. Auch Luca begrüßte er überschwänglich. Beide redeten auf Vera ein. Der Drahtige holte sie hinter der Theke hervor. Sie wehrte sich, aber halbherzig, dann ließ sie sich zur Bühne bugsieren. Er verschwand kurz hinter einem Wandvorsprung und kam mit einem Kontrabass zurück. Luca nahm das Mikrofon. »Liebe Freunde!« Sein R rollte bis in den hintersten Winkel des Lokals. »*Carissimi amici di Jazz!* Nikte nur sie serviert uns den *vino*, sie hat *una voce stupendissima.*« Er führte seine Fingerspitzen zum Mund und küsste sie. »Ische bitte um Applaus für meine neue *collega*, die *cantante tedesca* Vera Meyring.« Beifall brandete auf, durchsetzt von Gläserklirren. Vera verbeugte sich nachlässig.

»Außerdem ische begrüße eine alte Freund, *il contrabbassista* Joken Schramm aus Monaco.« Wieder wurde geklatscht.

Der Bassist, der vermutlich Jochen hieß und aus München kam, nickte und begann auf seinem Bass herumzuzupfen.

Luca gab das Mikro an Vera weiter und setzte sich ans Klavier. Plötzlich wurde es still im Café. Wie Farbtupfen setzte Luca die Eingangsakkorde in die Tasten. Vera stand hoch aufgerichtet in der Mitte der Bühne, ihr Oberkörper pendelte im Rhythmus des Klaviers vor und zurück. Dann öffnete sie ihre Lippen ein wenig, als wollte sie den Anfangston kosten, auf Temperatur und Farbe prüfen, ehe sie ihn losließ.

»Summer-time …«

Robert erschauerte. Schon bei seiner ersten Begegnung mit Vera hatte ihn ihre Sprechstimme fasziniert. Ihr Gesang verursachte ihm Gänsehaut. Das Timbre ihrer Stimme fühlte sich an wie nackte Haut auf Kiefernrinde …

»… and the livin' is easy.«

… wie feinkörniges Schleifpapier …

»Fish are jumpin' and the cotton is high.«

… und das Streicheln von Samt.

Er vergaß zu atmen.

»Your daddy's rich and your mamma's good-lookin' …«

Wie war es möglich, dass eine junge, magere Weiße schwärzer sang als Cassandra Wilson und heißer als Etta James?

»So hush, little baby, don't you cry.«

Eine Flut von Bildern begann in seinem Kopf zu kreisen. Erinnerungen an den ersten Urlaub in der Toskana mit siebzehn; an den Wind, der den Rock der Italienerin gebauscht hatte; an ihr Gesicht, als seine Hand schenkelaufwärts geglitten war, um das Darunter zu erforschen, im Olivenhain ihrer Eltern. Schwüle, glückliche Gedanken. Ihm schwindelte. Er wollte zahlen und gehen, wollte an der frischen Luft in die Realität zurückfinden. Doch sein Körper gehorchte ihm nicht. Bewegungslos blieb Robert sitzen, während Vera zwei weitere Standards sang.

Es war weit nach Mitternacht, als er sich als einer der letzten Gäste auf den Heimweg machte. Seine Knie gaben bei jedem

Schritt nach, und auf seinen Lippen lag ein Dauergrinsen, das vermutlich ziemlich dämlich aussah. Wie er den Mut aufgebracht hatte, sie anzusprechen, wusste er nicht mehr. Er sah noch immer ihre Augen vor sich, schimmernd wie der Lansersee im Abendlicht. Sie hatte erzählt, dass sie heute eine Wohnung und einen Job gefunden hatte. Und hatte sich wie ein Kind gefreut, dass ihr alter Freund Jochen extra zu diesem Anlass nach Innsbruck gekommen war, um mit Luca und ihr zu spielen. Auf Roberts Frage, ob sie professionelle Musikerin sei, lachte sie und gab zu, dass es ein verlockender Gedanke wäre, das Medizinstudium zugunsten einer Gesangsausbildung an den Nagel zu hängen. Sie entdeckten, dass sie dieselben Jazzsängerinnen mochten. Als sie sich ausführlich über Billie Holiday unterhielten, begannen Roberts Nasenflügel zu zittern, wie immer, wenn ihn etwas erregte. Er hatte gehofft, dass es ihr nicht auffallen würde, im selben Augenblick waren ihm seine Gefühle und seine Unsicherheit unsagbar blöd vorgekommen.

***

Als er am nächsten Vormittag erwachte, geisterte die Melodie von »Summertime« in seinem Kopf herum, und er fühlte sich, als hätte er die Nacht singend verbracht. Seine Gedanken kreisten um den gestrigen Abend. Erst nach der dritten Tasse Schwarztee fiel ihm ein, was er sich für seinen heutigen freien Tag vorgenommen hatte. Und sein Lächeln löste sich auf wie eine Luftspiegelung. Er atmete tief durch, nahm den Autoschlüssel und schlug die Tür hinter sich zu.

Je mehr er sich dem O-Dorf näherte, je schäbiger die Hochhäuser wurden und je häufiger die Wettbüros, umso leichter fiel es ihm, nicht mehr an Vera zu denken. Sondern an Brigitte. An ihren säuerlichen Mundgeruch, wenn sie wieder getrunken hatte. An die muffige, dunkle Wohnung und die hilflosen Gesten ihrer Mutter.

Er musste zweimal klingeln, ehe sie ihm die Tür öffnete.

»Hallo, Brigitte. Wie geht's dir?«

Sie hob die Hand, als scheuchte sie eine Fliege aus ihrem Gesicht. Wortlos drehte sie sich um und ging in ihr Zimmer.

Robert folgte ihr.

»Ich wollte fragen, ob alles in Ordnung ist.«

Sie setzte sich vor die Staffelei und kehrte ihm den Rücken zu. Ihr Haar sah strähnig aus.

»Gefällt es dir?«, fragte sie, ohne sich umzudrehen.

»Was meinst du?« Robert betrachtete die weiße Leinwand. Erst als er ganz nahe an das Bild herantrat, erkannte er unzählige cremefarbene Striche, so winzig wie Ameisenbeine. Sie waren unregelmäßig über das ganze Bild verteilt. »Was ist das?«

»Gott?« Sie stieß ein hysterisches Lachen aus und wandte ihm endlich den Kopf zu.

Robert seufzte. Wehmütig dachte er an die großformatigen Porträts in Öl, die sie früher gemalt hatte, an ihre ebenso boshaften wie witzigen Karikaturen. Er musterte ihr aufgedunsenes Gesicht, die geplatzten Äderchen, die wie winzige Spinnennetze ihre Haut durchzogen, die gelb verfärbte Bindehaut.

Chronische Leberschädigung.

Als die nächste Lachsalve Brigittes Mund verließ, wehte Robert Schnapsgeruch entgegen.

»Es ist zehn Uhr am Vormittag, und du hast schon wieder getrunken.«

»Natürlich! Es inspiriert mich.«

»Wenn du so weitermachst, wird die Zirrhose nicht mehr lange auf sich warten lassen.«

»Na und? Was geht es dich an?«

»Als du letzte Weihnachten mit einer Alkoholvergiftung in die Klinik eingeliefert worden bist, hast du mich angefleht, dir zu helfen. Hast du das vergessen?«

»Das war mein Weihnachtsgeschenk an dich. Ich wollte dir eine Freude machen, damit du dein Helfersyndrom ausleben kannst.« Wieder lachte Brigitte, dann begann sie zu husten.

»Rede keinen Unsinn!«

»Ich sehe es an deiner Nase. Sie zuckt, wenn der Helfertrieb ausbricht. Oder wenn du verliebt bist. Im Moment zuckt sie wie verrückt.«

Robert fühlte, wie eine Hitzewelle über seine Wangen leckte. Seine Haut brannte bis unter die Haarwurzeln. Rasch wandte er sich ab.

»Jetzt bist du knallrot geworden. Aha! Das ist es also! Du bist verliebt.«

»Hör auf damit. Sag mir lieber, wo deine Mutter ist. Ich habe gestern und vorgestern ein paarmal angerufen und niemanden erreicht. Sie geht doch sonst immer ans Telefon.«

»Wer ist es? Kenne ich sie?« Brigitte erhob sich. Erstaunlicherweise wankte sie nicht, sondern stand kerzengerade vor ihm, als wäre sie schlagartig nüchtern geworden. Ihre Pupillen flackerten, ein fiebriger Glanz lag darin. »Du willst mich betrügen, nicht wahr?«, flüsterte sie.

Robert schnaubte. »Sehr witzig. Du warst es doch, die vor fünf Jahren die Scheidung eingereicht hat. Ich habe deine Worte noch im Ohr, als wäre es gestern gewesen. Ich würde dich zu sehr einengen, hast du mir vorgeworfen. Du wärest zu jung für lebenslange Haft und unschuldig.«

Brigitte schwieg.

»Ein Jahr lang habe ich auf dich gewartet. Habe gehofft, dass du deine wechselnden Männerbekanntschaften sattbekommst und zu mir zurückkehrst.«

»Das wollte ich auch. Ich ... ich wollte zurückkommen.« Sie rieb ihre Hände, als würde sie sie waschen, wieder und wieder.

»Ja. Immer wenn du ganz am Boden bist. Krank. Oder wenn du kein Geld mehr hast. Dann erinnerst du dich an mich. Dann bin ich gut genug.«

»Du lügst! Du willst mir ein schlechtes Gewissen einreden, weil du eine andere hast!«

»Schrei nicht so!«

»In meinem Zimmer schreie ich, so viel ich will!«

»Wo ist deine Mutter?«

»Was weiß ich, wo die sich herumtreibt. Bist du nun meinetwegen gekommen oder wegen ihr?«

Robert wunderte sich. Seit ihrer Hüftoperation ging seine Exschwiegermutter nur zum Einkaufen vor die Tür.

»Ich habe ein Recht, zu erfahren, wer die Schlampe ist!«, brüllte Brigitte.

»Mein Privatleben ist meine Sache. Dass ich dich bisher unterstützt habe, ist mehr, als du verlangen kannst.«

Unvermittelt begann Brigitte zu schluchzen. »Du gibst mir Geld und behandelst mich wie … wie eine Aussätzige. In Wirklichkeit willst du mich nur bevormunden.«

»Du bist es, die sich zur Aussätzigen säuft. Mach endlich eine Entziehungskur!«

Brigitte stampfte mit dem Fuß auf und begann zu kreischen. »Ich will dieses Wort nicht hören! Ich will dieses scheiß Wort nicht hören!«

Robert legte ihr sanft, aber bestimmt die Hände auf die Schultern und sprach langsam und sehr leise. »Ich sage es dir im Guten: Lass die Finger vom Alkohol, wenn du willst, dass ich mich weiterhin um dich kümmere. Wenn du so weitermachst, dann …«

»Dann was?«

»… siehst du mich nie wieder. Ich habe nämlich keine Lust, dabei zuzusehen, wie du vor die Hunde gehst.«

»Und das Geld? Deine Finanzspritzen?«

»Damit ist es auch vorbei, solange du trinkst. Ich hätte dir schon viel früher den Hahn abdrehen sollen.«

Er drehte sich um und ging. Als er die Wohnungstür ins Schloss fallen hörte, atmete er tief durch. Sein Nacken schmerzte von der Last, die er sich aufgehalst hatte. Er sehnte sich danach, den Ballast abzuwerfen, endlich einen Schlussstrich zu ziehen.

Viel zu schnell fuhr er die Schützenstraße entlang. Erst als er halb Innsbruck zwischen sich und seine Vergangenheit gebracht hatte, entspannten sich seine Schultern, und der Kopf wurde frei und leicht. Federleicht.

***

Sie sprang auf, wollte ihm nacheilen. Mit dem Fuß stieß sie gegen eine leere Schnapsflasche, die scheppernd über den Parkettboden rollte. Sie stolperte, stürzte auf das Knie, das sie sich kürzlich aufgeschlagen hatte. Den Schmerz spürte sie nicht. Nur Wut. Flammende Wut, heiß und hellrot.

Brigitte packte die Flasche mit beiden Händen und schleuderte sie gegen die Wand, dass die Scherben in alle Richtungen spritzten. Den scharfkantigen Flaschenhals hob sie auf und fiel damit über das Bild her. Wie in einem Rausch zerfetzte sie es; wartete darauf, dass die Leinwand zu bluten begänne.

»Du hast also eine Neue«, kreischte sie. »Hast gedacht, du könntest sie vor mir geheim halten. Aber ich finde heraus, wer die Schlampe ist. Die soll mich kennenlernen!« Der Wutanfall verebbte so rasch, wie er gekommen war, und Müdigkeit ließ ihre Glieder schwer werden.

Jetzt wäre ein Cognac gut. Der teure, den ihre Mutter versteckt hatte.

Brigitte wusste, wo. Und Mutter würde ihr ganz bestimmt nicht in die Quere kommen.

***

Vera setzte sich auf eine der Stufen, die zum Eingang des Musikgymnasiums führten, und schielte auf ihre Armbanduhr. Noch sieben Minuten bis zum Klingelton.

Vor ihr im Staub lag eine angebissene Karotte, die sie mit dem Fuß zur Seite kickte. Sie musste an Isas Zwerghasen denken: Klecks, den Verfressenen. Für einen Haps Karotte hätte er Männchen gemacht, und seine Nase hätte wie wild gezuckt. Genau wie Roberts Nase gestern. Vera lachte leise.

Was für ein seltsamer Mensch dieser Robert war. Oberarzt an der Unfallambulanz der Uniklinik und rechte Hand von Professor Lechtenbrink. Doch im Unterschied zu allen Oberärzten, die sie bisher kennengelernt hatte und die vor Testosteron und Arroganz kaum laufen konnten, wirkte er absolut sympathisch. Bescheiden. Fast ein bisschen schüchtern. Als es im Blue Note ruhiger geworden war, hatte sie sich wunderbar mit ihm unterhalten. Er schien ein echter Musikfreak zu sein und wusste eine Menge über die alten Blues- und Jazzsängerinnen von Ma Rainey und Bessie Smith bis Sarah Vaughan und Nina Simone. Dass er sie, Vera, mit Cassandra Wilson verglichen hatte, war natürlich pure Schmeichelei. Trotzdem war dieses denkbar größte Kompliment wie Öl durch ihre Gehörgänge geflossen. Ein attraktiver Typ, dieser Robert. Nougataugen, zerwuschelte Locken und Hände, die unsagbar filigran wirkten. Viel zu zart für seinen athletischen Körper. Ob er öfter ins Blue Note kam?

Die Schulglocke riss Vera aus ihren Gedanken.

Mist. Da sitze ich und denke ans Flirten, anstatt mich auf das zu konzentrieren, was wichtig ist. Auf Isa und den, der schuld ist an ihrem Tod.

Stimmengewirr schlug an Veras Ohr. Schon drängte ein Rudel Schüler aus dem Haupteingang des Musikgymnasiums. Rasch sprang sie auf und machte einem pickelgesichtigen Jungen Platz, der sie sonst vermutlich umgerannt hätte.

Als die große Masse sich verlaufen hatte und nur noch einzelne Nachzügler aus dem Schulgebäude tropften, erkannte Vera ein blondes Mädchen mit einem Geigenkoffer. Sie ging auf die Kleine zu und winkte.

»Hallo, Sarah. Hast du kurz für mich Zeit?«

Das schmale Lächeln auf Sarahs Mund schien einzufrieren. »Vera«, stammelte sie. »Es tut mir so leid, was mit Isa passiert ist. Ich …« Sie starrte auf ihre Schuhspitzen und schwieg.

Sekundenlang.

Dann sprudelte es aus ihr hervor. »Ich habe ihr gesagt, sie soll aufhören mit dem Scheiß. Sie soll endlich wieder was essen. Angefleht hab ich sie, aber sie wollte nicht hören. Hat total dichtgemacht und sich nichts mehr sagen lassen.«

Das kam Vera bekannt vor. Bernie hatte ganz ähnlich reagiert.

Sarah setzte ihren Geigenkoffer ab. »Es gab sogar Krach deswegen. Wir haben uns gegenseitig ziemlich gemeine Sachen an den Kopf geworfen. Danach bin ich auf Distanz gegangen. Mensch, ich war stinksauer. Und jetzt, jetzt ist sie tot, und ich fühle mich schuldig.«

»Für Isa gab es einen guten Grund, das Essen zu verweigern.

Mit eurem Streit hat das gar nichts zu tun.« Vera pausierte einen Augenblick. Sie musste ihre Worte mit Sorgfalt wählen, damit sie Sarah nicht vor den Kopf stieß. »Ich bin mir ziemlich sicher, dass Isa sexuell missbraucht wurde.«

Sarah keuchte auf.

Vera ließ das Mädchen nicht aus den Augen. Wusste sie etwas? Ihre Überraschung wirkte überzeugend, die schreckhaft erweiterten Pupillen und die blutleeren Wangen konnte sie nicht vortäuschen.

»Ich weiß nur nicht, von wem«, fuhr Vera fort. »Hilfst du mir, es herauszufinden?«

Sarah nickte.

»Hat Isa je irgendetwas in dieser Richtung erwähnt? Hat sie vielleicht eine Anspielung gemacht, die du damals nicht beachtet hast, die dir aber aus heutiger Sicht merkwürdig vorkommt?«

»Ihr ganzes Verhalten war merkwürdig. Sie ist mir aus dem Weg gegangen.«

»Seit wann war sie so komisch?«

»Seit einem Monat ungefähr. Wenn ich es mir so überlege, seit unserer Fahrt nach Bologna.«

Vera zog die Brauen hoch. »Du meinst das Schülerkonzert im Mai?«

Sarah nickte. »Das Konzert war ein voller Erfolg, Isa hat toll gespielt, wir anderen auch. Danach wurde gefeiert. Es gab Prosecco und ein leckeres Buffet. Ich glaube, an dem Abend ist niemand nüchtern geblieben.« Sie blies sich eine Haarsträhne aus dem Gesicht. »Wir waren in einem Dreibettzimmer untergebracht. Isa, Ruth und ich. Kurz vor Mitternacht sind Ruth und ich schlafen gegangen. Isa war plötzlich verschwunden. Zufällig habe ich mitgekriegt, wie sie gegen Morgen ins Bett geschlichen ist. Und auf der Heimreise war sie wie ausgewechselt. Hat nur aus dem Busfenster gestarrt und vor sich hin geschwiegen.«

»Du glaubst also, dass in Bologna etwas passiert sein muss?«

»Zuerst habe ich nur gedacht, sie ist müde vom langen Feiern. Dass mit ihr etwas nicht stimmte, ist mir erst hinterher aufgefallen.«

»Wer war denn außer euch dreien noch in Bologna?«

»Ein Klarinettist und ein Trompeter, beide achtzehn.« Sarah errötete.

»Könnte Isa mit einem von denen …?«

»Nein, auf keinen Fall! Also mit Mirko, dem Trompeter, lief bestimmt nichts. Das weiß ich, weil … weil ich mich damals in ihn verknallt habe.« Ihre Gesichtsfarbe hätte einer Tomate Konkurrenz machen können. »Seit zwei Wochen sind wir zusammen.« Sie grinste verlegen.

»Und der Klarinettist?«

»Sebastian? Der hat sich mit Mirko ein Zweibettzimmer geteilt. Da war auch nichts, das hätte Mirko mir erzählt.«

»Wer ist noch in Bologna gewesen?«

»René, ein Gesangsstudent, Anfang zwanzig. Außerdem meine Geigenlehrerin, Isas Klavierlehrer, Renés Gesangslehrer und Herr Lehmann, der Korrepetitor, der René, Mirko und Sebastian am Klavier begleitet hat.«

Vera kramte in ihrem Rucksack nach Papier und Zettel und notierte sich die Namen.

»Mirko und Sebastian scheiden also aus. Und was ist mit den Lehrern? Oder mit René?«

Sarahs wasserhelle Augen schienen den letzten Rest Farbe zu verlieren. Sie presste ihre Lippen zusammen.

»Komm schon, du kennst alle Beteiligten. Irgendeine Vermutung hast du doch.«

Das Mädchen starrte zu Boden. »Ich weiß es wirklich nicht.«

»Du willst doch auch, dass der Täter zur Rechenschaft gezogen wird, oder?«

»Natürlich. Aber ich will niemanden falsch beschuldigen«, murmelte Sarah.

»Du sollst niemanden beschuldigen. Sag mir einfach, ob dir irgendetwas aufgefallen ist.«

Sarah zögerte. »Vielleicht, ja. In der Nacht, als Isa weg war, hat jemand im Zimmer nebenan laut gestöhnt.«

»Wessen Zimmer war das?«

»Das von René. Er hatte ein Einzelzimmer, wie die Lehrer.«

Vera zog einen Kreis um den Namen René.

»Danke, Sarah. Du hast mir sehr geholfen.«

»Hoffentlich findest du heraus, was damals wirklich passiert ist.«

»Das werde ich«, sagte Vera bestimmt. »Übrigens … ich vermisse Isas Tagebuch. Weißt du etwas darüber?«

»Nur, dass sie eines hatte. War es nicht grün?«

»Unter ihren Sachen habe ich es nicht gefunden. Kann sie es irgendwo versteckt haben?«

»Keine Ahnung. Aber das müsste Bernie wissen.«

Bernie. Die nicht reden will. Die etwas weiß und es hartnäckig verschweigt.

»Du hast recht. Ich werde sie danach fragen. War sie heute nicht in der Schule? Ich habe sie nicht rauskommen sehen.«

»Sie ist früher abgehauen, angeblich war ihr schlecht. In Wirklichkeit wollte sie wohl die letzte Mathearbeit schwänzen.«

Vera verabschiedete sich. Sie machte sich sofort auf den Weg ins Eduard-Wallnöfer-Heim.

Aber Bernie war nicht da.

»Sie hat Klavierstunde und danach Nachhilfeunterricht. Die kommt erst wieder zum Abendessen«, wusste ein Mädchen aus dem Nachbarzimmer. So lange konnte Vera nicht warten, abends musste sie ins Blue Note. Sie nahm sich vor, es morgen noch einmal zu versuchen.

Der Himmel war diesig, als sie am nächsten Morgen zum Musikgymnasium joggte, um Bernie vor Schulbeginn auszuquetschen. Die Berge versteckten sich hinter schmutzig weißen Schleiern, die noch unentschlossen schienen, ob sie sich auflösen oder zu handfesten Wolken auswachsen sollten.

Zwischen trödelnden Schülergruppen stieg Vera die Treppe hoch zur 6c. Isas Klasse. Sie sah sich um. Sarah sprach mit zwei anderen Mädchen. Als sie Vera erblickte, ließ sie die beiden stehen.

»Suchst du Bernie?«

»Was ist mit ihr?«

»Sie ist gestern Abend nach Hause gefahren. Sommergrippe.«

»Verdammter Mist! Wo ist das?«

»In Ischgl. Wahrscheinlich kommt sie erst in zwei, drei Tagen wieder.«

Die Schulglocke schrillte los und weckte unangenehme Erinnerungen in Vera. »Hast du ihr erzählt, dass ich mit ihr sprechen möchte? Und dass ich das Tagebuch suche?«

»Hätte ich das nicht sagen sollen?«

»Schon in Ordnung. Ich habe nur das Gefühl, dass sie mir etwas verschweigt.«

Ein schlaksiger Mann betrat die Klasse. Er trug eine runde Hornbrille. Sein dunkelblondes Haar war lässig im Nacken verknotet.

»Der Jesus«, flüsterte Sarah und beeilte sich, auf ihren Platz zu kommen.

Veras Blick fiel auf die Sandalen des Lehrers. Birkenstock.

Von einem Jesus hatte Isa nie etwas erzählt.

Wie sie überhaupt fast nichts erzählt hat. Und es ist mir nicht mal aufgefallen.

Vera murmelte eine Entschuldigung und ging hinaus.

Sie brauchte dieses verdammte Tagebuch. Sonst würde sie wohl niemals herausfinden, was mit Isa wirklich passiert war.

Wenn Bernie nicht bald auftauchte, würde sie nach Ischgl fahren müssen.

Das Katz-und-Maus-Spiel hatte sie satt.

***

Sie schlenderte die Fallmerayerstraße entlang und überquerte die Anichstraße. Der Gedanke, dass Isas Peiniger höchstwahrscheinlich im Umfeld der Musikakademie zu finden war, wurde immer mehr zur Gewissheit. Sarahs Bemerkungen bestärkten Vera in dieser Vermutung.

Sie hatte schon öfter überlegt, unter welchem Vorwand sie sich in der Akademie herumtreiben und Nachforschungen anstellen könnte. Ausgerechnet Luca hatte sie gestern auf eine Idee gebracht.

»Du bist begabt, *carissima*«, sagte er. »Du solltest Gesang studieren.« Er empfahl ihr, sich einige Jahre intensiv mit klassischer Stimmbildung auseinanderzusetzen und sich dann auf Jazzgesang zu spezialisieren.

»Geh doch an die Musikakademie«, sagte Luca.

Vera glaubte nicht, dass sie die Aufnahmeprüfung bestehen würde. Sie hatte nie Unterricht bekommen. Doch Luca redete ihr zu, es zu versuchen. Er riet ihr, Joyce Jameson vorzusingen, einer Sopranistin aus Guernsey, die schon vor Jahren ihre Gesangskarriere beendet hatte und an der Tiroler Musikakademie eine Liedklasse leitete. Einige verheißungsvolle Nachwuchssänger waren durch ihre Hände gegangen.

Die Vorstellung, ihre Stimme zu schulen, verlockte Vera.

Außerdem – und das war im Moment das Wichtigste – hätte sie als Studentin unbeschränkten Zugang zur Musikakademie und könnte in Ruhe ihre Recherchen anstellen.

Gesagt, getan. Sie beschloss, sofort bei Professor Jameson vorzusprechen, und lenkte ihre Schritte den Burggraben entlang. Wenn die Gesangslehrerin ihr eine Abfuhr erteilte, musste sie sich etwas anderes ausdenken, um an Informationen über René heranzukommen.

Als sie vom Franziskanerplatz in die Universitätsstraße einbog, sah sie hinter den Kammerspielen die prächtige Fassade der Musikakademie auftauchen. Sie erinnerte Vera an ihren Venedigbesuch im letzten Sommer und an den Palazzo Grassi, der allerdings weit mehr Charme zu bieten hatte; vielleicht aufgrund des Wassers, das anstelle parkender Autos an seinen Stufen leckte.

Kaum stand Vera vor dem Portal, war der imposante Eindruck der klassizistischen Architektur verflogen. Hinter den vier Marmorsäulen blieb nur der schale Geschmack vorgetäuschter Pracht, die sich als Schäbigkeit entpuppte.

Im Foyer roch es muffig. Beethoven blickte weiß und streng auf Vera herab, als wäre er erbost über ihre Frechheit, diese heiligen Hallen zu betreten. Am Treppenaufgang starrte Richard Wagner über sie hinweg in eine nur ihm bekannte Zukunft. Unbeeindruckt stieg Vera die knarrenden Holzstufen hinauf in den ersten Stock.

Vor einer Tür, aus der gequetschte Laute drangen, blieb sie stehen.

»Prof. Joyce Jameson, Liedklasse«, las sie auf dem Türschild. Ehe sie klopfen konnte, wurde die Tür aufgerissen.

Erschrocken sprang Vera zurück.

Eine platinblonde junge Frau stürzte aus dem Zimmer und sah ziemlich zerknautscht aus. Der schwarze Lidstrich unter ihrem rechten Auge war zerlaufen, eine dunkle Spur zog sich über die Wange. Sie rauschte davon, als wären wilde Tiere hinter ihr her.

Wenn das kein gutes Omen ist, dachte Vera, atmete tief durch, klopfte und trat ein.

Frau Professor Jameson saß am Fenster, den Kopf schief gelegt, und sah Vera aus leicht zusammengekniffenen Augen an. Die schmalen Lippen, die gebogene Nase und der klare Blick verliehen ihr das Aussehen eines Vogels. Eines Raubvogels.

»Guten Tag, Frau Jameson. Mein Name ist Vera Meyring. Ich möchte gern Gesang studieren. Darf ich Ihnen etwas vorsingen?«

»Ich mag Leute, die sofort zur Sache kommen.« Die Jameson lächelte vieldeutig. »Komm rein, Honey. Ich bin Joyce. Dein Timing ist grandios, denn meine Schülerin Miss Hoffnungslos hat gerade vorzeitig das Schlachtfeld geräumt.« Sie zog die Nase kraus. Mit einem Hopser sprang sie vom Stuhl und setzte sich an den Flügel, der mitten im Raum stand. Sogleich ließ sie ihre Hände über die Tasten gleiten und spielte einige Arpeggien. Nicht virtuos, aber von einer geschmeidigen Selbstverständlichkeit, die Vera zum Staunen brachte. Sie hatte klassische Sängerinnen bisher für zu divenhaft gehalten, um ihnen gutes Klavierspiel zuzutrauen. Ein Vorurteil, das sie dringend korrigieren musste.

»Was willst du singen?«

Vera erschrak. Natürlich hatte sie sich keinerlei Gedanken darüber gemacht. Sie räusperte sich. »Also ich … ich habe noch nie Gesangsunterricht gehabt und kann nichts Klassisches.«

»Gar nichts? Wie kommst du dann auf die Idee mit dem Studium?«

Sie spürte eine Hitzewelle aufsteigen. Da war sie wohl etwas voreilig gewesen. »Luca hat mich darauf gebracht. Luca Briguglia. Er hat mich bei einigen Jazzstandards begleitet und meinte, ich soll …«

»Ah, Luca.« Joyce lächelte wieder. Breiter diesmal und vieldeutiger. »Der Herzensbrecher.«

Vera hob eine Braue. Zwar stimmte der Eindruck, den sie bisher von Luca gewonnen hatte, mit dieser Äußerung überein, aber sie fragte sich, ob die Jameson das aus eigener Anschauung wusste.

»Wie auch immer. Lucas musikalisches Urteil ist unantastbar.« Joyce schnippte sich eine ihrer rotblonden Locken aus der Stirn. »Wenn er meint, ich soll dich anhören, dann werde ich mir das nicht entgehen lassen. Welchen Standard willst du singen?«

»Wie wär's mit ›Misty‹?«

Sie einigten sich auf eine Tonart, und, ohne zu zögern, spielte Joyce die Eingangsakkorde.

»Look at me …« Anfangs klang Veras Stimme belegt. Sie sprach nicht so an, wie sie es gewohnt war. *»… I'm as helpless as a kitten up a tree.«*

Joyce begleitete sparsam, traf die richtigen Akkorde und sorgte für den Groove, über dem Vera sich frei entfalten konnte, ohne dass diese Freiheit zum Zerfall führte.

»And I feel like I'm clingin' to a cloud, I can't understand I get misty just holding your hand.«

Sie fühlte sich immer wohler. Die Nervosität hatte sich gelegt, die Phrasen flossen wie von selbst aus ihr heraus. Fast wie am Montagabend im Blue Note, als Jochen und Luca sie begleitet hatten.

Noch ehe der Schlussakkord verklungen war, sprang Joyce vom Klavierhocker auf, packte Vera an den Oberarmen und drückte sie.

»Bravo, Herzchen! Eine reife Leistung für eine Autodidaktin.« Sie wirbelte herum und begab sich zu ihrem Schreibtisch. Zückte ein Notizbuch.

»Ich möchte dich gern unterrichten. Wann fangen wir an? Wie wär's mit Dienstag, zwölf Uhr?«

»Muss ich nicht zuerst eine Aufnahmeprüfung machen?«

»Natürlich. Im September. Und bis dahin solltest du drei

klassische Lieder und eine Arie einstudiert haben. Ich helfe dir dabei. Zwar sind von Anfang Juli bis Ende September Ferien, aber ich verbringe höchstens ein, zwei Wochen auf Guernsey. In der übrigen Zeit bin ich bereit, mit dir zu arbeiten.«

»Aber ... ich ...« Vera spürte, wie ihr das Blut in die Wangen schoss, bis unter die Haarwurzeln.

»No money, Honey?« Joyce rieb mit dem Daumen über Zeige- und Mittelfinger.

»Ich arbeite als Kellnerin im Blue Note. An fünf Abenden die Woche. Das reicht für Miete und Essen, aber nicht für Privatstunden, fürchte ich.«

»Mach dir keine Sorgen. Ich verlange nichts.«

»A...«

»Kein Aber. Ich habe selbst schwere Zeiten erlebt, als ich jung war. Damals hat mir niemand geholfen.« Joyce schüttelte den Kopf. »Ich habe mir geschworen, dass ich das anders halte, sobald ich es mir leisten kann. Außerdem macht es mir einfach Spaß.« Ihr Lächeln begann in den Augenwinkeln, die unzählige feine Fältchen bis zu den Ohren schickten.

Vera schluckte ihren Stolz hinunter. »Okay«, sagte sie und lächelte zurück.

Nachdem Joyce ihr noch einige Atem- und Stimmübungen gezeigt und zwei Lieder ausgewählt hatte, begossen sie den Pakt in der Cafeteria im zweiten Stock der Musikakademie mit Kaffee aus dem Automaten. Bisher war alles so gut gelaufen, dass Vera beschloss, einen Schritt weiterzugehen.

»Ist René Beckmann auch ein Schüler von dir?«, fragte sie, obwohl sie es besser wusste.

Joyce runzelte die Stirn. »René, das Milchgesicht? Oh nein! Er ist in Rudis Klasse.« Sie verbesserte sich: »In Professor Schimaneks Klasse.«

»Ist er gut?«

»Hübsch und langweilig. Und so singt er auch. Knödelt, was das Zeug hält. Woher kennst du ihn?«

»Gar nicht. Eine Bekannte hat mir von ihm vorgeschwärmt. Er muss wohl ein ziemlicher Womanizer sein.«

Joyce schlug mit der flachen Hand auf den Tisch, dass ihr Cappuccino überschwappte. »Ein Womanizer?« Sie lachte glucksend.

»Was ist daran so komisch?«

»René ist schwul.«

»Sicher?«

»Glaub mir, Honey, ich kenne mich da aus. Der hat in seinem Leben noch keine Frau scharfgemacht, höchstens den guten Rudi.«

»Professor Schimanek? Seinen Gesangslehrer?«

Joyce lächelte wieder ihr vielsagendes Lächeln.

»Heißt das, der Schimanek vernascht seine Studenten?«

»Entspann dich, Kind. Ja, ich denke, das tut er. Wenn es ihm angeboten wird. Keine schöne Sache, das finde ich auch, aber nicht verboten. René Beckmann ist Anfang zwanzig und erwachsen. Er wird schon wissen, was er tut.«

Zischend stieß Vera Luft durch die zusammengebissenen Zähne.

Ihre Gesangslehrerin warf ihr einen erstaunten Blick zu.

»Findest du es in Ordnung, wenn ein Lehrer das Abhängigkeitsverhältnis ausnützt und seine Schüler vögelt?«

Joyce umfasste den grünen Stein, der an ihrem Hals baumelte. »Gesangsunterricht ist etwas sehr Intimes. Große körperliche Nähe ist erforderlich. Manche Kollegen sind da anfällig für gewisse Reize. Der arme Rudi zum Beispiel. Und manche Studentinnen und Studenten wissen das und nützen es aus.«

»Willst du sagen, das arme Schwein wird von seinen Schülern verführt und kann sich nicht dagegen wehren?« Vera erschrak selbst, wie schneidend ihre Stimme klang.

Joyce schüttelte sich. »Mit dir ist nicht gut Kirschen essen, Honey, wenn du dich aufregst.« Sie wiegte den Kopf. »Leute wie René sind berechnend. Sie versprechen sich ein Diplom mit Auszeichnung, Starthilfe für ihre Karriere, was weiß ich. Dafür tun sie alles. Und Rudi steht nun mal auf ihre knackigen Hintern.«

»Und was, wenn der knackige Hintern, auf den Rudi steht,

einem Musikgymnasiasten gehören würde? Einem Vierzehnjährigen?«

Joyce starrte Vera entgeistert an. »Das wäre allerdings strafbar. Und deshalb würde Rudi das niemals tun. Dafür ist er viel zu ängstlich.«

Vera schwieg. Ihre Rechte krampfte sich um den leeren Kaffeebecher, der sich knirschend verformte.

»Gibt es unter deinen Kollegen welche, die nicht so ängstlich wären?«, fragte sie leise.

Mit einem Mal sah Joyce müde aus. Sie erhob sich. »Ich muss jetzt gehen, Honey. Wir sehen uns dann nächste Woche.«

»Wiedersehen. Und danke.«

Vera starrte ihr nach.

Was war in Bologna mit Isa passiert? Wenn Joyce die Wahrheit gesagt hatte, schied René als Täter aus. Und ebenfalls sein Gesangslehrer, der sich offensichtlich lieber mit Knaben vergnügte. Dann blieb nur noch Isas Klavierlehrer, Sergej Sofronsky, von dem sie immer in den höchsten Tönen geschwärmt hatte. Unvorstellbar. Oder der Korrepetitor, Herr Lehmann, ein unbeschriebenes Blatt.

Natürlich konnte es genauso gut ein Fremder gewesen sein. Irgendein Hotelgast zum Beispiel. Ein Unbekannter, den Vera nie ausfindig machen würde.

Außerdem bestand die Möglichkeit, dass Sarah sich geirrt hatte. Vielleicht war in Bologna gar nichts passiert. Je länger Vera grübelte, umso wahrscheinlicher erschien ihr, dass alles bereits viel früher begonnen haben musste.

Schritte näherten sich und rissen Vera aus ihren Gedanken. Ein zierliches Mädchen mit Zöpfen kam aus dem dritten Stock heruntergehopst und näherte sich der Cafeteria. Sie hatte eine alte Lederschultasche unter ihren Arm geklemmt und nickte Vera zu. Dann warf sie eine Münze in den Automaten und drückte einen Knopf.

Vera erhob sich, immer noch halb in ihrer Grübelei gefangen. Als sie schwungvoll einen Stuhl umrundete, stieß sie gegen die Kleine, die stolperte und kurz aufschrie. Der dampfende

Becher fiel ihr aus der Hand. Sein Inhalt ergoss sich über den Sessel, auch Veras Jeans bekamen einige Spritzer ab.

Die kobaltblauen Augen des Mädchens blitzten auf.

Vera schlug die Hand vor den Mund. »Mist! Wie kann man nur so ungeschickt sein!« Sie bückte sich, hob den leeren Becher auf und warf ihn in den Eimer. »Entschuldige bitte. Hast du dir wehgetan?«

»Halb so schlimm. Nur schade um den Kakao.« Ein halbes Lächeln stahl sich auf die Lippen des Mädchens. Doch ihre Augen funkelten noch immer wütend.

»Wenigstens hat er nicht dein schickes Shirt bekleckert.«

»Nein, aber deine Jeans.«

»Ich heiße übrigens Vera.«

»Mette.« Zögernd legte sie ihre Hand in die von Vera, ohne den Druck zu erwidern.

»Darf ich dich in irgendein Kaffeehaus einladen? Als Wiedergutmachung?«

»Das ist doch nicht nötig.«

»Es würde mir Spaß machen. Hast du Zeit?«

»Eine Dreiviertelstunde. Dann muss ich zur Probe.«

»Prima. Kennst du ein nettes Café in der Nähe? Ich bin nämlich neu hier.«

Kurz darauf saß Vera in einem gläsernen Würfel mit dem schlichten Namen »Pavillon«, einer Kombination von Kaffeehaus und Feinschmeckerrestaurant, und blickte auf die Säulen des benachbarten Landestheaters. Sie stürzte ihren Espresso hinunter, während das Mädchen mit den Zöpfen erzählte. Mette Kindler war Pianistin, Schülerin von Sergej Sofronsky und sechzehn Jahre alt, wie Isa. Mit ihrer Kleinmädchenfrisur und dem pinkfarbenen T-Shirt hätte Vera sie für dreizehn gehalten. Doch Mette kicherte nicht, sie errötete nicht, sie gab sich wie eine perfekte Erwachsene. Eine Erwachsene, die im Körper eines Kindes steckte.

Vor einem Jahr war sie aus Wien nach Innsbruck gekommen und lebte jetzt bei ihrer verwitweten Tante in einer alten Villa auf der Hungerburg. Sie musste in mehrfacher Hinsicht ein

Wunderkind sein, denn sie hatte einige Klassen übersprungen, mit vierzehn ihr Abitur gemacht – die Matura, wie die Österreicher sagten – und mit fünfzehn an der Wiener Musikuniversität das Konzertdiplom erworben.

»Und was machst du dann noch in Innsbruck, wenn du schon fertige Pianistin bist?«

»Ach, als Pianistin ist man nie fertig. Es gibt immer etwas dazuzulernen.«

»Wäre da nicht das Ausland interessanter? New York? Paris?«

Mette lachte. »Einstweilen fühle ich mich hier sehr wohl.«

»Was ist Sofronsky eigentlich für ein Lehrer?«

»Ein großartiger. Einer der besten, glaube ich. Er bringt alles auf den Punkt, hört sofort jede Kleinigkeit, die nicht stimmig ist. Und er zwingt dir nichts auf, sondern hilft dir, deine eigene Interpretation zu finden.«

Das war für Vera nichts Neues. Auch Isa hatte diese Einschätzung vertreten. »Und sonst? Ich meine, wie ist er als Mensch?« Sie fuhr sich durchs Haar und rupfte an einer Strähne.

»Sympathisch. Wie ein Vater. Streng, aber gerecht. Für ein Lob aus seinem Mund würden manche seiner Schüler ihre Großmutter verkaufen.« Mette sah Vera an, ohne zu blinzeln. Wie ein Strahlenkranz umgaben ihre hellen Wimpern die Augen.

»Jetzt könntest du mal etwas von dir erzählen. Spielst du auch ein Instrument?«

Vera überlegte, ob sie Mette verraten sollte, dass sie Isas Schwester war und was sie eigentlich hier wollte. Schließlich entschied sie sich dagegen. Nein, sie würde zuerst versuchen, Mettes Vertrauen zu gewinnen. »Ich studiere Gesang. Das heißt, sofern ich die Aufnahmeprüfung im Herbst bestehe.«

»Hast du schon einen Klavierbegleiter für die Prüfung?«

»Brauche ich das?«

»Nicht unbedingt. Normalerweise begleitet einer der Korrepetitoren die Prüfungen. Aber wäre doch cool, wenn du mit einer eigenen Pianistin ankommst, oder nicht?«

»Äußerst cool, ja. Ich fürchte nur, ich kann mir keine eigene Pianistin leisten.«

»Wenn du willst, begleite ich dich. Umsonst. Und ich bin

gut, hörst du? Die beste, die du kriegen kannst.« Mette klopfte mit ihrem Zeigefinger auf die Tischplatte.

Vera musste grinsen. Sie fragte sich, ob sie heute besonders bemitleidenswert aussah, weil ihr an ein und demselben Tag zwei verschiedene Menschen etwas schenken wollten.

»So ein Angebot kann man nicht ausschlagen. Prima! Ich freue mich.«

Mette klatschte in die Hände. »Fein. Dann bis demnächst. Ich muss jetzt zu meiner Probe.« Sie leerte ihre Tasse und stand auf. »Morgen gebe ich einen Klavierabend im Ferdinandeum. Kommst du?«

»Hey, das ist ja phantastisch! Morgen habe ich nämlich frei. Das lasse ich mir auf keinen Fall entgehen. Wo ist das?«

»Das Landesmuseum in der Museumstraße. Der Bau mit den beiden Sphinxen. Nicht zu übersehen.« Mette lächelte ihr süßes Kleinmädchenlächeln. »Danke für die heiße Schokolade, Vera. Tschüs.« Mit wehendem Röckchen trippelte sie hinaus.

»Toi, toi, toi für morgen!«, rief Vera ihr nach.

Was für ein merkwürdiges Geschöpf!

SECHS

Es mussten Hunderte von Maden sein. Gut genährte alabasterfarbene Maden, die Kopf voraus im toten Fleisch steckten, während sich ihre Hinterleiber wanden, als tanzten sie zu einer grotesken Musik. An den Schnittstellen waren sie eingedrungen, hatten sich unter der Haut weitergefressen, um anderenorts wieder ans Tageslicht zu kommen. Wie ein zusätzliches Gefäßsystem sahen ihre Fraßspuren aus.

Heisenberg presste sein Taschentuch vor Mund und Nase, doch der süßliche Geruch sickerte durch den Stoff. Diesmal überkam ihn die Übelkeit nicht als vorhersehbare Welle, sie hieb ihm – zack! – ihre eiserne Faust in den Magen. Mit einem Stöhnen konnte er gerade noch den Kopf wegdrehen und übergab sich auf den Waldboden.

»Verdammte Sauerei«, krächzte er, als die Krämpfe endlich nachgelassen hatten, und sah sich nach seinen Leuten um.

Hinter dem mächtigen Stamm einer Buche hockten Wurz und Mitterhofer. Sie wandten Heisenberg den Rücken zu.

»Wo bleibt der Alte?«

Er wollte sich gerade bemerkbar machen, doch irgendetwas ließ ihn verharren.

»Müsste bald da sein. Wartet, bis wir die Drecksarbeit erledigt haben. Wetten, er kotzt sich die Seele aus dem Leib, wenn er die Maden sieht?«

Wurz, du Hund.

Beide Männer lachten. Bei Wurz klang es nach Ziegengemecker, bei Mitterhofer nach Loch im Auspuff.

»Gibt's das? Dass einer so lange dabei ist und so einen empfindlichen Magen hat?«

»Zu viele Topfengolatschen«, sagte Wurz.

»Zählst du auch schon die Tage?«

»Was denkst du denn? Noch vierzehn. Nein, nur noch dreizehneinhalb. Dann sind wir ihn los und …«

Heisenberg umrundete den Baum mit Schwung.

»Freuen Sie sich nicht zu früh, Wurz. Womöglich kommen S' vom Regen in die Traufe.«

Wurz fuhr herum, als hätte ihm jemand eine Nadel in den Hintern gerammt. Sein Gesicht überzog sich mit pubertärer Röte. Stotternd suchte er nach einer Entschuldigung.

Heisenberg setzte sein spöttischstes Lächeln auf. »Schon gut. Machen S' weiter.«

Gehorsam beugte Wurz sich über ein Stück Moos, in dem man mit gutem Willen so etwas wie einen Fußabdruck erkennen konnte. Es klickte, als er auf den Auslöser der Kamera drückte.

»Kann natürlich sein, dass der Abdruck vom Schwammerlsucher stammt, der die Leichenteile gefunden hat.«

»Wo ist der Mann?«

»Unten, am Weg. Hat sich auf die Bank gesetzt. Dem ist auch schlecht«, murmelte Mitterhofer, als wollte er sich entschuldigen.

»Wo bleibt eigentlich der Prantl?«

»Hat heute Urlaub. Seine Assistentin müsste schon längst da sein«, sagte Wurz.

»Die fesche Rothaarige?« Mitterhofers Wangen leuchteten, dass die Rothaarige dagegen blass ausgesehen hätte.

»Und wo sind die Kollegen von der Spusi?«

»Kämmen schon den Waldhang in Richtung erstem Fundort durch. Bartsch wirkt ziemlich verbissen«, sagte Wurz.

»Das will ich ihm auch geraten haben! Wenn seine Leute nicht so geschlampt hätten, hätten sie die Beine schon am Montag finden können. Die Fundorte liegen nur hundert Meter auseinander. Zwei Tage versäumt, nur wegen der Nachlässigkeit der Spusi.«

»Vielleicht hat der Mörder die Beine erst später entsorgt, und am Montag waren sie noch gar nicht da«, warf Mitterhofer zaghaft ein.

»Und ob die da waren. Darauf möcht ich wetten«, sagte Heisenberg.

»Glauben Sie, dass die Beine zur selben Leiche gehören?«

»Menschenskind, Wurz, was denn sonst? Sie hätten wohl

gern eine ganze Serie von Morden, was? Aber wir sind ja nicht in New York. Und auch nicht in Miami.« Er schüttelte den Kopf. »Schlimm genug, dass das gerade jetzt passieren muss.«

Sie hatten immer noch nichts. Noch nicht einmal die Identität des Opfers.

»Vorhin war übrigens einer von der Tageszeitung da und wollte Fotos machen. Ich hab ihn weggeschickt.«

»Gut gemacht, Mitterhofer. Weiß der Kuckuck, wie diese Geier immer so schnell Wind davon bekommen. Ich nehme mir dann mal unseren Zeugen vor. Warten Sie auf die Gerichtsmedizinerin.«

»Geht klar, Chef.« Mitterhofer grinste wie diese ominösen Honigkuchenpferde. Wobei Heisenberg keine Ahnung hatte, wie er sich das Grinsen von Honigkuchenpferden vorstellen musste. Auf jeden Fall dümmlich.

Er stieg den Hang hinunter bis zum Wanderweg und hielt auf die Bank zu, die idyllisch unter einer Linde stand. Ein älterer Mann saß zusammengekrümmt darauf, vor sich zwei Milchkannen, aus denen es gelb leuchtete.

Heisenberg setzte sich neben ihn. Das Bild der wuselnden Maden wollte nicht aus seinem Kopf. Und obwohl er den Duft von Pfifferlingen, feuchter Walderde und verharzten Tannennadeln einsog, der aus den Kannen strömte, spielte ihm seine Nase einen Streich und gab vor, immer noch die Süße von totem Menschenfleisch zu riechen. Als hätte sich der Verwesungsgestank in seinen Nasenhaaren festgesetzt.

»Guten Tag. Heisenberg, vom Landeskriminalamt.«

»Grüß Gott, Herr Kommissar. I bin der Unterthiner Simon, aus Pfitsch.«

Das sind diese blöden Fernsehkrimis. »In Österreich gibt's keinen Kommissar. Ich bin Oberst, aber sagen S' bittschön einfach Heisenberg zu mir.« Heisenberg räusperte sich. »Was führt Sie nach Innsbruck, Herr Unterthiner?«

Der Südtiroler zuckte zusammen. Mit schuldbewusstem Blick deutete er auf die Milchkannen.

»Aha. Ein Schwammerlsucher. Viel haben S' aber nicht gefunden.«

»Das meiste hab ich schon im Kofferraum, woll? Alles miteinander vielleicht ein bissl mehr als die erlaubten zwei Kilo.« Unterthiner knirschte mit den Zähnen. »Bin ich jetzt verhaftet?«

»Wir haben es hier mit einem Mordfall zu tun, Herr Unterthiner. Wie viele Schwammerl Sie hamstern und um wie viel Geld Sie die in Südtirol weiterverkaufen, das ist mir wurscht.«

»Das ist ja nur, weil heut der Siebzehnte ist und weil in Südtirol das Schwammerlsuchen bloß an den geraden Tagen erlaubt ist. Deshalb komm ich an den ungeraden immer hierher. Weil, die ersten Eierschwammerl sind einfach die besten, woll?«

»Kruzifixsakrament! Jetzt hören S' mir mit den Schwammerln auf. Ich möchte Sie was fragen.«

Der alte Mann starrte Heisenberg ungläubig an. Endlich entspannten sich seine Gesichtszüge ein wenig.

»Haben Sie irgendjemanden beobachtet, bevor Sie die Leichenteile gefunden haben?«

»Woll.«

Heisenberg erstarrte. »Wie sah der aus? Was hat er gemacht? Los, reden S' weiter.«

»Das war so ein Junger. Mit einem karierten Hemd und einer Schildmütze. Die war weiß, die Mütze, mit einem Aufdruck drauf. So genau hab ich das nit g'sehn, weil ich mich versteckt hab, woll?«

»Hatte der Mann eine Waffe?«

»Freilich. Ein Messer hat er g'habt, woll.«

»Und die Plastiktaschen mit den Leichenteilen.«

»Sell nit. Über die bin ich drüber g'stolpert, wie ich mich versteckt hab. Und versteckt hab ich mich, damit der nicht meinen guten Schwammerlplatz findet und mir beim nächsten Mal die besten Eierschwammerl wegschnappt.«

Heisenberg krallte seine Finger um die Lehne der Bank und atmete tief durch. Nur mit der Ruhe. Immer mit der Ruhe.

Bei dem Mann mit dem Messer handelte es sich also nur um einen weiteren Schwammerlsucher, nicht um den Mörder. Unterthiner hatte gar nichts gesehen. Heisenberg bat ihn, bei Gelegenheit in sein Büro zu kommen und das Protokoll zu unterschreiben.

»Übermorgen, woll, Herr Kommissar? Da ist wieder ein ungerader Tag, und dann bring ich Ihnen gleich ein paar frische Schwammerl mit.«

Als Heisenberg sich aus den letzten Tabakkrümeln eine Zigarette drehte, war es kurz vor halb neun.

Um sieben Uhr hätte er zu Hause sein sollen. Thea hatte Marillenknödel zum Abendessen angekündigt. Marillenknödel aus Topfenteig, mit brauner Butter und Zimtzucker. Die waren bestimmt längst zerfallen und Thea vermutlich sauer. Zu Recht. Wie oft hatte er sie schon warten lassen. Und wie oft hatte er sich vorgenommen, sie wenigstens anzurufen, wenn sich eine Verspätung abzeichnete.

Jetzt war es auch schon egal.

Er musste noch ein paar Minuten allein sein, hier an seinem Schreibtisch, um zu rekapitulieren.

Heute waren also die Beine des Opfers aufgetaucht. Beide waren knapp unterhalb des Kniegelenks noch einmal durchtrennt worden, vermutlich mit einer Axt. Verpackt in zwei roten Plastiktüten vom MPREIS, mit Reisig, Laub und Moos notdürftig bedeckt, so hatte der unsägliche Herr Unterthiner sie gefunden.

Kopf und Torso fehlten nach wie vor, obwohl die Spusi wirklich ganze Arbeit geleistet hatte. Als Todeszeit hatte Prantls Assistentin Samstag oder Sonntag angegeben, das entsprach der Zeit, die Prantl für die Arme eruiert hatte. Eine genauere Eingrenzung war nicht möglich.

Die DNA-Analyse der Arme wies das Opfer zweifelsfrei als weiblich aus. Ob die Beine von derselben Frau stammten, würde Heisenberg morgen erfahren, aber er war felsenfest davon überzeugt. Prantls Untersuchungen der Markhöhlen in den Oberarmknochen hatten ergeben, dass es sich um eine ältere Frau handeln musste. Eine Frau, die an schwerer Arthritis litt. Ihre Fingerabdrücke waren mit keiner der vermissten Personen identisch, das hatte auch der DNA-Abgleich bestätigt. Neue

Abgängigkeitsanzeigen hatte es nicht gegeben. Niemand schien diese Frau zu vermissen.

Das konnte mit der Anonymität des Stadtlebens zu tun haben. Vielleicht würde ihre Abwesenheit erst in ein paar Wochen auffallen, wenn zum Beispiel die Miete nicht bezahlt wurde. Vielleicht war die Frau auch gar nicht von hier. Eine Touristin? Ein Flüchtling?

Er hatte Wurz beauftragt, seine Recherchen auf vermisste Frauen in ganz Europa auszudehnen. Das würde den Chefinspektor einige Zeit beschäftigen.

Heisenberg tastete nach dem Bleistift, den er sich hinters Ohr geklemmt hatte, und schrieb die wichtigsten Fragen untereinander auf einen Block.

»Wer ist die Tote?

Wo ist der Rest der Leiche?

Was ist das Motiv?«

War der Mörder hinter dem Geld der Frau her gewesen? Also Raubmord? Aber dann hätte er die Leiche einfach in der Wohnung liegen lassen und verschwinden können.

Handelte es sich um eine Beziehungstat, und der Täter, ein Lebensgefährte, Exmann, Sohn oder Enkel hatte sie aus Hass ermordet und zerstückelt? Aber solche Täter drapierten die Leiche gern am Tatort und versteckten sie nicht.

Am wahrscheinlichsten schien ihm, dass der Mörder mit dem Opfer unter einem Dach gelebt hatte. Ein pflegender Angehöriger vielleicht, dem die alte Frau irgendwann zur Last gefallen war. Er hatte sie ermordet und zerstückelt, um die Teile aus dem Haus zu schaffen, hatte die Wohnung sauber gemacht und kassierte nun die Rente. Vielleicht war die Frau sogar eines natürlichen Todes gestorben und lediglich entsorgt worden, ebendieser Rente wegen. Das wäre Heisenbergs bevorzugte Variante.

Wurz dagegen schien zu hoffen, dass der Täter ein Serienkiller war, der bald wieder zuschlagen würde.

Eine Mordserie kurz vor meinem Abgang, das hätte mir gerade noch gefehlt. Wo schon der grausame Fund an sich schlimm genug ist.

Am Nachmittag hatte ihn die Bürgermeisterin angerufen und gedroht, sie würde ihm die Hölle heißmachen, wenn er ihre saubere Stadt nicht schnellstmöglich von dem Mörder befreite. Gut, die Bürgermeisterin war ihm wurscht, ehrlich gesagt. Aber der Polizeipräsident war es nicht. Und Heisenberg hätte wetten mögen, dass der Anruf des Präsidenten keine drei Tage auf sich warten lassen würde.

Er erhob sich von seinem Schreibtisch und knipste die Lampe aus. Die Jacke warf er sich über die Schulter, die Aktentasche klemmte er unter den Arm.

Während der ganzen Heimfahrt gingen ihm die Marillenknödel nicht aus dem Kopf. Gerade heute, wo er so heroisch auf seine Topfengolatsche verzichtet hatte, wären Marillenknödel, Theas Marillenknödel, ein Lichtblick gewesen.

Als er seine Frau mit einem Kuss begrüßte und sich zerknirscht entschuldigte, stellte er erleichtert fest, dass sie weder sauer noch beleidigt war. Sie tätschelte ihm die Wange und servierte eine Portion dampfender, duftender Knödel. In braunen Bröseln gewälzt. Von wegen zerfallen!

Mit Appetit machte er sich über den ersten her, bestreute ihn mit Zimtzucker, zerteilte ihn mit der Gabel. Innen leuchtete der Topfenteig weiß, nein, alabasterfarben wie … Wie Fliegenmaden. Schon flackerten die ersten Bilder auf. Das Gewusel der Madenleiber, die Gänge der Larven im faulenden Fleisch. Sein Magen krampfte sich zusammen.

Er legte die Gabel weg und tupfte sich mit der Serviette die Stirn ab.

»Schmeckt es dir nicht?«, fragte Thea.

»Das … das ist es nicht. Es tut mir leid.«

Er spürte ihren Blick wie einen Fühler über sein Gesicht tasten. Sie streckte ihre Hand aus, umschloss seine Rechte, drückte sie, einmal, zweimal. Er betrachtete die kleinen braunen Flecken auf ihrem Handrücken. Plötzlich erfüllte ihn der Wunsch, jeden einzelnen davon zu küssen. Aber Thea hatte ihre Hand schon weggezogen, hatte den Teller mit den Knödeln ergriffen und trug ihn hinaus.

SIEBEN

»Nicht schlecht!«, sagte Sofronsky. »Gut, sogar ziemlich gut.« Phantastisch, dachte er. Nicht einmal die größten Beethoven-Interpreten wie Solomon, Emil Gilels oder Alfred Brendel hätten den ersten Satz der Waldsteinsonate besser spielen können. Er hatte absolut nichts auszusetzen. Natürlich würde er das nie zugeben, und so fügte er rasch hinzu: »Das Seitenthema hätte ich mir heller gewünscht. Damit es sich noch mehr vom unheimlichen Pochen des Hauptthemas abhebt. Wie wenn ein Sonnenstrahl die Wolkendecke durchbricht und die Schneekristalle einer Winterlandschaft zum Funkeln bringt.«

Mettes Brauen hoben sich. Sie nickte.

Sofronsky lehnte sich zurück und ließ seinen Zeigefinger kreisen. »Weiter, weiter.«

Die Schultern senkten sich, als Mette ausatmete. Zugleich mit dem nächsten Luftholen schlug sie die ersten Töne des zweiten Satzes an. Sie begann leise und eindringlich, als erzählte sie ein Geheimnis. Mit Genugtuung bemerkte Sofronsky, dass sie die Pause auf dem ersten Taktteil, die die meisten Pianisten aus Angst vor dem Nichts verkürzten, um eine Winzigkeit länger einhielt als nötig. Das verlieh ihrer Interpretation Spannung und Tiefe. Er war begeistert. Mette Kindler war die begabteste Schülerin, die er je unterrichtet hatte. Neben ausgeprägtem Klangsinn verfügte sie über ein fotografisches Gedächtnis, das ihr ermöglichte, komplexe Kompositionen in kürzester Zeit auswendig zu lernen. Auch ihre Virtuosität war erstaunlich. Mit ihren sechzehn Jahren hatte sie schon alle Etüden von Chopin und Liszt studiert, außerdem einige von Skrjabin und Rachmaninow. Größere Schwierigkeiten hatte die Klavierliteratur kaum zu bieten.

Vor genau einem Jahr hatte er sie zum ersten Mal gehört. Er erinnerte sich daran, als wäre es gestern gewesen. Eine zierliche Frau Ende dreißig, die eine aufdringliche Parfumwolke und ein Mädchen hinter sich herzog, war in sein Unterrichtszimmer gekommen und hatte sich in näselndem Tonfall als Frau Kindler aus Wien vorgestellt. Das blasse Geschöpf an ihrer Hand wirkte vollkommen lethargisch.

»Das ist meine Tochter Mette. Sie ist hochbegabt«, raunzte die Dame und setzte sich, ohne dass er sie dazu eingeladen hätte. »Sie hat vier Klassen übersprungen und mit vierzehn ihr Abitur gemacht. Mit Auszeichnung. Vor zwei Wochen hat sie das Konzertfachstudium an der Wiener Musikuniversität absolviert, ebenfalls mit Auszeichnung. Professor Kirilow hat mir geraten, sie soll unbedingt bei Ihnen weiterstudieren. Sie seien der Beste.«

»Der gute alte Branimir.« Sofronsky lächelte skeptisch. »Nun, ich schätze meinen Wiener Kollegen sehr, Frau Kindler, aber die Studienplätze in meiner Klasse sind begrenzt. Ich nehme nur die Talentiertesten. Ihre Tochter müsste mir schon etwas vorspielen.« Bis jetzt hatte das Mädchen ihn weder angesehen noch irgendeine Reaktion gezeigt.

Die Mutter schnaubte, legte ihre Hand auf Mettes Schulter und gab der Kleinen einen Klaps. Mette zuckte zusammen, dann setzte sie sich wortlos an den Bösendorfer. Sie begann mit der ersten Etüde aus Chopins Opus zehn. Schon nach vier Takten war Sofronsky gefangen von ihrem Spiel. Mit kindlicher Leichtigkeit und unglaublicher Meisterschaft hatte sie nicht nur die erste, sondern gleich alle zwölf Etüden gespielt. Danach war sie wie ein Schoßhund hinter ihrer Mutter aus dem Zimmer getrippelt.

Sofronsky betrachtete Mette von der Seite, und zum ersten Mal fiel ihm auf, dass das pinkfarbene Shirt sich über ihrer Brust wölbte.

Reiß dich zusammen. Er verschränkte seine Hände ineinander.

Inzwischen hatte Mette das Ende des zweiten Satzes erreicht. Sie tupfte die Schlussakkorde sanft auf die Tasten, wie mit Katzenpfötchen. Den letzten Ton – das hohe G – ließ sie hell herausleuchten. Er war das Signal zum Aufbruch in den rauschenden Finalsatz. Mit wellenartigen Bewegungen legte Mettes Rechte einen wunderbar flauschigen C-Dur-Teppich. Die Linke griff anmutig darüber und lockte die kinderliedartige Melodie aus der Klaviatur. Mette ließ es rauschen und klingeln, perlen und trillern. Sie genoss die emphatischen Oktaven zwischen dem zarten Pianissimogeplätscher und meisterte jede technische Schwierigkeit mit Leichtigkeit und einem Lächeln.

Sofronsky lauschte fasziniert. Im letzten Abschnitt des Satzes, der mit »Prestissimo« überschrieben war, schlug sie ein riskant schnelles Tempo an. Die berüchtigte Oktavenstelle, die allen Pianisten Respekt abnötigte, gelang ihr in diesem halsbrecherischen Tempo nicht perfekt. Sofronsky sah ihre zusammengebissenen Zähne und konnte das Brennen ihrer Unterarme beinahe am eigenen Leib spüren. Er unterbrach sie.

»In diesem Tempo kannst du die Oktaven nicht mehr aus dem Handgelenk schütteln. Niemand kann das. Versuch es doch im Glissando.« Er setzte sich an den zweiten Flügel und demonstrierte, wie sie ihre Hand halten und seitlich über die Tasten gleiten lassen musste. »Auf einem Hammerklavier aus Beethovens Zeit geht das natürlich leichter, doch auch auf einem modernen Bösendorfer ist es machbar.«

Mettes Augen wurden groß und rund, wie immer, wenn Sofronsky ihr etwas Neues zeigte. Ihr Mund stand offen, als müsste sie alle Informationen auf der Stelle einsaugen. Sofort versuchte sie das Oktavenglissando selbst. Beim ersten Mal übte sie zu wenig Druck auf die Tasten aus, die Töne sprachen nicht an. Beim zweiten Versuch drückte sie zu fest, die Ränder des Elfenbeinbelages schnitten in ihr Fleisch und hinterließen rote Abdrücke auf der Haut. Sie presste die Lippen zusammen und zog ungeduldig die Hand weg. Der dritte Versuch war erfolgreich. Lächelnd spielte Mette den Satz zu Ende.

»Wunderbar. So machst du es morgen im Konzert. Du wirst sehen, auf dem Graf-Flügel werden dir die Glissandi viel leichter fallen.«

»Aber der Klang! Kann der Klang vom Graf an einen Bösendorfer heranreichen?«

»Nicht, was das Volumen betrifft. Aber was Wärme, klangliche Vielfalt und Differenziertheit betrifft, ist der Graf dem Bösendorfer überlegen.«

»Darf ich den Hammerflügel vorher ausprobieren?«

»Natürlich. Morgen Vormittag. Ich spreche mit dem Kustos der Musiksammlung.«

»Danke, Herr Professor.«

Sofronsky lächelte. Sie war die einzige Schülerin, die sich nicht daran gewöhnen konnte, ihn beim Vornamen zu nennen. Er reichte ihr den Beethoven-Band, in den er mit Bleistift einige Anmerkungen gekritzelt hatte. Dabei berührte er versehentlich ihren Arm. Er zuckte zurück, als hätte er einen Stromstoß empfangen.

»Auf Wiedersehen, Mette«, murmelte er und setzte sich an den Schreibtisch. Kaum war die Tür hinter Mette ins Schloss gefallen, zog er ein Stofftaschentuch aus seiner Gesäßtasche und tupfte sich den Schweiß von der Stirn.

***

Die Saxophonmelodie kletterte in quiekende Höhen hinauf, blieb dort hängen und biss sich in den Schwanz. Mist! Schon die zweite CD, die eine Macke hatte. Vera bückte sich. Während Luca seine wohlverdiente Pause genoss und in Seelenruhe einen Speckknödel verspeiste, durfte sie nicht nur allein den Laden schmeißen, sondern sich auch noch um die Beschallung kümmern. Sie warf die beschädigte CD in den Müll, nahm die nächstbeste aus ihrer Hülle und schob sie in den Schlitz. Miles Davis, »Bitches Brew«.

»Ein Hefeweizen, bitte«, rief es von oben. Die Stimme klang belegt und kam ihr bekannt vor.

Vera steckte den Kopf aus dem Stereoschrank und erhob sich.

»Groß, klein, hell, dunkel?« Sie blinzelte, um den neuen Gast gegen das Licht der Deckenstrahler zu erkennen.

»Groß und hell.« Sein Adamsapfel rollte auf und ab, als wollte er sie anspringen.

»'n Abend, Robert!«

»Hallo, Vera. Wie geht's?« Er lächelte. Seine filigranen Finger lagen wie Spinnenbeine auf dem Tresen.

Vera verdrehte die Augen und deutete auf die besetzten Tische des Lokals. »Stress. Gebi, der Barkeeper, ist krank, und gerade heute ist die Bude voll.«

»Schade. Ich habe gehofft, wir könnten uns mal wieder über Jazzsängerinnen unterhalten.«

Sie erwiderte sein Lächeln. »Vielleicht später, wenn es ruhiger wird. Sofern du so lange bleiben willst.«

Nachdem sie sein Bier gezapft hatte, drehte sie eine Runde durchs Lokal, um leere Gläser einzusammeln und neue Bestellungen aufzunehmen. Drei große Bier für Tisch sieben, einen Pfiff und eine Cola für Tisch drei. Das Pärchen von zwei wollte zahlen. Kaum hatte sie abkassiert, winkte ihr die Frau von elf. Mit dem schwarzen Pagenkopf und der getönten Brille glich sie dieser französischen Chansonnière, die ihr Vater so mochte. Mireille Mathieu.

»Noch einen Four Roses, bitte.«

Vera deponierte das leere Whiskeyglas der Mathieu auf ihrem Tablett. Sie ließ ihren Blick über die Bar schweifen. Robert saß versunken da, den Kopf in die Hände gestützt. Trotz seiner Größe und seines muskulösen Körpers hatte er etwas Zerbrechliches an sich.

»Und Schlutzkrapfen hätte ich gern.«

»Sind leider aus. Wir haben nur noch Gulaschsuppe, Knödel mit Ei oder saure Wurst.«

Die Mathieu verzog den Mund. »Dann nichts, danke.« Sie lächelte säuerlich, beugte sich über ihr Notizbuch und begann wie wild zu kritzeln.

Als Vera den Whiskey servierte, sah sie, dass die Frau zwei Seiten mit winzigen Strichen vollgeschmiert hatte.

Vielleicht eine Schriftstellerin mit Schreibhemmung?

Oder eine biedere Ehefrau, die einmal im Leben aus ihrer Rolle ausbrechen, die Verruchte spielen und ihren Mann mit dem Pianisten betrügen wollte? Irgendetwas stimmte nicht mit ihr, aber Vera hatte keine Zeit, darüber nachzudenken. Unermüdlich hetzte sie zwischen der Bar und den Tischen hin und her, bis ihre Fußsohlen brannten. Erst nach dreiundzwanzig Uhr wurde es allmählich ruhiger. Luca hatte sein Spiel beendet und nippte an einem Glas Rotwein.

»Wie sieht es aus, Vera?«, fragte er.

»Schlecht für dich. Lauter Pärchen. Nur zwei Mädels an Tisch fünf, beide jung und blond, vermutlich Studentinnen. Und Tisch elf, eine Frau Mitte dreißig, schwarzer Pagenkopf, Typ frustrierte Hausfrau und angesäuselt.«

»Mille grazie, carissima.« Luca erhob sich, um seine übliche Schäkerrunde durchs Lokal zu drehen. Natürlich steuerte er zuerst Tisch fünf an. Die Girls. Vera musste grinsen, als sie mitbekam, wie gekonnt die beiden ihn abblitzen ließen.

Die Mathieu wirkte dagegen geschmeichelt, als Luca kurz darauf an ihrem Tisch saß. Doch auch bei ihr hatte er letztendlich kein Glück und machte sich schließlich allein auf den Heimweg.

Als der Großteil der Gäste gegangen war, konnte Vera sich endlich ein wenig ausruhen. Sie setzte sich neben Robert an die Bar und erzählte von ihrem Entschluss, Gesang zu studieren, und von ihrer ersten Begegnung mit Joyce Jameson. Irgendetwas an seiner Art zuzuhören lockerte ihre Zunge. Einen Augenblick lang war sie in Versuchung, über Isa zu sprechen und über die wahren Gründe, die sie hierhergeführt hatten. Im letzten Moment biss sie sich auf die Lippen. Nein. Schließlich kannte sie ihn kaum. Aus welchem Grund sollte sie ihn so tief in ihr Innerstes schauen lassen?

»Kannst du mir schöne Joggingrouten empfehlen?«, fragte sie stattdessen, um ein unverfängliches Thema bemüht. »Am Inn entlang habe ich alle Richtungen durch, das wird langsam langweilig.«

»Warst du schon auf der Hungerburg? Da gibt es einige interessante Laufstrecken.«

»Von der Burg habe ich schon gehört.« Mette hatte ihr erzählt, dass sie mit ihrer Tante dort wohnte.

Robert lachte. »Das ist keine Burg, sondern ein Siedlungsgebiet, das den Berghang im Norden von Innsbruck überzieht. Du hast von dort eine wunderbare Aussicht, die Stadt liegt dir zu Füßen.«

»Also gehobene Wohngegend.«

»Kann man so sagen. Und es gibt zahllose Wege durch den Wald, von sanft bis steil ansteigend.«

Während er von den landschaftlichen Vorzügen Innsbrucks schwärmte, glänzten seine Augen wie geschmolzene Schokolade. Vera ertappte sich bei dem plötzlichen Wunsch, durch Roberts dichten Haarschopf zu wuscheln. Stattdessen griff sie sich selbst ins Haar und versuchte, eine Strähne um ihren Finger zu wickeln.

Sie hatte sich schon lange nicht mehr so stark zu jemandem hingezogen gefühlt, und das erschreckte sie. Sie würde sich doch nicht … Nein, das würde sie auf gar keinen Fall. Sie fand ihn einfach nur sympathisch. Er war der nette, harmlose Kumpel von nebenan. Punkt. Vera zog zu fest an der Strähne. Plötzlich hielt sie einige abgerissene Haare in der Hand.

»Was hast du gesagt?« Als sie sich wieder in die Gegenwart einklinkte, hatte Robert das Thema gewechselt.

»Ich wollte wissen, was du gerade singst.« Er lächelte.

»In erster Linie muss ich Atem- und Stimmübungen machen. Und dann soll ich zwei Lieder von Schumann lernen.«

»Aus ›Frauenliebe und -leben‹?«

»Hey, woher kennst du das? Ich dachte, du bist Jazzfan!«

»Schließt das aus, dass man auch gern Klassik hört? Ich mag gute Musik, die Richtung ist mir egal. Und ich besitze eine große CD-Sammlung.« Roberts Spinnenfinger tanzten auf der Theke. »Zum Beispiel habe ich eine Aufnahme von diesem Liedzyklus mit Brigitte Fassbaender.«

»Wow! Stimmt es, dass sie die Intendantin eures Landestheaters ist?«

»Richtig. Nur schade, dass sie selbst nicht mehr auftritt. Die würde heute noch die meisten ihrer jungen Kolleginnen in Grund und Boden singen.« Ein Einsprengsel in Roberts Iris leuchtete golden auf. »Wenn du willst, leih ich dir die CD.«

Ein rauchiger Schatten legte sich über seine Augen. »Du kannst auch zu mir kommen und dir die Aufnahme anhören.« Seine Nase begann zu zucken. Er drehte den Kopf zur Seite und starrte in das halb volle Bierglas, als wäre es ihm peinlich.

Vera überlegte. Warum bot er ihr das an? Nur weil er nett war? Oder wollte er etwas anderes? Und wenn ja, wollte sie das auch?

»Ich hoffe, du hältst mich nicht für aufdringlich.«

Sie schüttelte den Kopf. Wahrscheinlich bildete sie sich alles nur ein. »Ich komme gern vorbei. Aber bestimmt bist du ein überarbeiteter Arzt, der nie Zeit hat.«

Er lachte leise. »Stimmt. Wie wär's gleich jetzt? Wenn du hier fertig bist?«

Nein, nein, nein, flüsterte eine Stimme in ihrem Inneren.

Robert griff nach seinem Bierglas und streifte dabei Veras Handrücken. Sie fühlte, wie die Härchen an ihren Armen sich aufstellten.

Ja, ich will. Ja!, schrie eine andere Stimme in ihrem Kopf. Eine, die lange unterdrückt worden war.

»Okay.« Aus dem Augenwinkel sah sie, dass Mireille Mathieu verzweifelt gestikulierte, vermutlich schon seit Längerem. Vera seufzte und ließ sich vom Barhocker gleiten.

***

Die schlaksige Kellnerin hatte nur Augen für Robert. Am liebsten wäre sie wohl in ihn hineingekrochen. Endlich drehte sie ihren Kopf und schaute herüber.

Brigitte zeichnete einen Geldschein in die Luft.

Langsam rutschte das Flittchen vom Barhocker und stakste auf sie zu.

Was er an der findet? Abgebissenes Haar, eckige Gesichtszüge. Oben flach wie ein Brett, unten Elefantenfüße, die in geschmacklosen Schuhen stecken.

Ob sie im Bett erfinderisch war? Während ihrer Ehe hatte Robert nie viel Wert auf extravaganten Sex gelegt.

Vielleicht ist er erst jetzt auf den Geschmack gekommen, dachte Brigitte mit Bedauern.

Sie grub die Fingernägel in ihre Oberschenkel. »Ich möchte bezahlen.« Viel lieber hätte sie der Schlampe ganz andere Sachen an den Kopf geworfen. Aber jetzt war nicht der richtige Zeitpunkt. Es gelang ihr sogar, ein Lächeln zu bemühen.

Sie ließ sich auf den Cent genau herausgeben, schlang ihren übergroßen Seidenschal so um den Hals, dass er auch ihren Mund verdeckte, und verließ das Lokal.

Robert kehrte ihr den Rücken zu. Seine Blicke ruhten auf dem nicht vorhandenen Po der Kellnerin. Dass sie Vera Meyring hieß, hatte Brigitte von Luca erfahren. Der Blinde hatte seinem Ruf als Casanova alle Ehre gemacht und versucht, ihr unter dem Tisch an die Wäsche zu gehen. Schade, dass sie keine Zeit für ihn hatte. Vielleicht ein anderes Mal. Wenigstens wusste sie jetzt mehr über diese Vera. Angeblich eine einundzwanzigjährige Studentin, die erst seit Kurzem in Innsbruck lebte. Hamburgerin. Hatte ihr Medizinstudium geschmissen, um Sängerin zu werden.

Scheiß Piefkeweib. Wie lange sie es wohl schon miteinander trieben?

Brigitte blieb vor dem Blue Note stehen und sah sich um. Auf der gegenüberliegenden Straßenseite parkte ein Lieferwagen vor einer Hauseinfahrt. Wenn sie sich in seinen Schatten duckte, konnte sie die Tür des Lokals im Auge behalten, ohne selbst entdeckt zu werden.

Sie musste nicht lange warten. Kurz nachdem die letzten Gäste das Jazzcafé verlassen hatten, wurde das Licht ausgeschaltet. Brigittes Herzschlag beschleunigte sich. Wenige Augenblicke später ging die Tür auf. Robert trat heraus, gefolgt von der Schlampe, deren kehliges Lachen Brigitte einen Stich versetzte. Umschlungen schlenderten die beiden die Leopoldstraße entlang. Sie schlugen den Weg zu Roberts Wohnung ein. Brigitte wusste genug. So schnell ihre Füße sie trugen, lief sie zum nächsten Taxistand. Plötzlich stieg ihr der Alkohol zu Kopf. Die frische Nachtluft und die körperliche Anstrengung beschleunigten seine Wirkung. Wankend stieg sie in ein Taxi und nannte Roberts Adresse.

Während der Fahrt gelang es ihr nur mit Mühe, die aufsteigende Übelkeit zu unterdrücken. Sie bereute, dass sie noch einen dritten Whiskey getrunken hatte, zusätzlich zu der Flasche Gin, die sie im Laufe des Tages geleert hatte.

Reiß dich zusammen.

Mit einem Ruck nahm sie die Perücke ab und verstaute sie mitsamt der Brille in ihrer Handtasche. Dann spielte sie die Szene, die sie den Turteltauben machen wollte, im Kopf durch.

Sie versuchte sich vorzustellen, wie das Flittchen darauf reagieren würde.

Die Verliebtheit wird von ihr abfallen wie ein lepröser Zeh. Brigitte lächelte zufrieden.

***

Es waren kaum Passanten unterwegs. Außer dem fernen Rauschen der Autobahn drang nur das helle Pochen von Veras Absätzen an sein Ohr. Robert bewegte sich wie im Traum. Er hatte seinen Arm um sie gelegt, und sie ließ es geschehen. Seine Nase zuckte.

Plötzlich nisteten sich unangenehme Gedanken in seinem Kopf ein. Wie sah es in seiner Wohnung aus? Lag schmutzige Wäsche herum? Womöglich die SpongeBob-Boxershorts? Wann hatte er sein Bett zuletzt frisch bezogen? Als ihm die Absurdität dieser Überlegungen bewusst wurde, verzog sich sein Mund zu einem Lächeln.

Stumm gingen sie nebeneinanderher. Robert genoss dieses Schweigen, das nicht aus Hilflosigkeit zustande kam, sondern aus einer Art Einverständnis, das Worte überflüssig machte.

Sie folgten dem Knick der Friedhofsmauer und bogen in die Fritz-Pregl-Straße ein. Vor dem achtstöckigen Wohnhaus blieb Robert kurz stehen, um den Schlüssel aus seiner Hosentasche zu fischen. Eine dunkle Gestalt löste sich aus dem Schatten und kam näher. Roberts euphorische Stimmung bröckelte ab wie ein missglückter Gipsabdruck. Er versteifte sich.

»Was hast du?«, fragte Vera.

»Brigitte«, stammelte er, die Augen auf die schwankende Gestalt gerichtet. »Was machst du hier mitten in der Nacht?«

»Ich wollte dein neues Flittchen kennenlernen.« Brigitte musterte Vera abschätzig von Kopf bis Fuß.

»Du bist betrunken.« Robert versuchte, sich zwischen Brigitte und Vera zu stellen.

»So ein mageres Huhn, Schatz, da musst du aufpassen, dass du ihr nicht die Rippen brichst, wenn ihr es miteinander treibt.«

»Brigitte, bitte …« Robert warf Vera einen raschen Seitenblick zu. Sie verfolgte die Szene mit gerunzelter Stirn. »Tut mir leid, das hätte ich dir gern erspart.« Wut kroch in ihm hoch und breitete sich aus bis unter die Haarwurzeln. Um sich zu beherrschen, biss er sich auf die Lippen.

»Ja, ja, die Ehefrau hättest du deiner Schlampe gern verschwiegen. Du warst schon immer ein Feigling. Dabei ist es doch nur zu deinem Besten, wenn ich sie ein bisschen einführe. Weiß sie schon, dass sie dir den Hintern versohlen muss? Richtig kräftig? Weil es dir sonst nicht kommt?« Brigitte gluckste.

»Hör auf!« Etwas in ihm zuckte aus.

Vera fiel ihm in den Arm, den er schon erhoben hatte.

»Verdammte Lügnerin!«

Brigitte lachte hysterisch. Es klang unwirklich, hohl.

Ein Fenster wurde aufgerissen. »Ruhe!«, keifte eine Frauenstimme hoch über ihren Köpfen.

Brigittes Gelächter steigerte sich, wurde schriller. Dann begann sie zu würgen und übergab sich.

Mit zitternden Fingern tippte Robert die Nummer der Taxizentrale in die Tasten seines Handys. Hoffentlich rannte Vera nicht weg, bevor er ihr eine Erklärung geben konnte.

Als das Taxi nach wenigen Minuten in die Einfahrt bog, atmete er auf. Vera half ihm, seine Exfrau ins Auto zu setzen. Brigitte wehrte sich nicht, sie ließ sich fallen und wie ein Sack Kartoffeln auf dem Rücksitz verstauen. Robert nannte dem Fahrer ihre Adresse und steckte ihm einen Zwanziger zu. »Fahren Sie vorsichtig, sonst kotzt sie Ihnen die Sitze voll.«

Brigitte drehte ihren Kopf. »Und immer schön kräftig«, krächzte sie. Ihre Hand ohrfeigte die Luft. »Immer schön kräftig!«

Wütend warf Robert die Autotür zu.

Als das Taxi verschwunden war, wagte er Vera kaum anzusehen. Sie legte ihm die Hand auf die Schulter. Ihre Berührung war fest und warm.

»Das war also deine Frau«, sagte sie, und es wirkte keineswegs wie ein Vorwurf.

»Meine Exfrau. Wir sind seit fünf Jahren geschieden.«

»Sie macht keinen glücklichen Eindruck.«

Robert schüttelte den Kopf. »Wir haben uns beim Sezieren im Anatomiesaal kennengelernt. Ich war zwanzig, Brigitte einundzwanzig, und ich verliebte mich in ihren schrägen Humor. Damals war sie fröhlich, lebenslustig, eine erfolgreiche Medizinstudentin und eine talentierte Zeichnerin. Wir haben noch während des Studiums geheiratet.«

»Du musst mir das nicht ...«

Robert verschloss Veras Lippen mit seinem Zeigefinger.

»Kurz darauf hat Brigitte das Medizinstudium aufgegeben und als Karikaturistin für verschiedene Zeitungen gearbeitet. Auch Porträts in Öl hat sie gemalt, Auftragswerke, sie war ziemlich gut im Geschäft. Wir waren so jung. Zu jung. Schon bald haben wir festgestellt, dass es nicht gut geht. Ich wollte eine Familie. Sie wollte Karriere machen, frei sein. Die Scheidung war unvermeidlich.«

»... nicht erzählen.«

»Es ist mir aber wichtig.« Robert nahm Veras Hand und hielt sie fest. »Nach der Scheidung hat sich Brigitte einflussreiche Liebhaber zugelegt und wurde als Künstlerin herumgereicht. Auf jeder Party war sie zu finden, die Zeitungen berichteten Pikantes aus ihrem Privatleben. Lauter kleine Skandälchen, die ihre Karriere vorangetrieben haben. Auf einmal waren ihre Bilder das Zehnfache wert.« Er seufzte. »Dann haben sich die Skandälchen ausgeweitet. Immer öfter waren es ausgewachsene Alkoholexzesse. Sie hat zu saufen angefangen, hat den Absprung nicht mehr gefunden. Mit der Karriere ging es bergab. Jetzt ist sie ganz unten.« Er sah Vera an. »Ich habe versucht, ihr zu helfen, aber es ist aussichtslos. Tut mir leid, dass du diesen Auftritt mit...«

»Pst. Nicht weitersprechen.« Sie lächelte. »Darf ich mit hochkommen?«

Mit wenigen Worten gelang es ihr, Brigittes Szene wegzuwischen, als hätte es sie nie gegeben. Robert schluckte. Das Nasenzittern setzte wieder ein. Das Weiche-Knie-Gefühl. Er hatte Mühe, den Aufzug zu betätigen und die Wohnungstür aufzusperren.

»Was möchtest du trinken?«

»Irgendwas Warmes wäre gut. Hast du Tee?«

Während das Wasser heiß wurde, legte er eine CD auf. Robert Schumann: »Frauenliebe und -leben«, gesungen von der Fassbaender.

Sie tranken den Tee stehend in der Küche und schwiegen, bis das Ticken der Küchenuhr wie Trommelschläge klang. Robert räusperte sich. »Was Brigitte vorhin über mich gesagt hat ...«

Vera kam auf ihn zu.

»Ich meine das mit dem Schlagen, das ist eine Lü...«

Sie legte ihre Hände an seine Wangen und verschloss seinen Mund mit ihren Lippen. Sie waren voll und weich und schmeckten nach Minze; ein wenig herb. Ihre Zunge, ein tastender Finger, setzte seine Mundhöhle in Brand.

Robert drückte Vera an sich, spürte ihre Brüste, die fest waren und so klein, dass sie sich in seiner hohlen Hand verloren vorgekommen wären. Er vergaß zu atmen. Veras Gesicht, das er auch mit geschlossenen Augen vor sich sah, drehte sich im Kreis.

»Willst du mit mir schlafen?«, fragte sie mit dieser Stimme, die tief war wie ein lichtloser Schacht und rau, als wären ihre Stimmbänder aus Glasscherben zusammengeklebt. Sein Herz geriet kurzzeitig aus dem Takt, ehe es schneller weiterschlug. Robert stürzte sich in den Schacht und jubelte, als die Glasscherben das Sicherheitsseil glatt durchtrennten.

ACHT

Inzwischen fällt es mir leicht, in den Keller zu gehen, sogar ohne Fleischmesser in der Hand.

Es riecht nach verwelkten Blumen. Als hätte jemand ein ganzes Zimmer mit Blumensträußen angefüllt und gewartet, bis sie sich im fauligen Wasser ihrer Vasen auflösen.

Vier Nächte ist es her. Unter großen Mühen habe ich sie aus dem Vorratskeller hierhergeschleppt, in die Waschküche; habe ihr die Kleider vom Leib geschnitten, ihren Körper gewaschen. Das ganze Blut weggewaschen. So viel Blut.

Friedlich sah sie aus mit diesem schiefen Lächeln im Gesicht. Beinahe dankbar.

Doch schon nach wenigen Stunden ist ihr Lächeln zu einem hexenhaften Grinsen ausgehärtet. Im Gartenhäuschen fand ich eine Hacke.

Ich habe die Klinge entrostet und geschärft und Arme, Beine und Kopf abgetrennt. Die Gliedmaßen brauche ich nicht für mein Werk, ich habe sie im Wald deponiert.

Der Kopf schwimmt jetzt in Slibowitz, im größten Einweckglas, das die Vorratskammer zu bieten hatte. Vom Regal aus beglotzt das Haupt den Rumpf, auf dem es einst saß. Bewundernd starrt es auf das Kunstwerk, das ich seit zwei Tagen in die Haut steche, die inzwischen grün geworden ist. Dunkelgrün.

Stundenlang lasse ich die Nadeln über ihren Rücken tanzen. Zuerst steche ich die Umrisse, dann fülle ich die Flächen mit Farben. Immer wieder steche ich zu tief. Die Tätowiermaschine hat ihre Tücken, ich brauche mehr Übung.

Je öfter ich den Moment ihres Todes Revue passieren lasse, umso mehr begreife ich die Größe dieses Augenblicks.

Als hätte ich einen Cocktail aus Macht, Stärke, Unbesiegbarkeit, höchster Lust und Liebe getrunken; ja, auch aus Liebe, einer umfassenden Liebe zu den Menschen.

Und mit der Liebe kam die Inspiration.

Nietzsche hatte recht.

»Damit es Kunst gibt, damit es irgendein ästhetisches Tun und Schauen gibt, dazu ist eine physiologische Vorbedingung unumgänglich: der Rausch.«

Genau so habe ich es erlebt. Der Akt des Tötens hat zum Rausch geführt, der Rausch zum Kunstwerk. Der ekstatische Zustand beim Durchschneiden ihrer Kehle muss den Kokon gesprengt haben, der so lange meine Brust eingeschnürt und mir das Atmen erschwert hat; meine künstlerische Metamorphose wurde in Gang gesetzt. Bisher war ich nur eine Larve. Jetzt bin ich ein Schmetterling, der zum ersten Mal seine Flügel ausprobiert.

Ich hocke vor dem aufgedunsenen Torso und ignoriere den Gestank, ignoriere die Schmeißfliegen, die er angelockt hat. Sie müssen durch die Türritze oder durchs Schlüsselloch eingedrungen sein.

Mit zusammengekniffenen Augen betrachte ich mein Werk.

Was ist das?

Ich entdecke Fehler. Schlampigkeiten. Verschwommene Konturen. Verzogene Arabesken. Eingedellte Kreise.

Ich habe es versaut.

Mit dem Finger fahre ich eine Linie nach.

Die Haut platzt, Flüssigkeit spritzt mir ins Gesicht. Stinkende Fäulnisflüssigkeit. Ich springe auf. Ekel schnürt mir die Kehle zusammen.

Was für ein Mist! Das ist kein Kunstwerk, sondern purer Dilettantismus. Stümperei.

Wütend versetze ich dem Torso einen Tritt. Eine Schar Fliegen stiebt auf, dreht eine Runde und lässt sich wieder auf dem toten Fleisch nieder. Ich schlucke meinen Abscheu hinunter und zerre einen Müllsack über den ekligen Rumpf. Der Torso ist zu schwer, um ihn in den Wald zu bringen. Ich müsste ihn zerhacken, aber plötzlich ekelt mich vor der Sauerei. Also werde ich ihn gut verschnüren und zu den Putzmitteln in den Schrank sperren.

Ich benötige neues Material, um den Umgang mit dem Tätowiergerät zu perfektionieren.

Nicht fett, alt, tot.

Was ich brauche, ist glatte, junge, lebendige Haut.

NEUN

Vera betrachtete seine Brust, die sich regelmäßig hob und senkte. Mit einem leisen Grunzen drehte Robert sich auf die Seite, ohne aufzuwachen. Sie entdeckte zwei sternförmige Narben unterhalb seines Knies, die aussahen, als hätte er eine unliebsame Begegnung mit Stacheldraht gehabt. Die muskulösen Beine bewiesen, dass er in seiner Freizeit viel Sport trieb. Sie mündeten in zierliche Füße, mit pfirsichfarbenen Knubbeln als Zehen. Er bewegte sie im Schlaf.

Kleinmädchenfüße und Finger wie Spinnenbeine.

Leise stand Vera auf, sammelte ihre verstreuten Kleidungsstücke ein und zog sich an. Draußen begann es bereits zu dämmern. Obwohl sie nach der stundenlangen Balgerei müde war, wollte sie nicht neben Robert einschlafen. Es durfte nicht sein. Mehr als einmal hatte sie im Lauf der Nacht das Bedürfnis verspürt, sich fallen zu lassen, in seiner Umarmung zu versinken, nichts mehr zu denken. Es hatte sich so anders angefühlt als die flüchtigen Beziehungen der vergangenen Jahre, der schnelle Sex, der manchmal schal, manchmal heiß gewesen war und nichts darüber hinaus.

Richtig. Es hat sich richtig angefühlt.

Aber das war es nicht. Sie musste dafür sorgen, dass der Missbrauch an Isa aufgedeckt wurde, musste ihren Lebensunterhalt bestreiten und sich auf das Gesangsstudium vorbereiten. Für eine Beziehung blieb keine Zeit.

Hoffentlich würde Robert das verstehen.

Ich hätte nicht mitkommen dürfen.

Und doch, sie bereute nichts.

Auf leisen Sohlen schlich sie in die Küche. Sie fand einen Block und einen Bleistiftstummel. Rasch kritzelte sie eine Notiz, legte den Zettel neben die Teekanne. Dann warf sie einen letzten Blick auf Robert, der sich inzwischen wieder auf den Rücken gedreht hatte. Er atmete tief und ruhig. Auf seinen Lippen lag ein Lächeln.

Vera riss sich los.

Keine Schwachheiten. Keine Sentimentalitäten.

Sie fröstelte, als sie die Wohnung verließ und in den kühlen Hausflur hinaustrat. Mit einem trockenen Klicken fiel die Tür ins Schloss.

***

Robert erwachte mit einem Prickeln im Bauch, das er zunächst nicht einordnen konnte. Aber es fühlte sich unwahrscheinlich gut an. Als die Erinnerung an die vergangene Nacht zurückkam, wusste er, dass es sich dabei um die berühmten Schmetterlinge handeln musste.

Er schlug die Augen auf. Der Platz neben ihm war leer. Er vergrub die Nase im Kissen und sog ihren Duft ein, eine zarte, herbe Note. Mit beiden Beinen sprang er aus dem Bett.

»Vera?«

Er fand sie nicht im Bad und auch nicht in der Küche. Als er den Zettel neben der Teekanne sah, beschleunigte sich sein Puls. Mit zitternden Fingern griff er danach.

Bitte komm nicht mehr ins Blue Note. Es ist besser, wenn wir uns nicht wiedersehen.
Viel Glück,
Vera

Sein Magen krampfte sich zusammen. Er drehte den Zettel, suchte auf der Rückseite nach einer Erklärung. Nichts.

Warum? Wieso? War er so ein schlechter Liebhaber gewesen? Er hätte sich zumindest für durchschnittlich gehalten. Und ihr Zerfließen, ihre Hingabe, hatte er sich das alles nur eingebildet?

Ich hätte nicht einschlafen dürfen.

Ob sie deswegen enttäuscht war? Oder war ihr letztlich doch Brigittes Auftritt zu nahe gegangen?

Wie ein lästiger Fliegenschwarm umkreisten ihn die Gedanken. Auch das Zerschmettern der nächstbesten Tasse half nicht.

Erst als er versehentlich auf eine Scherbe trat und sich daran die Ferse aufschnitt, ließ der Druck in seinem Kopf nach. Mit jedem Tropfen Blut, der aus der Wunde quoll, schien das unbändige Glücksgefühl aus ihm herauszusickern, das er beim Aufwachen erlebt hatte. Und mit jedem Schritt stempelte er seine Enttäuschung in den Küchenboden.

***

Obwohl Veras Schuhe drückten, wollte sie nicht auf den Bus warten. Sie lief barfuß quer durch das Klinikareal und schließlich am Innrain entlang bis in die Altstadt. Innsbruck schlief noch. Die Straßen waren leer gefegt, nur ab und zu fuhr ein Auto vorbei. Als sie vom Display ihres Handys die Uhrzeit ablesen wollte, entdeckte sie, dass in der Mailbox eine Nachricht eingegangen war. Bernie. Sie war wieder gesund und wollte sich mit ihr treffen. Am liebsten heute nach der Schule. Gegen halb zwei.

Na endlich. Hoffentlich komme ich jetzt um einen entscheidenden Schritt weiter.

Zu Hause legte Vera sich hin, aber sie konnte nicht einschlafen. Irgendwann gab sie auf. In der Küche roch es nach Kaffee und verbranntem Toast. Anna musterte sie und grinste anzüglich, stellte aber keine Fragen, sondern goss bereitwillig Espresso in Veras Tasse.

»Heute bist du mit Abspülen an der Reihe. Und das Bad wäre auch mal fällig.«

»Geht in Ordnung.«

Die Arbeit machte fast Spaß. Zumindest lenkte sie Vera vom Gedankenkarussell ab, das sich ständig um Robert drehte.

Bernie wartete schon, als Vera um halb zwei vor dem Musikgymnasium aufkreuzte. »Du wolltest mit mir reden?«

»Es geht um Isas Tagebuch. Unter ihren Sachen ist es nicht. Weißt du, wo sie es aufbewahrt hat?«

»Vielleicht hast du es übersehen? Im Heim ist es bestimmt nicht mehr.«

»Hat sie es vielleicht unter dem Bett versteckt? Oder oben auf dem Kleiderschrank?«

»Auf keinen Fall. Da hätte es längst eine der Putzfrauen gefunden.«

Vera seufzte. Sie schüttelte den Kopf. »Ich versteh das nicht. Irgendwo muss das Tagebuch doch sein.«

Bernie zuckte mit den Schultern.

»Warum werde ich das Gefühl nicht los, dass du mehr weißt, als du sagen willst?«

Bernies Wangen fleckten sich kirschfarben. Sie presste die Lippen zu dünnen Linien.

»Wer war es? Wer hat Isa missbraucht?« Vera fauchte das Mädchen an und schüttelte es am Arm.

Bernie riss sich los. Tränen standen in ihren Augen.

»Ich weiß es nicht. Sie hat mir ja nichts erzählt. Ich weiß nur, dass sie in den letzten Monaten abends öfter weg war. Die halbe Nacht lang.«

»Das hätte der Heimleiter nie zugelassen.«

»Wir haben unsere Tricks. Und er ist nicht der Oberchecker.«

»Aber Isa hätte nie …«

»Frag mich nicht, wenn du die Wahrheit nicht hören willst!«, schrie Bernie. Jetzt liefen die Tränen mehrspurig über ihre Wangen.

Vera versuchte, sie zu beruhigen. »Also gut. Dann erzähl mir, wie es war.«

»Einmal bin ich Isa nachgeschlichen, weil ich wissen wollte, was sie treibt. Sie ist in dieses Jazzlokal gegangen, ins Blue Note, und hat den Pianisten angeschmachtet.«

»Luca? Meinst du Luca Briguglia?«

»Ja, den Blinden. Sie haben sich geküsst, und Isa ist mit ihm weggegangen.« Bernie wischte sich die Tränen aus dem Gesicht. »Ich glaube nicht, dass sie missbraucht wurde. Sie hat sich auf eine Affäre eingelassen, und irgendwann hat sie es bereut. Vermutlich hat sie deshalb nichts mehr gegessen.« Sie drehte sich um und ließ Vera einfach stehen.

Den restlichen Nachmittag verbrachte Vera grübelnd. War es möglich? Isabel, allabendlich im Blue Note? Wie sie einen Mann anhimmelte, der mehr als doppelt so alt war wie sie? Sie hatte doch immer nur Musik im Kopf gehabt.

Je mehr Vera darüber nachdachte, umso weniger konnte sie es glauben. Das passte so gar nicht zu dem Bild vom naiven und weltfremden Nesthäkchen. Vom fleißigen Wunderkind, das sich immer bemüht hatte, es allen recht zu machen. Besonders Mutter.

Und doch. Weshalb sollte Bernie so eine haarsträubende Geschichte erfinden?

Sie selbst hatte mit sechzehn alles Mögliche ausprobiert. Das Bild eines rothaarigen jungen Mannes tauchte vor Veras innerem Auge auf, ein reichlich verschwommenes Bild. Sie hatte ihre erste große Liebe erfolgreich verdrängt. Oliver hatte ihr Nachhilfe in Mathe gegeben, um sich den Führerschein zu finanzieren. Sie lernte einiges von ihm, allerdings auf anderem Gebiet. Oliver träumte davon, Pilot zu werden. Wochenlang flogen sie gemeinsam. In seinem Bett. Auch der Absturz blieb Vera nicht erspart. Wegen Olivers Kunststoffallergie kamen Kondome nicht in Frage. Dann war er schneller weg gewesen, als sie das Wort »Schwangerschaft« aussprechen konnte.

Nach der Abtreibung war Vera durch die Hölle gegangen. Aber letztlich hatte die Enttäuschung sie härter und stärker gemacht. War Isa etwas Ähnliches passiert? Und war sie – weit weniger robust als Vera – an ihrer ersten unglücklichen Liebe zerbrochen?

Vera zuckte zusammen, als ihr jemand an die Schulter tippte.

»Bist du okay?«, fragte Anna. Eine Mischung aus verschiedensten Parfums, die sich in ihrem Haar und ihren Kleidern festgesetzt hatten, brach über Veras Geruchsrezeptoren herein. »Du siehst aus wie jemand, der eine Prüfung vermasselt hat.«

»Angenommen du hättest eine Schwester. Oder eine gute Freundin, die du seit Jahren kennst. Du hast ein genaues Bild von ihr, das Bild von einem Musterkind. Sie ist fleißig, schüchtern, kindlich.« Vera fixierte den Leberfleck über Annas linkem

Mundwinkel. »Und dann erzählt dir jemand, dass sie täglich ausgeht, einem doppelt so alten Mann hinterherläuft und die Nächte mit ihm verbringt. Würdest du das glauben?«

»Möglich ist das natürlich. Stille Wasser sind tief, heißt es. Und du kannst auch in den Kopf deiner besten Freundin oder Schwester nicht hineinschauen.«

Vera wiegte den Kopf. »Stimmt, das kann man nicht.«

»Musst du heute Abend arbeiten?«

»Heute ist mein freier Tag.«

»Komm doch mit ins Kino. Ich weiß zwar nicht, wer oder was dir in den Kaffee gespuckt hat, aber ich glaube, du könntest ein bisschen Ablenkung vertragen.«

»Ein anderes Mal. Ich hab schon was vor.«

Anna hob die Brauen und grinste schief.

»Nicht, was du denkst. Ein Klavierabend. Die Pianistin hat versprochen, mich bei meiner Aufnahmeprüfung zu begleiten. Da ist es wohl das Mindeste, dass ich mir ihr Konzert anhöre.«

»Klassische Musik? Du Arme. Hoffentlich schläfst du nicht ein.«

Eine halbe Stunde später stand Vera an der Kasse des Tiroler Landesmuseums und nahm die Freikarte entgegen, die Mette für sie hinterlegt hatte.

Das Konzert fand im zweiten Stock statt, in einem Schauraum, der mit düsteren Bildern aus dem 19. Jahrhundert bestückt war. In der Mitte des Raumes stand ein Flügel. Nicht glattschwarz und glänzend wie die modernen Instrumente, sondern aus gemasertem Holz, vermutlich Mahagoni, und reich verziert mit Bronzebeschlägen.

Die siebzig oder achtzig Stühle waren im Halbkreis um das Klavier aufgestellt und wirkten irgendwie fehl am Platz. Als schämten sie sich dafür, dass das Tiroler Landesmuseum zwar ein prachtvolles historisches Instrument, aber nicht einmal einen eigenen Konzertsaal besaß.

Der Parkettboden knarrte erbärmlich, als Vera eintrat. Sie betrachtete eines der Bilder näher.

»Franz von Defregger: Speckbacher und sein Sohn Anderl.«

Speckbacher, das war offensichtlich der schnauzbärtige Held in der Bildmitte, stand breitbeinig in einer Gaststube, eine Pistole im Gürtel. Er blickte stolz auf seinen Sohn, den ein alter Mann in die Stube führte. Beide, der Alte und das Kind, hatten ein Gewehr umgehängt. Dahinter drängten sich weitere markige Männer, manche beugten sich über Papierrollen, als planten sie etwas, vermutlich einen Aufstand. In ihren kantigen Gesichtern spiegelte sich edle Einfalt, wobei Vera nicht genau wusste, was an Einfalt edel sein mochte. Die einzige Frau hielt sich im Bildhintergrund, in ein Buch vertieft, das ihrem demütigem Blick zufolge die Bibel sein musste, während das Mädchen an ihrem Schürzenzipfel bewundernd zu Anderl aufblickte. Über dem ganzen Bild waberte eine Aura von Patriotismus, süßlich und stechend wie Schweißgeruch.

Vera wandte sich ab.

Die meisten Stühle waren schon besetzt. Sie entdeckte einen freien Platz in der zweiten Reihe. Rasch quetschte sie sich an einer dicken Dame vorbei und setzte sich. Als sie bemerkte, neben wem sie sich niedergelassen hatte, zuckte sie zusammen.

»Luca?! Was machst du denn da?«

»*Carissima!* Ische bin entsückt zu hören deine Stimme.«

»Sprich Deutsch. Ich weiß, dass du es kannst. Deinen Pizzawerbungsakzent finde ich zum Kotzen.«

Musste er ihr ausgerechnet heute über den Weg laufen? Sie wusste immer noch nicht, was sie von ihm und von der Geschichte mit Isa halten sollte.

»Seit wann interessierst du dich für Klassik?« Viel lieber hätte sie ihn gefragt, ob er etwas mit ihrer Schwester gehabt hatte, aber das war nicht der richtige Moment.

»Ich habe Klassik studiert. Meine Mutter wollte einen zweiten Maurizio Pollini aus mir machen.« Er lachte. »Erst mit zwanzig habe ich mich dagegen aufgelehnt. Habe Pollini von meinem persönlichen Altar gestoßen und durch Keith Jarrett ersetzt.«

Das Licht wurde gedämpft, die Plaudereien verebbten.

Mette trat auf. Ihr himmelblaues Kleid hatte dieselbe Farbe

wie die Schleifchen, die ihre beiden weißblonden Zöpfe zusammenhielten.

Während sie den Klavierstuhl zurechtrückte, schielte Vera in das Programmheft der dicken Dame neben ihr.

»Ludwig van Beethoven: Sonate in C-Dur op. 53, dem Grafen Ferdinand von Waldstein gewidmet.«

Die Musik stahl sich in den Raum wie ein leises Klopfen. Sanft, aber unerbittlich. Aus den kargen Ausgangsklängen errichtete Mette behutsam ein tragfähiges Bauwerk, ein Monument aus Tönen. Klar, logisch, konsequent.

Vera lauschte gebannt. Obwohl Isa eine außergewöhnlich talentierte Pianistin gewesen war, hatte man ihren Interpretationen doch eine gewisse Naivität angemerkt. Mette spielte mit ihren sechzehn Jahren so reif und ausdrucksstark wie eine Frau, die Lust, Leid, Liebe und Tod in allen Spielarten erlebt hatte.

Dass sie dabei aussah, als wäre sie einem von Enid Blytons Mädchenbüchern entsprungen, ließ das Gehörte noch unglaublicher wirken. Ein Backfisch als Tastentiger.

Die Zuhörer waren verzaubert. Niemand hustete, blätterte im Programm oder raschelte mit Bonbonpapier. Die ganze Aufmerksamkeit gehörte der Virtuosin und ihrer Musik. Sogar das Atmen schien kollektiv vor sich zu gehen und sich nach Mettes Phrasierung zu richten.

Auf die Waldsteinsonate folgten zwei Impromptus von Schubert, die Leichtigkeit und Spielfreude verströmten; Wiener-Walzer-Charme, gepaart mit einem Hauch jener Todessehnsucht, die man den Ostösterreichern nachsagte.

Nach der Pause stand die Sonate in b-Moll von Chopin auf dem Programm. Was für ein Werk! Im ersten Satz schwang eine so tief gehende Verzweiflung mit, dass Vera sich an ihren Stuhl klammerte. Das Klavier flehte mit der Stimme eines Todgeweihten, der sich gegen sein Schicksal stemmte, obwohl er wusste, dass es aussichtslos war. Im Scherzo verwandelte sich der Hammerflügel unter Mettes Händen in ein Pferd, auf dem der Tod selbst mit seinem Opfer durch die Nacht jagte. Es folgte ein exaltierter Trauermarsch, der fast wie eine Parodie wirkte.

Vera verbiss sich ein Lachen, als sie an den Hornisten auf Isas Begräbnis denken musste. Sie schämte sich.

Die Komposition endete mit einem düsteren Finalsatz.

Sachte legte Mette einen viereckigen Gegenstand, der mit einem Stofftaschentuch umwickelt war, auf den untersten Bereich der Klaviatur. Der Gegenstand musste schwer sein, denn er drückte die tiefen Tasten nieder.

Vera rätselte, wofür das gut sein sollte. Als Mette zu spielen begann, wurde es ihr klar. Die blockierten Töne klangen mit. Es handelte sich also um einen raffinierten Pedaleffekt, der verschwommene, geisterhafte Klänge erzeugte. Bilder entstanden in Veras Kopf, die zu einem alten Vampirfilm gepasst hätten: ein Friedhof bei Nacht, Nebelschwaden, die zwischen Grabsteinen lungern, eine Krallenhand, die sich von hinten auf die Schulter legt. Der letzte Akkord war ein Schrei, schrill und albtraumhaft. Als er verklungen war, herrschte sekundenlang Stille. Dann tobte das Publikum los. Sogar Gelähmte hätten ihr Handicap überwunden und applaudiert.

Luca sprang auf. *»Brava! Bravissima!«*, brüllte er.

Mette verbeugte sich und verlor dabei eines ihrer Haarbänder. Mit einer unwirschen Handbewegung löste sie auch das zweite Band. Das Mädchen aus »Hanni und Nanni« verwandelte sich im Handumdrehen in eine schöne junge Frau. Sie setzte sich nochmals an den Flügel, um sich mit einer Zugabe für den Applaus zu bedanken.

Wie aus dem Nichts tupfte sie schwebende Harmonien im Pianissimo auf die Klaviatur. Sie verbanden sich zu einer Art modernem Choral, dessen Dissonanzen überraschende Wendungen erfuhren und sich in einen schwebenden Septakkord auflösten. Während Mettes Rechte die bizarren Akkorde fortsetzte, federte die Linke einen Rhythmus aus den Tasten. Es begann swingend, wurde allmählich härter, beinahe rockig und entwickelte sich zu einem ekstatischen Stampfen. Mettes Hände schwebten, flogen, jagten einander und packten zu. Das kurze Stück fegte durch den Saal und hinterließ Menschen mit offenen Mündern. Am Schluss knisterte die Luft vor Spannung. Wie auf ein unsichtbares Kommando erhoben sich die Zuhörer und brachten der Pianistin Standing Ovations dar. Mette nahm sie entgegen wie eine Königin.

»Was war das für ein Stück?« Vera musste beinahe schreien, um das Geklatsche zu übertönen.

Luca schüttelte den Kopf. »Keine Ahnung. Aber es war geiler als jede Improvisation von Keith Jarrett.«

Nach dem Konzert drängten die meisten Leute zur Garderobe. Nur eine kleine Schar von Gratulanten wartete auf Mette; Luca und Vera gesellten sich zu ihnen. Endlich kam die Künstlerin aus einem Nebenraum. Nicht der Ansatz eines Schweißflecks war unter ihren Achseln zu sehen. Das himmelblaue Kleid sah wie frisch gebügelt aus, als hätte Mette sich gerade für einen Sonntagsspaziergang mit Oma und Opa herausgeputzt. Vera ging mit ausgebreiteten Armen auf sie zu.

»Sagenhaft! Phänomenal! Herzlichen Glückwunsch!«

»Danke. Freut mich, dass du gekommen bist.«

»Von wem war die Zugabe?«

»Von mir. Hat sie dir gefallen?«

»Hast du etwa improvisiert?«

»Nein, es ist eine Komposition. Mein Opus eins.« Mettes Mund verzog sich zu einem Lächeln, das Grübchen in Wangen und Kinn zeichnete. »Ich bin noch nicht ganz zufrieden damit.«

»Das solltest du aber sein.«

Vera wollte sich verabschieden, aber Mette hielt sie zurück. »Wie wär's, wenn wir morgen mal deine Lieder proben?«

»Oh, die muss ich erst einstudieren.«

»Oder hast du Lust auf einen Kaffee?«

»Gern. Sagen wir um drei?«

»Um drei im Café Central.«

Luca schob Vera zur Seite. Er ließ eine Lobeshymne auf Mette niederprasseln, umarmte sie und wollte sie gar nicht mehr loslassen. Dann sprach er auf sie ein wie ein Wasserfall. Sie müsse unbedingt ins Blue Note kommen und mit ihm vierhändig improvisieren. Er küsste sie auf beide Wangen und steckte ihr eine Visitenkarte zu.

Was für ein Idiot!

Mette musterte ihn interessiert, und ihre kobaltblauen Augen funkelten.

Weitere Gratulanten drängten herbei, unter ihnen Sofronsky.

Vera packte Luca am Ärmel und zog ihn weg, in Richtung Garderobe, in der nur noch wenige Mäntel hingen.

»Ah, die Kleine ist heiß, *carissima*. Heiß! Sag, wie sieht sie aus? Mein Gefühl sagt mir, dass sie hübsch ist.«

»Sie ist ein Kind, blass und schmächtig. Sieht aus wie dreizehn und ist ziemlich weltfremd. Wehe, wenn du sie anrührst.«

»Ich dachte, sie ist sechzehn. Eine junge Frau, die sehnsüchtig darauf wartet, die Liebe kennenzulernen. Wenn sie sie nicht schon längst kennengelernt hat. So wie sie spielt, hat sie.«

»Hat sie nicht. Und auf dich hat sie bestimmt nicht gewartet, um das nachzuholen. Also lass die Finger von ihr!«

»Du bist ja eifersüchtig, *carissima*. Auf mich oder auf sie?«

Vera konnte die Wut, die in ihr hochkochte, nicht mehr im Zaum halten. »Idiot!« Sie sah Isa vor sich, in Lucas Bett.

»*Mamma mia*, ich muss sie haben! Wenn sie nur halb so gut vögelt, wie sie Klavier spielt, werden wir beide abgehen wie die Raketen.«

Plötzlich führte Veras Hand ein Eigenleben. Ansatzlos schlug sie zu. Lucas Brille flog weg. Auf seiner Wange leuchtete der Abdruck ihrer Finger.

Luca wich überrascht zurück. »Hey! Spinnst du? Was fällt dir ein!«

»Blöder Macho!«, knurrte Vera. Dann starrte sie ihre Hand an wie ein fremdes Anhängsel. Sie hatte einen Blinden geschlagen! Was war nur in sie gefahren?

Sie hob die Brille auf und setzte sie ihm auf die Nase. »Ich warne dich, Luca. Ich meine es ernst. Es gibt genug erwachsene Frauen, die du abschleppen kannst. Du brauchst nur mit den Fingern zu schnippen, und sie hüpfen freiwillig in dein Bett. Lass also deine dreckigen Pfoten von diesem Kind, sonst wirst du mich kennenlernen.« Sie trat ganz nahe an ihn heran und blies ihm ihren Atem ins Gesicht. »Dann wird es nicht bei einer Ohrfeige bleiben.«

Luca lachte. Es war ein leises, glucksendes Lachen.

Vera stürmte ins Freie. Wie in Trance pflügten ihre Lackstiefel heimwärts. Erst als sie im Bett lag und sich die Decke über beide Ohren zog, gelang es ihr, Lucas höhnisches Geglucksе auszublenden.

***

Brigittes Hand zitterte ein wenig, als sie den Lippenstift nachzog. Bordeauxrot. Sie zupfte ihren Pony zurecht. Mit den hellen Strähnchen sah sie eindeutig jünger aus. Zufrieden lächelte sie ihrem Spiegelbild zu.

Robert hatte sie mit großen Augen angestarrt. Worüber er sich wohl mehr wunderte? Dass sie ein klassisches Konzert besuchte oder dass sie nüchtern war?

Den ganzen Tag über hatte sie noch keinen Tropfen Alkohol getrunken. Bei dem Gedanken daran begann ihre Kehle zu kratzen. Sie schluckte. Dann tauchte sie den Pinsel in das rote Pulver und erneuerte das Rouge auf ihren Wangen.

Natürlich war sie nicht wegen eines langweiligen Klavierabends gekommen, sondern wegen Robert.

Genau genommen wegen Paul, Roberts bestem Freund. Dem einzigen aus ihrem gemeinsamen Bekanntenkreis, der sie regelmäßig anrief und mit Informationen über ihren Exmann versorgte.

»Stell dir vor, der Arme hat Liebeskummer«, hatte Paul ihr heute Nachmittag am Telefon erzählt. »Es hat ihn wirklich schwer erwischt. Hat sich Hals über Kopf in eine weibliche Katastrophe verliebt, die ihn schon nach der ersten Nacht kalt abserviert hat.«

»Armer Kerl!«, heuchelte Brigitte.

»Am liebsten würde er sich zu Hause einigeln und stumm leiden.«

»Kannst du ihn nicht trösten? Als Freund und Arzt?«

»Ich habe ihm Konzertkarten geschenkt, damit er unter Leute geht, schöne Musik hört und zumindest für zwei Stunden an etwas anderes denkt.«

Brigitte kicherte. Wenn Paul gewusst hätte, dass die Katastrophenfrau ebenfalls zum Konzert kommen würde, hätte er Robert in seiner Wohnung eingeschlossen und den Schlüssel weggeworfen.

Sie freute sich diebisch darüber. So hatte Robert beobachten können, dass das Piefkeweib schon wieder mit einem anderen unterwegs war. Mit dem blinden Jazzpianisten.

»Aus der Traum, mein Lieber!«

Damit war für Brigitte die Bahn wieder frei. Da sie im Moment keinen anderen Liebhaber hatte und ausgesprochen knapp bei Kasse war, musste sie versuchen, Robert herumzukriegen. Ihn zumindest wieder an die lange Leine zu nehmen. Seine Finanzspritzen kämen ihr sehr gelegen. Und wenn ihr Konto wieder saniert war, würde sie weitersehen.

Natürlich gab es auch andere Möglichkeiten.

Sergej Sofronsky zum Beispiel, den sie im Publikum entdeckt hatte. Einer ihrer ersten Auftraggeber. Wie lange war das her? Neun oder zehn Jahre? Damals war sie noch mit Robert verheiratet gewesen. Sofronsky, der berühmte Pianist, hatte sie auf einer Ausstellung angesprochen. Er war begeistert von ihren großformatigen Ölbildern und bat sie, ein Porträt von ihm zu malen. Natürlich blieb es nicht dabei. Ein halbes Jahr lang trieben sie es miteinander, ohne dass Robert etwas merkte. Sofronsky war ein leidenschaftlicher Liebhaber gewesen. Vielleicht ließe sich die Affäre auffrischen? Geld hatte der Russe. Es gehörte zwar seiner Frau, aber was machte das schon?

Ein letztes Mal lächelte Brigitte in den Spiegel. Dann verließ sie die Toilette und blieb im halbdunklen Seitengang stehen. Von hier aus konnte sie alles überschauen, ohne selbst gesehen zu werden. Nur Robert entdeckte sie nirgends. Offensichtlich war er schon nach Hause gegangen und frönte seinem Kummer.

Sofronsky sprach mit dem Wunderkind, natürlich, sie war ja seine Schülerin. Das Piefkeweib stand bei der Garderobe und diskutierte mit dem Blinden. Eigentlich ein attraktiver Mann, trotz seiner Behinderung. Brigitte musste lächeln, als sie daran dachte, wie er sie gestern Abend im Blue Note angebaggert hatte. Als Barpianist war er vermutlich arm wie eine Kirchenmaus. Schade. Im Übrigen hätte sie nichts dagegen gehabt, eine Nacht mit Luca zu verbringen. Sie betrachtete seine große Nase. Männer mit großer Nase waren auch anderweitig gut bestückt, hieß es. Brigitte schnalzte mit der Zunge. Es juckte sie, diese Volksweisheit zu überprüfen.

Luca gestikulierte. Vera ballte die Fäuste. Es sah nach einem handfesten Streit aus. Oh, was war das? Das Piefkeweib hatte dem Blinden eine Ohrfeige verpasst! Dann stürzte sie hinaus wie vom wilden Affen gebissen. Auch Luca strebte zum Ausgang. Langsam, aber elegant glitt er dahin, als hätte er sein Augenlicht nicht eingebüßt, sondern nur in seinen Blindenstock ausgelagert.

Brigitte folgte ihm und trat ins Freie.

Eine Windbö zerzauste ihr Haar und schleuderte Regentropfen gegen ihre Stirn. Plötzlich spürte sie ein Prickeln unter der Haut, ein Kribbeln wie von Insektenbeinen. Sie liebte dieses Gefühl, das immer einen Kreativitätsschub ankündigte.

Auf zu neuen Taten! Diese Nacht würde sie nicht mit Schlaf vergeuden und erst recht nicht mit Alkohol.

Sie hob ihr Gesicht in den Regen und schritt schneller aus.

ZEHN

Mein Anruf überrascht ihn. Seine Stimme klingt belegt, unwillig; ihre Farbe wechselt ins Freundliche, als er meinen Namen hört; in pure Begeisterung, als ich ihm meinen Vorschlag unterbreite.

Wenig später klingle ich an seiner Tür. Er zieht mich in die Wohnung, will mich umarmen. Wundert sich über den prall gefüllten Rucksack, den ich mit mir schleppe.

Ich mache ihm klar, dass er mich nicht berühren darf. Dass er nur Spaß haben wird, wenn er sich an meine Anweisungen hält.

Lächelnd erklärt er sich einverstanden.

»Zieh dich aus«, sage ich.

Er befolgt meinen Befehl sofort.

Aufrecht steht er vor mir, unbeweglich, nackt. Nur die dunkle Brille hat er aufbehalten. Er ist erregt. Sanft streiche ich über seine Haut, diese makellose, junge olivfarbene Haut. Streiche über seine Brustwarzen, die straffe Bauchdecke, den prächtigen Schwanz.

Er stöhnt auf.

»Leg dich hin!«

Gehorsam springt er auf das Bett, ein Messingbett mit soliden Stäben. Ideal, um Handschellen daran zu befestigen. Seine Mundwinkel verziehen sich zu einem breiten Grinsen, als er das metallische Klicken hört. Bestimmt denkt er an ausgefallene Fesselspielchen, an eine wüste kleine Orgie. Willig streckt er mir die zweite Hand hin.

Erst als ich die Beine mit Kabelbindern am Bettende festzurre, wundert er sich. Aber er wehrt sich nicht.

Jetzt wäre es ohnehin zu spät.

Wieder streiche ich über seine Haut. Sein Glied pulsiert unter meinen Fingern, prall und fordernd reckt er es mir entgegen. Er stöhnt vor Geilheit.

Auf dem Stereoturm neben dem Bett liegen mehrere CDs.

Ich greife zur obersten, Herbie Hancock, lege sie ein und drehe den Lautstärkeregler nach rechts.

Entspannt lächelt der Blinde, während ich ihm die Betäubungsspritze in den Oberschenkel ramme. Ich beginne zu zählen.

Eins.

Sein Schwanz reagiert zuerst. Innerhalb von Sekundenbruchteilen wird er schlaff wie ein geplatzter Fahrradschlauch.

Zwei.

Sein Schrei geht in den perlenden Läufen von »Herbie's Blues« unter. Mit einem Streifen Klebeband verhindere ich, dass er weiterbrüllt.

Sechs.

Wie ein Erstickender zieht er Luft durch die Nase, versucht gegen die Fesseln anzukämpfen. Die Angst treibt Schweißtropfen auf seine Stirn.

Zehn.

Er bäumt sich auf. Windet sich wie ein Wurm. In seiner Panik hat er nichts Menschliches an sich.

Dreizehn.

Die Muskulatur des Blinden erschlafft. Wie man einen Schalter umlegt, sackt er in sich zusammen und regt sich nicht mehr.

Ich bringe Herbie Hancock zum Verstummen. Der Mann spielt hervorragend, aber ich brauche Ruhe, um mich zu konzentrieren.

Zuerst breite ich das Arsenal meiner Werkzeuge aus: die Betäubungsspritzen, die Skalpelle, die Wattetupfer; Farben, Wundbenzin, Vaseline und das Tätowiergerät.

Dann fette ich seine Brust ein, die so wunderbar glatt ist, dass ich sie nicht rasieren muss. Ich drücke die Blaupause darauf, warte. Ziehe das Papier ab und begutachte gespannt die Umrisse meiner Arbeit.

Phantastisch. Der Tanz der Nadeln kann beginnen.

Zuerst steche ich die Konturen in Schwarz, dann fülle ich die Flächen teils rot, teils grün. Ich komme zügig voran. Zweimal muss ich nachspritzen, weil der Blinde erwacht und zu zappeln beginnt.

Zum Abschluss nehme ich das feine Skalpell und setze einen einzigen Schnitt quer über die Brust. Kein tiefer Schnitt, nur ein oberflächlicher Kratzer in der Haut. Blutströpfchen quellen hervor wie winzige korallenrote Perlen.

Ich wische die überschüssige Farbe und das Blut von der Haut und fotografiere mein Werk.

Ja. Diesmal bin ich zufrieden. Glücklich. Ich habe die erste Stufe auf dem Weg zum Parnass erreicht.

Es dämmert schon. Rasch räume ich meine Sachen in den Rucksack.

Der Blinde beginnt zu stöhnen. Ich nehme seine Brille ab.

Zwei milchigtrübe Augäpfel starren mich an. Wie tote Fischaugen sehen sie aus.

Mitleidig lege ich meine Hände an seine Wangen und spreche ihm mit Nietzsches Worten Mut zu:

»Und wische den Schlaf und alles Blöde, Blinde aus deinen Augen! Höre mich auch mit deinen Augen: meine Stimme ist ein Heilmittel noch für Blindgeborne.

Und bist du erst wach, sollst du mir ewig wach bleiben.«

Ein Gurgeln löst sich aus seiner Kehle. Plötzlich zieht ein stechender Geruch in meine Nase, den ich nur zu gut kenne. Der Arme hat eingenässt.

»Du regst dich, dehnst dich, röchelst? Auf! Auf! Nicht röcheln – reden sollst du mir! Zarathustra ruft dich, der Gottlose!«

Mit dem gebogenen Skalpell schäle ich die milchigen Augäpfel aus ihren Höhlen. Ein Souvenir. Dann erlöse ich den zuckenden Körper. Das Muster, das sein Blut an die Wand zeichnet, sieht wunderbar gottlos aus.

ELF

Vera betrat das Café Central und versuchte, durch den Zigarettenqualm etwas zu erkennen. Ganz hinten an einem Ecktisch entdeckte sie Mette, die lächelte und winkte.

Vera setzte sich zu ihr. »Du warst phänomenal! Ich bin immer noch hin und weg. Aber du siehst blass aus.«

»Ich konnte lange nicht einschlafen. Nach einem Konzert dauert es Stunden, bis das ganze Adrenalin abgebaut ist.«

»Was hat Sofronsky gesagt?«

»Der hat mich gelobt.«

»Das will ich auch hoffen!«

»Ich glaube, ich habe ihn sogar lächeln sehen. Eine Seltenheit. Alles in allem eine geradezu enthusiastische Reaktion.« Mette grinste. Sie wirkte heute noch erwachsener und selbstbewusster als bei ihrer ersten Begegnung. Der gestrige Erfolg hatte ihr offensichtlich gutgetan.

Aufmerksam musterte sie Vera. »Du wirkst so nachdenklich?«

»Ich habe gestern etwas erfahren, das … das geht mir nicht mehr aus dem Kopf. Es hat mit meiner Schwester zu tun, die vor Kurzem gestorben ist. Ehrlich gesagt, ich weiß nicht, ob ich dir das alles erzählen soll.«

»Manchmal hilft es, wenn man Dinge ausspricht.«

»Es ist aber eine lange, unerfreuliche Geschichte. Sie fängt mit Isas Tod an und mit der Vermutung, dass ihre Magersucht einen Grund hatte …«

»Meinst du Isa Meyring, die Pianistin? Bist du ihre Schwester?«

»Du kanntest sie also.«

»Natürlich. Schließlich war sie auch in Sofronskys Klasse.« Mettes Wangen röteten sich. »Nicht dass ich besonders gut mit Isa befreundet gewesen wäre. Aber ich mochte sie. Ihr Tod hat mich schockiert.« Sie senkte die Stimme. »Was war denn der Grund für ihre Magersucht?«

Vera erzählte Mette von dem Brief und ihrer Schlussfolgerung, dass Isa missbraucht worden war. »Eigentlich bin ich nur nach Innsbruck gekommen, um den Schuldigen zu finden und vor Gericht zu bringen. Doch inzwischen bin ich nicht mehr so sicher, dass es tatsächlich einen Schuldigen gibt. Wenn Bernie recht hat, war Isa nicht das brave kleine Mädchen, als das ich sie gesehen habe. Angeblich ist sie zuletzt oft ausgegangen und hatte eine Affäre mit einem bekannten Frauenabschlepper.« Vera winkte dem Kellner, doch der übersah sie kunstgerecht. »Vermutlich hat er sie dann abserviert, und sie war verzweifelt.«

»Und du glaubst das? Du glaubst Bernie?«

Vera horchte auf. »Warum nicht?«

»Wäre nicht das erste Mal, dass sie lügt. Ich kann mir ehrlich gesagt nicht vorstellen, dass Isa je ausgegangen ist.«

»Aber warum sollte Bernie lügen? Was hat sie davon?«

»Wenn Isa tatsächlich missbraucht wurde, dann weiß Bernie davon. Sie war doch ihre beste Freundin. Vielleicht will sie den Täter schützen?«

»Das wäre möglich«, murmelte Vera. Sie musste also noch einmal mit Bernie sprechen. Und diesmal musste sie sie überlisten. »Danke, Mette. Du hast mir geholfen. Ich werde Bernie auf den Zahn fühlen, und dann sehen wir weiter.«

»Und wann sehen wir beide weiter? Ich meine, wann proben wir endlich?«

»Ich muss zuerst die Lieder lernen. Am kommenden Wochenende habe ich Zeit dafür.«

Sie vereinbarten eine Probe für Dienstag, unmittelbar vor Veras Gesangsstunde.

Als Vera aufstand, rauschte der Kellner heran, um ihre Bestellung aufzunehmen.

»Vor einer Dreiviertelstunde hätte ich einen Espresso getrunken, aber da haben Sie gekonnt weggeschaut«, sagte sie mit einem Lächeln und ließ ihn stehen.

Vom Café Central lief sie zur nächsten Bushaltestelle und begab sich wieder einmal ins Eduard-Wallnöfer-Heim. Und wieder einmal vergeblich. Bernie war nicht da. Als ob die Kleine einen Riecher dafür hätte.

Das Blue Note brummte. Gebi, der Barkeeper, fehlte nach wie vor. Anscheinend lag er mit Blinddarmentzündung im Krankenhaus. Vera flitzte durchs Lokal. Nach einer halben Stunde war sie schweißgebadet. Wenigstens hatte ihr Chef, der mit richtigem Namen Alois Unterhuber hieß, von allen aber nur »Dude« genannt wurde, ein Einsehen und stellte sich selbst an die Bar.

»Hat Luca heute frei?«, fragte Vera.

»Nicht dass ich wüsste. Wenn er in den nächsten zehn Minuten nicht aufkreuzt, kann er sich was anhören.« Der Dude nahm ein Bierglas aus der Geschirrspülmaschine und stellte es mit so viel Schwung auf die Theke, dass es kippte und auf der anderen Seite hinunterfiel. Rasch holte Vera Eimer und Kehrschaufel und beseitigte die Scherben.

Luca tauchte nicht auf. Sie hätte sich gern für die Ohrfeige entschuldigt, vor allem aber wollte sie ihn wegen Isa zur Rede stellen. Doch ihr blieb nicht viel Zeit, um sich über sein Wegbleiben Gedanken zu machen. Sie servierte Bier und Wein, trug leere Gläser ab, kassierte, räumte die Geschirrspülmaschine ein und aus, bestückte die Stereoanlage mit CDs und übernahm zusätzlich die Bar, wenn der Boss Zigarettenpause machte. Sie kam kaum zum Durchatmen.

Am späteren Abend tauchte Robert auf.

Der hatte ihr noch gefehlt. Er sah leichenblass aus und schwankte leicht. Sie atmete auf, als er sich auf einen Barhocker setzte, kümmerte sich extra aufmerksam um die Gäste an den Tischen und ignorierte Roberts Blicke. Das funktionierte perfekt, bis es dem Dude einfiel, sich zu Bekannten zu setzen.

»Ab an die Bar, Vera«, kommandierte er.

Jetzt konnte sie Robert nicht länger ausweichen.

»Was willst du?«

»Ein Bier und mit dir reden.«

Sie zapfte das Bier und stellte das Glas vor ihn auf den Tresen. »Du hättest nicht herkommen sollen.«

»Sag mir nur, was ich falsch gemacht habe.« Roberts Stimme bebte.

Was in Veras Hals saß, war kein Kloß, sondern ein veritabler

Speckknödel. Sie fühlte sich schuldig. Und sie hasste es, wenn jemand Erklärungen für Gefühle erwartete, die sich einfach nicht erklären ließen. »Nichts. Du hast nichts falsch gemacht. Es ist nur so …« Sie wand sich. »Im Moment kann ich keine Beziehung eingehen. Tut mir leid, wenn du es dir anders vorgestellt hast.«

»Haben meine Vorgänger dich so enttäuscht?«

Sie presste ihre Lippen zusammen und schwieg. *Nur einer. Ich lerne schnell.*

»Aber … ich bin anders. Ich gehöre zu den Guten.« Seine Nase zuckte.

Sie zwang sich, an den Nougataugen vorbeizusehen.

»Das hört sich vielleicht bescheuert an, aber es …«

»Du hast recht«, unterbrach sie ihn. »Es hört sich bescheuert an.«

Zum Glück winkte der Gast von Tisch drei. Vera beeilte sich, seinem Wunsch nach einem Glas Weißgespritzten nachzukommen, und nahm fünf weitere Bestellungen auf.

Als sie fertig war, stellte der Dude sich wieder an die Bar. Vera atmete auf.

Bei jedem Gang in die Küche warf sie einen verstohlenen Blick zu Robert, der wie ein fleischgewordener Vorwurf auf dem Barhocker kauerte.

Bitte, geh nach Hause. Geh endlich.

Doch den Gefallen tat er ihr nicht.

Irgendwann nach dem wer weiß wievielten Bier sank sein Kopf auf den Tresen.

»Den müssen wir wohl raustragen«, meinte der Dude, als alle anderen Gäste gegangen waren.

»Vielleicht sollten wir ihm ein Taxi rufen?«

»Bin ich die Caritas? Kommt nicht in Frage. Soll er schauen, wie er nach Hause kommt. Los, pack mal mit an!«

Sie fassten Robert an den Oberarmen und zogen ihn hoch. Zu zweit hievten sie ihn vom Barhocker, der mit Getöse umfiel, und schleiften ihn hinaus.

»Vlllibbt«, lallte er. »Total … vlllibbt.«

»Da hast dir ja einen lustigen Vogel ang'lacht«, spottete der

Dude. »Jetzt sag schon, dass du auch in ihn verliebt bist, vielleicht findet er dann heim.«

»Ich verliebe mich grundsätzlich nie«, sagte Vera trocken.

Roberts Antwort war ein Würgen. Er fiel auf die Knie und übergab sich mitten auf den Gehsteig. Vera wandte sich rasch ab, sie konnte den Anblick des Häufchens Elend nicht mehr ertragen.

Der Dude sperrte das Lokal ab.

»Ob Luca krank ist?«, fragte Vera. Gestern im Konzert war er noch kerngesund gewesen. Ob es mit ihrer Ohrfeige zu tun hatte?

»Mach dir keine Sorgen. Ist nicht das erste Mal, dass er sich freinimmt und vergisst, mich vorher zu fragen.« Der Dude strich sich über die Glatze. »Aber wenn er diesmal wieder eine ganze Woche wegbleibt, schmeiß ich ihn endgültig raus.«

Vera verabschiedete sich und ging. Sie schluckte. Das schlechte Gewissen fühlte sich an wie Stacheldraht, der um ihren Hals lag und langsam zusammengedreht wurde.

Was war sie nur für ein Ekelpaket? Sie hatte einen wehrlosen Blinden geschlagen und beleidigt, obwohl sie nicht mal wusste, ob er Isa je begegnet war. Und Robert? Er hatte sich ihretwegen betrunken und zum Idioten gemacht. Hatte sich bis auf die Knochen blamiert. Sie hätte ihm wenigstens ein Taxi bestellen sollen.

Kurz vor ihrer Haustür hielt sie es nicht mehr aus. Sie drehte um und lief zurück. Als sie durch die Triumphpforte trat, lag die Leopoldstraße verlassen vor ihr wie ein dunkles Tuch. Nur in der Ferne leuchtete die Bergisel-Schanze im Scheinwerferlicht. Der Gehsteig vor dem Blue Note war leer. Kein Robert weit und breit.

***

Wieder stieg Übelkeit in ihm auf. Wie von einer unsichtbaren Hand wurde sein Rückgrat durchgebogen. Ein Schwall stinkender Flüssigkeit schoss aus seinem Mund. Und schon kam die nächste Welle.

Als sein Magen endgültig leer war, erhob Robert sich schwankend. Wenn nur der Druck auf die Schläfen endlich nachließe!

Er schwor sich, nie wieder so viel zu trinken. Ihm graute vor dem Brummschädel, den er morgen haben würde.

Der Brummschädel würde aber nicht das Schlimmste sein. Sobald er nüchtern war, würde er sich in Grund und Boden schämen.

Bremsen quietschten. Ohne es zu merken, war er auf die Straße gelaufen.

Jemand hupte.

Eine Blondine saß am Steuer des Wagens, der aus dem Nichts aufgetaucht war, fuchtelte mit den Händen und zeigte ihm einen Vogel. Wut verzerrte ihren roten Mund.

Robert stützte sich auf die Kühlerhaube.

»'tschulligung«, murmelte er und schwankte weiter.

Frauen. Warum sind sie so schön? Und warum so grausam?

Er setzte zu einem Kopfschütteln an, doch dabei wurde ihm wieder übel, also ließ er es bleiben.

Er verstand Frauen nicht, auch nicht nach neun Bier, Punkt.

***

Am nächsten Morgen fuhr Vera mit dem Bus nach Pradl und stattete erneut dem Eduard-Wallnöfer-Heim einen Besuch ab. Diesmal hatte sie Glück. Bernie lag angezogen auf dem Bett.

»Was willst du?« Ihre Stimme klang weinerlich. Sie setzte sich auf und starrte Vera aus verquollenen Augen an.

»Du siehst gar nicht gut aus.«

»Ich bin immer noch nicht ganz gesund.«

»Drückt dich das schlechte Gewissen?«

»Was?« Die teigigen Wangen des Mädchens entfärbten sich.

»Du hast mich schon verstanden. Ich bin hergekommen, um Klartext zu reden.«

»Ich bin krank. Lass mich in Ruhe, oder ich rufe einen Erzieher.«

»Nur zu, ich habe kein Problem damit, wenn mehr Leute von deinen haarsträubenden Lügen erfahren.«

»Ich weiß nicht, was du meinst.«

Vera setzte sich aufs Bett und packte Bernie am Arm. Sie beschloss, hoch zu pokern. »Jetzt hör mir mal gut zu. Es reicht. Ich weiß alles. Ich weiß, wer Isa das angetan hat. Und ich weiß, dass du es weißt.«

Bernie öffnete den Mund und schloss ihn wieder, wie ein Fisch auf dem Trockenen.

Vera setzte alles auf eine Karte. »Du willst ihn schützen, aber jetzt ist Schluss damit. Also rück endlich Isas Tagebuch heraus.«

Ein Beben ging durch den Körper des Mädchens. Sie schluchzte, schluckte. Tränen liefen über ihre Wangen, unaufhörlich. Ein Dammbruch.

Vera ließ ihr Zeit. Sie strich ihr die Haare aus dem Gesicht, strich über ihren Kopf, den Rücken. Nahm sie in den Arm.

»Es … es … tut mir so leid, Vera.«

»Ich weiß. Aber jetzt wird alles gut.«

Bernie nahm das Taschentuch, das Vera ihr reichte, und schnäuzte sich. Dann stand sie auf und holte etwas aus ihrem Schrank. Fritzi. Isas Plüschesel. Sie drückte ihn Vera in die Hand.

Zuerst begriff Vera nicht. Sie wunderte sich, wie schwer der Esel war. Erst als sie die eckigen Konturen fühlte, verstand sie. Sie öffnete den Klettverschluss an Fritzis Bauch. Ein Stück smaragdgrüner Ledereinband blitzte ihr entgegen.

»Da war es also versteckt!«

Und dann erzählte Bernie, was sie seit Wochen bedrückte. Sie hatte schon lange geahnt, dass mit Isa etwas nicht stimmte. Von verschiedenen Seiten schnappte sie Gerüchte auf. Vermutete etwas. Doch Isa wollte nicht darüber sprechen. Irgendwann war es Bernie zu dumm. Sie nutzte einen unbeobachteten Moment, um in Isas Tagebuch zu schnüffeln, und fand alle ihre Annahmen bestätigt.

»Als du mir nach Isas Tod etwas von ihren Sachen schenken wolltest, habe ich mir den Esel ausgesucht, um das Tagebuch zu bekommen. Den Beweis. Ich wollte IHN damit erpressen. Wollte verhindern, dass ich rausfliege, wie er es mir angedroht hat.

Aber dann …«, sie biss sich auf die Lippen, »dann habe ich mich nicht getraut. Ich war einfach zu feige.«

Vera verstand nur Bahnhof. Wer war ER, verdammt noch mal? Ein Lehrer? Der Heimleiter?

»Jetzt ist ohnehin alles egal. Er hat meinen Eltern schon einen Brief geschrieben. Spätestens morgen wissen sie Bescheid. Ich bin draußen.«

War Bernie von der Schule geflogen? Oder aus dem Heim? »Deine Eltern werden es verstehen. Sie mögen dich, wie du bist. Auch wenn du mal Scheiße baust.«

Das Mädchen schüttelte nur stumm den Kopf.

Vera wusste, dass ihre Worte Wunschdenken waren. Eltern, die ihre Kinder um jeden Preis mochten, waren eine Seltenheit. Nicht wenige verlangten Leistungen, die sie selbst nie zustande gebracht hatten, um ihren Ehrgeiz zu befriedigen, um bei anderen Eindruck zu schinden oder aus irgendwelchen haarsträubenden Gründen.

»Was wirst du jetzt tun?«, fragte Bernie.

»Ich werde dafür sorgen, dass ER büßen muss.« Vera wandte sich zum Gehen. Sie konnte es nicht erwarten, nach Hause zu kommen, das Tagebuch zu lesen und endlich zu erfahren, wer sich hinter dem ER verbarg. »Ciao, Bernie. Pass auf dich auf.« Sie beeilte sich, dem engen Zimmer zu entkommen.

So viele Probleme. So viele Ängste. So viele falsche Erwartungen.

Hoffentlich würde Bernie ihren Weg finden.

Zu Hause stürzte Vera einen Rest kalten Kaffee vom Morgen hinunter und zog sich mit dem Tagebuch in ihr Zimmer zurück. Sie blätterte durch die Seiten. Viel hatte Isa nicht geschrieben. Einige kryptische Einträge, in denen sie eine Atemübung erwähnte. Daneben hatte sie einen Totenkopf gezeichnet. Scheinbar hatte sie die Atemübungen gehasst. Aber warum?

Dann blieb Vera an einem Datum hängen.

15. Oktober 2009
Was für ein scheiß Tag! Dabei hat es so gut angefangen. Ich

habe seit letzter Woche 1,2 Kilo abgenommen, insgesamt also 7,3 Kilo bisher! In der Schule bekomme ich Komplimente ohne Ende.

Dann die Klavierstunde. Als ich das Scherzo von Chopin gespielt habe, hat Sergej immer auf meinen Busen gestarrt, das konnte ich fühlen. Ich war ganz unkonzentriert deswegen und hab das Stück nur mechanisch abgespult. Natürlich hat er das kritisiert.

»Mehr Leidenschaft! Weißt du, was Leidenschaft ist, Isotschka?«

Wenn er mich Isotschka nennt, muss ich mit allem rechnen. Ich dachte, jetzt kommt bestimmt die Atemübung. Nein. Schlimmer.

Er hat sich neben mich auf den Klavierhocker gesetzt und den Arm um mich gelegt. Hat meine Brüste gestreichelt. Ich wollte wegschauen, aber er hat mein Kinn festgehalten und mir in die Augen gesehen.

»Bald bist du erwachsen, meine Kleine. Es wird Zeit, dass du sie kennenlernst, die Leidenschaft.« Dann hat er mich geküsst. Zuerst weich und sanft, sein Bart hat mich am Kinn gekitzelt. Plötzlich die Zunge. Wie eine schleimige Schnecke hat sie sich angefühlt. Die Schnecke hat meine Lippen geteilt, ist weitergekrochen, war überall, an meinem Gaumen, an meiner Zunge.

Ich musste an Ruth denken, die immer so angibt mit ihrem Freund, weil er der beste Zungenküsser sein soll, den man sich vorstellen kann. Ich hätte nie gedacht, dass es so eklig ist. Sergejs Hand ist inzwischen unter mein T-Shirt gewandert und hat meine Brustwarze gestreichelt. Die wurde hart wie ein Kieselstein und hat begonnen zu pulsieren.

Ich konnte die Tränen nicht mehr zurückhalten. Saupeinlich.

»Siehst du, Isotschka. So fühlt sich Leidenschaft an. Und so musst du den Chopin spielen. Nicht so langweilig, als wärst du eine zahnlose Greisin. Liebe und Schmerz sind nah beieinander. Das ist das Leben, und das muss in deine Interpretation einfließen, sonst schlafen deinen Zuhörern die Füße ein.«

Er wollte, dass ich das Scherzo noch einmal spiele. Aber ich konnte nicht. Ich bin hinausgerannt, weg, nur weg.
Im Heim habe ich mich so lange unter die Dusche gestellt, bis meine Haut gebrannt hat.
Am Abend hat Sergej angerufen. Hat sich entschuldigt und gesagt, er wollte mir nicht zu nahe treten. Aber er sei nun mal überzeugt davon, dass echter Fortschritt nur mit unkonventionellen Unterrichtsmethoden zu erreichen sei.
»Wer Chopin spielen will, muss den Begriff Leidenschaft verinnerlicht haben.« Dahin wolle er mich bringen. Und ich sei auf dem besten Weg. Ich habe ihm versprechen müssen, keinem Menschen von dem Kuss zu erzählen.
»Solche Dinge werden von den Spießern da draußen gern missverstanden«, sagte er. »Und du willst ja eine große Pianistin werden, keine biedere Hausfrau, nicht wahr?«
Natürlich will ich das. Natürlich werde ich es niemandem sagen.
Ich schäme mich so. Und ich schäme mich, dass ich mich schäme. Ich darf nicht so verklemmt sein, schließlich ist es nur zu meinem Besten. Bestimmt bin ich die einzige Schülerin, die sich so anstellt.
Früher hatte ich diese Probleme nicht. Früher, als ich vorne noch flach wie ein Brett war.
Ich muss weiter abnehmen. So lange, bis die doofen Kamelhöcker verschwinden, die an allem schuld sind.

Die Buchstaben verschwammen vor Veras Augen. *Sofronsky. Sergej Sofronsky, du Schwein.*

Sie blinzelte die aufsteigenden Tränen weg und las weiter. Je mehr sie las, umso wütender wurde sie. Ehe sie das Tagebuch zuklappte, schwor sie sich, Sofronsky dranzukriegen. Er hatte Isa auf dem Gewissen. Dafür würde er bezahlen müssen.

***

Sein Kopf fühlte sich an, als steckte er in einem Schraubstock. Sofronsky durchwühlte den Apothekerschrank und fand nur noch eine angebrochene Packung Aspirin C, die schon abgelaufen war. Zum Ausgleich nahm er zwei Stück, ließ sie in ein Glas Wasser gleiten und sah den aufsteigenden Bläschen beim Zerplatzen zu.

Er musste an Mette denken. Das Konzert war ein Riesenerfolg gewesen. Unglaublich, mit welcher spielerischen Leichtigkeit sie an die größten Kaliber der Klavierliteratur heranging. Und mit welcher musikalischen Reife.

Außerdem war sie verdammt hübsch, wenn sie ihr Haar offen ließ und auf pastellfarbene Schleifen verzichtete. In den letzten Wochen war ihr Busen gewachsen. Die Vorstellung, ihre zarten Schwälbchen zu berühren, trieb ihm den Schweiß auf die Stirn.

Auf einen Zug trank er das Wasser mit der aufgelösten Tablette aus und schüttelte sich.

Nein. Mette war tabu. Sie war ein kostbares Juwel, das er nicht verderben durfte.

Vielleicht sollte er sich endlich eine Geliebte suchen, die altersmäßig zu ihm passte. Eine erwachsene Frau, die ihm seine Teufel austrieb.

Herrgott noch mal. Es muss doch auch erwachsene Frauen geben, die Spaß daran haben.

Er nahm eine Packung Mozzarella aus dem Kühlschrank und presste sie gegen die Stirn. Die Kälte tat gut. Als der Druck in seinem Kopf endlich nachließ, öffnete er die Packung und aß den Mozzarella mit Salz und Olivenöl.

Er fand Sonja im Wohnzimmer. Sie saß am Flügel, hatte eine Hand auf die Tasten gelegt. Als sie ihn bemerkte, gerann ihr Lächeln wie verdorbene Milch.

»Wie schön, dich am Klavier sitzen zu sehen, Sonjetschka. Was hast du gespielt?«

»Du weißt genau, dass ich nichts gespielt habe und auch nichts spielen werde. Dass ich hier sitze, hat gar nichts zu bedeuten.«

Sofronsky trat an den Flügel heran und versuchte, seiner Frau in die Augen zu schauen. »Warum fängst du nicht wieder an? Dr. Czerny sagt doch auch, dass es dir guttun würde. Musizieren ist Balsam für die Seele, mein Täubchen.«

»Dr. Czerny ist ein Scharlatan, und meiner Seele geht es prächtig. Sie braucht keinen Balsam.«

»Wenn du ihn für inkompetent hältst, suchen wir einen anderen. Psychiater gibt es doch wie Sand am Meer.«

»Einer ist so gut wie der andere. Ich gehe ohnedies nur aus Langeweile hin. Weshalb bist du eigentlich schon zu Hause?«

»Die Kammermusikprobe lief besser als erwartet. Wir waren schon früher fertig, und da mein Schädel wie verrückt brummt …«

»Du Armer! Schon wieder Migräne? Dabei regnet es. Der Föhn kann es also diesmal nicht sein.«

»Ich habe eine Tablette genommen. Es wird schon.«

»Wusstest du, dass mangelnder Sex heftige Kopfschmerzen verursachen kann? Der Überdruck breitet sich von der Leistengegend bis unter die Schädeldecke aus.« Sonja kicherte.

Sofronsky legte seine Hand auf ihre Schulter. Spielerisch ließ er die Fingerspitzen in ihren Ausschnitt gleiten. »Hast du etwa auch Kopfschmerzen? Dann könnten wir uns vielleicht gegenseitig kurieren …«

»Lass das!« Wie eine Furie sprang sie auf, sodass der schwere Klavierstuhl nach hinten kippte und dumpf aufschlug.

Entsetzt trat Sofronsky zurück.

»Du weißt genau, dass das ein für alle Mal vorbei ist.«

»Entschuldige, ich wollte dir nicht zu nahe treten.« Sein Körper fühlte sich plötzlich schwer und schlaff an wie ein alter Sack. Er wollte den Raum verlassen, aber seine Beine gehorchten nicht.

»Du siehst beschissen aus. Ist es der Tod der kleinen Rothaarigen, der dich so mitnimmt?«

»Isabels Tod geht mir nahe, ja. Sie war eine große Begabung. Und darüber hinaus ein fröhliches, warmherziges Mädchen.«

»Warmherzig?«, kreischte sie. »Warmherzig!« Sie bog den Kopf zurück und brach in hysterisches Gelächter aus. »Du meinst, sie hatte eine enge, geile Muschi. Das ist doch das Einzige, was dich interessiert.«

Er zuckte zusammen wie unter einer Ohrfeige. Seine Hände krallten sich in den Deckel des Flügels und hinterließen feuchte Fingerabdrücke auf dem schwarzen Lack.

»Woran ist sie eigentlich gestorben?«

»Sie hatte einen Herzfehler.«

»An gebrochenem Herzen? Wie romantisch. Weil sie gemerkt hat, dass sie nicht die Einzige für dich war?«

»Ich bitte dich, Sonja, hör auf.«

»Ich habe gehört, sie hat sich zu Tode gehungert. Was für eine dumme Göre!«

»Warum bist du so kalt? Hast du kein Mitgefühl?«

Sonja näherte sich, bis er ihren Atem auf seiner Haut spürte.

»Natürlich habe ich Mitgefühl. Mit dir. Ich sehe, dass es dir schlecht geht. Vielleicht solltest du dir eine neue Schülerin für deine Spielchen suchen?«

»Wieso hasst du mich?«, brüllte er. Mit Wucht ließ er seine Faust auf die Tasten niederfallen. Der Bösendorfer schrie auf. Wie ein widriges Omen hing der schrille Missklang in der Luft und brachte die Kristallgläser in der Vitrine zum Klirren.

»Ich habe dich doch geliebt.«

»Geliebt? Du?« Sonja lachte. »Früher habe ich das geglaubt. Mit vierzehn. Damals habe ich tatsächlich gedacht, der Schweiß auf deiner Stirn und die Beule in deiner Hose hätten mit Liebe zu tun. Gott, war ich dumm!«

Sofronsky drehte sich um und ging hinaus. Wie in Trance schlüpfte er in seine Schuhe und ließ die Wohnungstür hinter sich zuschnappen.

Draußen regnete es. Das war kein lauer Sommerregen, sondern die verspätete Schafskälte, die mit eisigen Güssen und schmutzig grauen Wolkenschichten Einzug gehalten hatte. Sein Baumwollhemd war im Nu durchweicht, der Stoff klebte an seinem Körper. Er fröstelte, doch er wollte nicht mehr zurückgehen und seinen Regenmantel holen.

Hundewetter. Wenigstens würde ihm niemand begegnen. Mit großen Schritten ging er die Falkstraße entlang. Die altehrwürdigen Villen des Nobelviertels Saggen verbargen sich hinter dichten Regenschleiern, und ihre noch altehrwürdigeren Besitzer blieben unsichtbar. Einzig eine Verrückte mit knallgelben Sportschuhen joggte an ihm vorbei, dass das Wasser nur so spritzte. Sie rannte mit einer Verbissenheit, als ob sie jemandem auf den Fersen wäre. Und er? Er lief davon. Vor Sonja und ihrem Hass, vor den kurzen Röcken seiner Schülerinnen, den Nabelpiercings, den blitzenden Stringtangas, den suchenden Blicken und keimenden Brüsten, die ihm immer mehr zusetzten. Und nicht zuletzt vor sich selbst.

Sofronsky ging schneller. Er war nass bis auf die Unterhose, als er die Musikakademie erreichte.

***

Vera duckte sich hinter die Tonne mit Regenwasser. Eine Tür quietschte, dann hörte sie Schritte näher kommen. Sofronsky lief den Plattenweg entlang zum Gartentor. Obwohl das Nieseln in Starkregen übergegangen war, ging er weg, ohne Regenschutz, in einem kurzärmeligen Hemd.

Sie war ihm von der Musikakademie bis hierher gefolgt, hatte sich im Schutz der Bäume bis zur Hausmauer vorgearbeitet und die Regentonne als Deckung benutzt. Lange war gar nichts passiert, und sie wollte schon unverrichteter Dinge nach Hause gehen, als sie aufgeregte Stimmen hörte. Vor allem eine keifende Frauenstimme und ab und zu ein männliches Brummen dazwischen.

Ein Streit. Sofronsky und seine Frau lagen sich offensichtlich in den Haaren. Sosehr Vera die Ohren spitzte, sie verstand kein Wort. Sich noch näher an das Fenster heranzuschleichen war unmöglich, ohne entdeckt zu werden.

Sie konnte also leider nicht herausfinden, worum es in der Auseinandersetzung ging. Nur dass die Stimme von Sofronskys Frau hart und kalt klang und ihr Lachen hysterisch.

Sie hat die Hosen an. Und mit ihr ist nicht gut Kirschen essen.

Das Gartentor fiel hinter Sofronsky ins Schloss. Vera wartete noch eine Weile, ehe sie ihr Versteck verließ und sich an seine Fersen heftete.

Er ging nicht besonders schnell und zog beim Gehen das linke Bein ein wenig nach. Sie entschied, ihn zu überholen, den Block zu umrunden und ihm dann in genügendem Abstand zu folgen.

Der Regen rann in ihren Kragen, drang durch die Windjacke und tränkte ihre Joggingschuhe, aber das war es wert. Wenn sie etwas über Sofronsky in Erfahrung bringen konnte, etwas Handfestes, dann würde sie dafür ein bisschen Schnupfen in Kauf nehmen.

Bisher wusste sie so gut wie nichts. Sie brauchte Beweise. Das Tagebuch würde kein Gericht der Welt als Beweis ansehen. Sie musste andere Missbrauchsopfer ausfindig machen.

Als Vera sah, dass Sofronsky wieder die Musikakademie ansteuerte, war sie enttäuscht. Unterrichtete er etwa noch? Laut Online-Stundenplan hatte er am Freitagnachmittag frei.

Vera joggte weiter, lief um das Landestheater herum und näherte sich der Akademie von hinten. Ein Fenster im ersten Stock stand offen, sanfte Klavierklänge drangen an ihr Ohr. Dieses Stück kannte sie. Eine von Isas Lieblingskompositionen.

Die Goldberg-Variationen von Bach.

Vera lauschte, bis die Kälte ihre Zähne aufeinanderschlagen ließ.

Das ist also das Monster.

Es sieht aus wie ein geprügelter Hund.

Es irrt bei Regen durch die Straßen wie jemand, der auf der Flucht ist.

Und es spielt Bach wie ein alter Meister. Oder wie ein junger Gott.

ZWÖLF

Endlich ließ der Weinkrampf nach. Die Spritze schien zu wirken.

»Ist Ihnen etwas aufgefallen, Frau Bürük?«, fragte Heisenberg. Er versuchte, seine Stimme geduldig klingen zu lassen. Sanft. »Etwas, das anders ist als sonst?«

Sie starrte ihn an. »Blut«, stammelte sie. »So viel Blut.«

Dann legte sie den Kopf auf den Küchentisch und schlief einfach ein. Heisenberg unterdrückte einen Fluch. Er musste die Befragung auf morgen verschieben, wenn sie sich von dem schrecklichen Erlebnis erholt hatte. Wahrscheinlich kam ohnehin nichts dabei heraus.

»Wurz!«, bellte er. »Fahren S' mir die Frau Bürük nach Hause.«

Wurz lugte zur Küchentür herein. Die Kamera baumelte um seinen Hals. »Die Putze? Kann das nicht jemand anders machen? Ich bin mit den Fotos noch nicht durch.«

»Sie ist Raumpflegerin«, zischte Heisenberg.

Der Arzt, den die uniformierten Kollegen geholt hatten, weil sie das Schluchzen von Yasemin Bürük nicht länger ertragen konnten, erhob sich. »Das übernehme ich. Ich bin ohnehin überflüssig, von Ihren Leuten wird ja niemand eine Beruhigungsspritze brauchen.«

Nein, höchstens einen Tritt in den Allerwertesten. »Danke, Herr Doktor. Wiedersehen.«

Heisenberg atmete tief durch. Jetzt musste er sich endlich den Toten anschauen. Es gab nichts mehr, was er vorschieben konnte. Mit hängenden Schultern verließ er die Küche, die so erstaunlich aufgeräumt wirkte, und begab sich ins Schlafzimmer. Diesmal hatte er vorgesorgt, hatte etwas Menthol auf sein Stofftaschentuch geträufelt, das er sich fest auf die Nase presste.

»Schöne Sauerei, was?«, sagte Wurz. »Kann ich mal das Fenster aufmachen?«

»Halt!«, schrie Bartsch. »Auf keinen Fall. Hier wird nichts angerührt, bis wir fertig sind. Sonst heißt es wieder, die Spusi ist schuld, wenn wir nichts finden. Dabei trampelt ihr uns immer zwischen den Beinen herum und ruiniert alles.«

Heisenberg umklammerte sein Stofftaschentuch fester und näherte sich dem Bett.

Prantl begrüßte ihn mit einem freundlichen Lächeln, als säße er gerade gemütlich im Kaffeehaus und würde Heisenberg einladen, sich dazuzusetzen. Dann sprach der Gerichtsmediziner weiter in sein Diktiergerät: »Flächenhafte Grünfäulnis der Haut im Bereich des gesamten Bauches, beginnende Fäulnisgasblähung der Bauchdecke und des Hodensackes, Durchschlagen des Venennetzes im Bereich der Oberarme, Austritt von Fäulnisflüssigkeit aus der Nase.«

Der Tote war nackt bis auf eine Sonnenbrille, sein Mund mit Leukoplast verklebt. Die Hand- und Fußgelenke waren an das Bett gefesselt. Quer über die Kehle verlief ein klaffender Schnitt. Der Unterleib schimmerte schmutzig grün, wie ein patiniertes Kupferdach. Dazu das viele Blut und die Maden. Übelkeit lauerte in Heisenbergs Magen, aber im Moment hatte er sie im Griff, Menthol sei Dank. An die bevorstehende Obduktion wollte er lieber nicht denken.

»Können Sie schon was zur Todeszeit sagen?« Durch das Taschentuch klang seine Stimme, als hätte er Schnupfen.

»Nur ganz grob: vermutlich vor mehr als zwei und weniger als vier Tagen.« Prantl tippte an seine Nase. »Gegen Fäulnisgeruch gäbe es übrigens eine Spezialcreme, mein Lieber.«

Unwirsch schüttelte Heisenberg den Kopf. »Ist er verblutet?«

»Auch zu dieser Frage kann ich nur ein ›Vermutlich‹ beisteuern. Aber wir sehen uns ja später bei der Obduktion. Dann Genaueres.«

Kruzifixsakrament. Er hatte gute Lust, dem Gemetzel fernzubleiben und nur Wurz und Mitterhofer in die Gerichtsmedizin zu schicken. Aber damit würde er sich eine unverzeihliche Blöße geben.

Ruckartig wandte Heisenberg sich ab und inspizierte die

Handschellen. Ein Standardmodell, in jedem Sexshop erhältlich oder via Internet bestellbar.

Als Nächstes nahm er die Sonnenbrille ins Visier. Irgendetwas stimmte nicht damit. Er machte Prantl darauf aufmerksam.

»Ja, Sie haben recht, das müssen wir uns näher ansehen.« Der Gerichtsmediziner fasste die Brille mit seiner behandschuhten Rechten und ließ sie in eine Plastiktüte gleiten.

Heisenberg zuckte zurück, als er in Augenhöhlen starrte, die schwarz waren von geronnenem Blut. Und weiß von den ersten Maden.

»Der Täter hat die Augäpfel mitgenommen«, murmelte Wurz ehrfürchtig und schoss Fotos. Als er fertig war, packte Prantl eine Pinzette und beförderte einen guten Teil der wuselnden Fliegenlarven in einen Kunststoffbehälter.

»Ein Mitbringsel für meine Kollegin Sibylle. Entomologie ist ihr Spezialgebiet.«

Wer hätte das von der feschen Rothaarigen gedacht?

»Fast wie in dem neuen Thriller von diesem Fitzek. ›Der Augensammler‹ oder so ähnlich. Der hat auch …«

»Hören S' mir mit Ihren Krimis auf, Wurz. Lauter Schund.«

Wurz ließ sich nicht aus der Fassung bringen. »Was sagen Sie zu der Botschaft, die er uns hinterlassen hat, Chef?« Er deutete auf die Brust des Toten, die mit merkwürdigen Zeichen übersät war. Grüne Kästchen, rote Dreiecke, schwarze Schnörkel.

»Was denn für eine Botschaft? Eine Tätowierung halt. Wer sagt, dass die vom Mörder stammt? Genauso gut könnte das Opfer kurz vor seinem Tod in einem Tattoo-Studio gewesen sein.«

»Soll ich das recherchieren?«, fragte Mitterhofer, der sich bisher im Hintergrund gehalten hatte.

»Ja, aber zuerst befragen Sie die anderen Hausbewohner. Wurz wird Ihnen helfen. Und dann treffen wir uns in der Gerichtsmedizin.«

»Geht klar, Chef«, sagte Mitterhofer zackig.

»Seid ihr so weit?«, fragte Bartsch, der das Fenster abklebte, während seine Gehilfen Luminol auf den Teppichboden sprühten. »Dann bitte alle raus hier. Wir verdunkeln jetzt. Mal sehen, welche aufschlussreichen Blutspuren wir im UV-Licht finden.«

Mehrere Stunden nach der Obduktion war Heisenberg noch immer schlecht. Als hätte er Formalin getrunken, das die Übelkeit für alle Zeiten in seinem Magen konservieren würde. Da half nicht einmal Lindas Espresso.

Über den Tassenrand warf er einen Blick in die Runde. »Also, was haben wir? Mitterhofer, fassen S' das Wichtigste zusammen.«

»Bei dem Opfer handelt es sich um Luca Briguglia. Er war italienischer Staatsbürger, geboren 1975 in Palermo, seit August 2004 in Innsbruck gemeldet. Hat als Barpianist im Blue Note gearbeitet. Soll ziemlich gut gewesen sein, heißt es. Ist auch immer wieder in anderen deutschen und österreichischen Städten aufgetreten. Nicht vorbestraft.«

»Ein Sizilianer also«, murmelte Heisenberg und trank einen Schluck Kaffee.

Durch Wurz' Körper ging ein Ruck. »Glauben Sie, dass die Mafia …«

»Ich werde mich hüten, zu diesem Zeitpunkt irgendetwas zu glauben, Wurz.« Heisenberg wandte sich wieder an Mitterhofer. »Hat man ihn im Blue Note nicht vermisst? Oder hatte er Urlaub?«

»Ich habe mit einem gewissen Alois Unterhuber telefoniert, dem Chef des Cafés. Briguglia hat anscheinend schon öfter unangekündigt Urlaub gemacht. War nicht der Zuverlässigste.« Mitterhofer schlenkerte mit seinen überlangen Armen. »Noch was hat sein Chef im Blue Note gesagt. Briguglia war blind.«

Deshalb diese auffallend aufgeräumte Küche, dachte Heisenberg. Ein Blinder brauchte Ordnung, um sich besser orientieren zu können. Er räusperte sich. »Danke, Mitterhofer. Die Obduktionsergebnisse versuche ich selbst auf den Punkt zu bringen. Mit der Todeszeitbestimmung hapert es. Irgendwann am Donnerstag oder Freitagvormittag muss es passiert sein. Vielleicht können wir das durch Zeugenaussagen näher eingren…«

»Jawoll«, unterbrach ihn Mitterhofer. »Am Donnerstag gegen dreiundzwanzig Uhr dreißig hat Briguglia seinen Nachbarn, einen gewissen Dieter Terschitz, angerufen. Er wollte ihn auf ein Glas Wein einladen. Terschitz war aber mit Freunden unterwegs und ist erst am nächsten Morgen heimgekommen.«

»Ein Nachbarschaftsdrink zu später Stunde«, sinnierte Heisenberg.

»Wenn Sie mich fragen, ist dieser Terschitz eine Schwuchtel. Ich wette, die beiden hatten was miteinander.«

»Von mir aus. Für uns heißt das, dass Briguglia zwischen Donnerstag, dreiundzwanzig Uhr dreißig, und Freitagvormittag ermordet wurde«, sagte Heisenberg. »Weiter im Text. Unser Opfer ist verblutet, nach einem tiefen Schnitt im Bereich des Kehlkopfes mit eröffneter Halsschlagader. Prantl hat außerdem drei Einstiche im Oberschenkel festgestellt, von einer Injektionsnadel. Auf das toxikologische Gutachten müssen wir natürlich noch warten. Aber wir können davon ausgehen, dass irgendwelche Drogen im Spiel sind. Wurz, haben S' schon überprüft, ob Briguglia diesbezüglich aktenkundig war?«

»Negativ, Chef. Briguglia war ein unbeschriebenes Blatt. Keine Drogen, keine Vorstrafen, nicht einmal ein Strafzettel.« Wurz rieb sich die Nase. »Er hatte allerdings auch kein Auto.«

»Dann hat ihn der Mörder mit Drogen außer Gefecht gesetzt«, warf Mitterhofer ein.

»Vermutlich«, fuhr Heisenberg fort. »Außer den Stichen im Oberschenkel hat Prantl noch die Stiche im Brustbereich erwähnt, also die Tätowierung, sowie einen nicht sehr tiefen, horizontalen Schnitt mit dem Skalpell. Lauter intravitale Verletzungen.«

Mitterhofers Augen wurden groß und rund. »Intravital?«

»Wurden ihm zugefügt, als er noch lebte. Das Gegenteil wäre postmortal.«

»Und die Augäpfel?«

»Wurden auch herausgeschält, ehe er verblutet ist. Prantl meint, dass der Täter über gewisse anatomische Kenntnisse verfügen muss.« Heisenberg ließ seine Rechte in der Westentasche verschwinden und drehte sich eine Zigarette.

»Was hat die Befragung der Hausbewohner ergeben? Außer der Aussage dieses Terschitz.« Er befeuchtete den Rand des Zigarettenpapiers, steckte sich den Glimmstängel an und inhalierte.

»Die anderen Parteien sind durch die Bank alte Leute«, sagte Wurz. »Die meisten haben Briguglia kaum gekannt und haben nichts gesehen oder gehört. Nur eine gewisse Rosa Schipflinger in der Wohnung über ihm hat ausgesagt, dass sie den Spaghettifresser in der Nacht auf Freitag gehört hat.«

»Wurz! Ihre ausländerfeindlichen Bemerkungen verbitt ich mir!«

»Das hat die Schipflinger gesagt, Chef, nicht ich.«

»Dann betonen Sie es nicht so genüsslich!«

»Spaghettifresser, hat sie gesagt. Der Spaghettifresser soll in der Nacht auf Freitag laute Negermusik gespielt haben. Entschuldigung, Chef, Negermusik ist auch ein Originalausdruck von der Schipflinger.«

»Um welche Uhrzeit war das?«

»Das weiß sie nicht genau. Sie meint, kurz vor oder nach Mitternacht. Sie hat mir dann ihr ganzes Leid über Briguglia geklagt. Anscheinend ist er regelmäßig sehr spät nach Hause gekommen und hat oft irgendwelche Flittchen mitgebracht.«

Bei »Flittchen« zeichnete Wurz vorsorglich die Anführungszeichen in die Luft. »Und er hat viel zu laut Musik gehört. Deshalb hat die Schipflinger schon einmal die Polizei geholt. Aber die Kollegen haben sie nicht ernst genommen, das hat sie sehr geärgert.«

Heisenberg verdrehte die Augen. »Gewäsch von alten Weibern, die sich fadisieren.«

»Nur in der Mordnacht, da hat die Musik wie gesagt gegen Mitternacht begonnen und kurz darauf wieder aufgehört. Und die Schipflinger hat gar nicht daran gedacht, die Polizei zu rufen.«

»Könnte also sein, dass zu dem Zeitpunkt schon der Mörder in Briguglias Wohnung war und mit der lauten Musik irgendetwas übertönen wollte«, sagte Heisenberg.

»Dann hat er Briguglia betäubt und gefesselt und die Musik

wieder leiser gedreht. Hat in Ruhe seine Brust tätowiert, das dauert bestimmt mehrere Stunden, die Augen entfernt und ihm vermutlich gegen Morgen die Kehle durchgeschnitten.«

»Nicht schlecht, Wurz, nicht schlecht.« Heisenberg nickte anerkennend, formte ein O mit den Lippen und blies einen Rauchkringel aus. »Als Nächstes muss jemand Briguglias Chef und seine Kollegen befragen.«

»Das Blue Note öffnet erst um neunzehn Uhr. Ich kümmere mich drum, Chef.« Wurz' Wangen leuchteten vor überschüssiger Energie.

Heisenberg schüttelte innerlich den Kopf. *Ich gebe dir zehn, fünfzehn Jährchen, Bursche. Dann schauen wir mal, wo dein Enthusiasmus geblieben ist.* »Gut, Wurz, Mitterhofer. Gute Arbeit.«

Heisenberg wandte sich Bartsch zu, dem Spusi-Chef. »Wie sieht's mit euren Ergebnissen aus, Severin?«

»Wir haben haufenweise Fingerabdrücke gefunden, allerdings keinen, den wir in der Kartei haben.«

»Schade.«

»Ansonsten haben wir einige Haare eingesaugt, die nicht von Briguglia stammen.«

»Was, das habt ihr schon analysiert?«

»Natürlich nicht. Aber lange blonde, lange brünette und kurze rote Haare können nicht vom Toten sein, weil der schwarze, gekräuselte hatte.«

»Die stammen wahrscheinlich von den sogenannten Flittchen«, sagte Heisenberg. »Muss ein richtiger Casanova gewesen sein, der Briguglia.« Was ein Eifersuchtsdrama wahrscheinlich machte.

»Die DNA-Analysen sind jedenfalls am Laufen. Bis morgen erfährst du mehr, Willi, einschließlich Abgleich mit der Datenbank.«

»Gut so«, brummte Heisenberg.

»Und außerdem haben wir noch zwei blutige Teil-Fußabdrücke sichtbar machen können, die vermutlich vom Mörder stammen.« Der Stolz in Bartschs Stimme war nicht zu überhören.

»Oder von Yasemin Bürük«, brummte Heisenberg. »Die befrage ich morgen, bis dahin hat sie sich hoffentlich beruhigt. Sie soll uns sagen, ob etwas gestohlen wurde. Und ihre Schuhe mitbringen.«

»Glauben Sie, dass es einen Zusammenhang zwischen den Leichenteilen vom Gramartboden und diesem Mord gibt?«, fragte Mitterhofer.

»Nein. Unvorstellbar. Briguglia wurde nicht zerstückelt. Er ist ein junger Mann, die Leichenteile stammen dagegen von einer älteren Frau.«

»Für mich sieht der Mord an Briguglia aus wie eine Hinrichtung. Und da der Tote Sizilianer war, müssen wir auch an einen Mafiamord denken.« Wurz klopfte mit seinen Fingern auf die Tischplatte.

»Die Cosa Nostra?« Heisenberg hatte seine Zigarette gerade Richtung Aschenbecher balanciert, doch das Aschestück fiel vorzeitig hinunter und landete auf seiner Hose. Er lachte, bis ihm die Augen tränten. »Wurz, ich bitt Sie!«

»Vielleicht hat Briguglia von den Pizzeriabesitzern Schutzgelder erpresst und wurde von einem zahlungsunwilligen Kunden ermordet. Oder es handelt sich um eine Familienfehde.«

»Willkommen in Innsbruck, Wurz. Kapieren Sie endlich, dass es hier nicht zugeht wie in New York. Oder in Miami.«

Wurz schnaubte.

»Wenn Sie wollen, können Sie gern mehr über Briguglias Umfeld recherchieren. Eltern, Geschwister, wie er aufgewachsen ist. Eine Dienstreise nach Sizilien ist allerdings nicht drin.« Heisenberg schlug sich auf den Schenkel. »Aber bitte fangen Sie erst mal im Blue Note an.«

»Geht klar, Chef.«

»Und was ist jetzt mit der Tätowierung?«, fragte Mitterhofer.

»Was soll damit sein?«

»Sie sieht irgendwie eigenartig aus.«

»Das tun Tätowierungen immer, wenn Sie mich fragen.« Heisenberg dachte an seine Nichte, die sich ein Arschgeweih hatte stechen lassen. Er schüttelte den Kopf.

»Laut Prantl sind die Stiche unterschiedlich tief ausgefallen, was für ein schlecht gemachtes Tattoo spricht«, sagte Wurz.

»Kein Profi also«, sagte Mitterhofer. »Und das Motiv ist auch merkwürdig. So etwas habe ich noch nie gesehen.«

»Ich halte es zwar für zweitrangig, aber von mir aus fragen Sie einen Tattoo-Experten, was er davon hält.« Heisenberg unterdrückte ein Gähnen. »Das war's, Leute. Morgen, gleiche Zeit, selber Ort. Ich erwarte einen Erkenntniszuwachs.« Er klatschte in die Hände. »Hoppauf, meine Herren.«

***

Vera schritt schneller aus. Sie wollte nicht zu spät zu ihrer ersten Probe mit Mette kommen. Gedankenversunken überquerte sie den Rennweg und übersah dabei einen Radfahrer, der gerade noch ausweichen konnte.

Unglaublich. Alles hätte sie sich vorstellen können. Dass er eine Konzertreise absolvierte und vergessen hatte, es dem Dude zu sagen. Dass er krankfeierte. Oder mit irgendeiner heißen Loverin in den Untiefen seines Bettes abgetaucht war.

Nur was sie in der Zeitung gelesen hatte, wollte nicht in ihr Hirn. Luca tot. Ermordet.

Und die letzte Erinnerung, die sie an ihn hatte, war ein Streit. Eine Ohrfeige sogar.

Aus dem Übungsraum im vierten Stock der Akademie drangen gedämpfte Klavierklänge.

Als Vera eintrat, saß Mette versunken am Klavier. Mit einer Hand spielte sie eine Akkordfolge, mit der anderen kritzelte sie einen undefinierbaren Kringel auf ein Blatt Papier.

»Komponierst du gerade?«, fragte Vera und schielte auf das Blatt.

»Ich arbeite an meiner Sonate. Am zweiten Satz.«

»Aber wo sind die Notenlinien?« So eine Partitur hatte Vera noch nie gesehen.

»Ich bevorzuge graphische Notation«, sagte Mette, zog das Blatt weg und verstaute es in ihrer Mappe.

Der Begriff »graphische Notation« war Vera neu. Sie beschloss, ihn zu googeln, um sich keine Blöße zu geben. »Hast du die Nachrichten gehört? Luca wurde umgebracht. Luca Briguglia, der Jazzpianist.«

»Umgebracht? Wie schrecklich! War das nicht der Blinde, der mir nach meinem Konzert gratuliert hat?«

»... und dabei so aufdringlich war, dass ich ihm deswegen eine gescheuert habe.«

Mette runzelte die Stirn. »Kanntest du ihn gut?«

»Erst seit Kurzem. Vom Blue Note, wo ich kellnere.«

»Das sind ja furchtbare Neuigkeiten.«

»Und es geht heftig weiter. Halte dich fest. Ich habe mit Bernie gesprochen. Sie hat tatsächlich gelogen, wie du es vermutet hast. Isa wurde missbraucht, und zwar von Sofronsky.«

»Ach du Schande!«

»Du wirkst nicht sonderlich überrascht.«

Eine zarte Röte zog sich über Mettes Wangen. »Na ja, ich habe Gerüchte gehört. Isa galt als Sofronskys Schätzchen.«

»Warum hast du mir das bei unserem letzten Treffen nicht erzählt?« Forschend sah Vera in Mettes Augen.

Die Kleine hielt dem Blick stand. »Eben deshalb. Weil es Gerüchte waren. Ich habe es nicht geglaubt und wollte es nicht noch weiter verbreiten.«

»Musstest du auch Atemübungen machen? Mit entblößter Brust? Und hat er dir musikalische Leidenschaft auch durch Zungenküsse vermittelt?«

»Niemals.« Mette schüttelte den Kopf. »Aber vielleicht bin ich nicht naiv genug, um ein Opfer zu sein.«

»Du hast recht. Isa war sehr naiv. Mutter hat alles Unangenehme von ihrem Wunderkind ferngehalten, solange sie die Möglichkeit dazu hatte. Das Ausmaß von Isas Weltfremdheit wird mir erst jetzt klar, wenn ich ihr Tagebuch lese.«

»Was wirst du tun?«

Vera zuckte mit den Schultern. »Ich muss versuchen, andere Betroffene zu finden. Dann zeige ich Sofronsky an. Hast du zufällig noch mehr Gerüchte gehört?«

Mette verschränkte ihre Arme und legte den Kopf darauf. »Ich glaube, ja«, sagte sie leise. »Vor ziemlich genau einem Jahr, als ich noch ganz neu in Innsbruck war, habe ich mir einen Klassenabend von Sofronskys Schülern angehört. Isa spielte das ›Italienische Konzert‹ von Bach, übrigens sehr gut. Sofronsky war angetan. Eine andere Schülerin, eine gewisse Xenia, hat er dagegen total niedergemacht. Sie hat den ersten Mephistowalzer von Liszt gespielt, und zwar ziemlich virtuos.« Mette griff in die Tasten und spielte ein paar Takte, vermutlich den Anfang dieses Walzers. »Nach dem Konzert hat Xenia mich angesprochen und mich vor Sofronsky gewarnt. Ich sei genau der Typ, auf den er stehen würde. Im Moment habe er zwar Isabel, aber das könne sich schnell ändern. ›Irgendein Betthäschen hat er immer‹, sagte sie. ›Ich spreche aus Erfahrung.‹« Mette senkte die Stimme. »Damals habe ich Xenia nicht geglaubt. Sie wirkte verbittert. Jetzt sieht das natürlich anders aus.«

»Kennst du den vollen Namen und die Adresse von dieser Xenia?«

Mette schüttelte den Kopf. »An den Nachnamen erinnere ich mich nicht mehr. Er klang griechisch. Irgendwas mit D, Dim…, nein, Dmit…« Sie stöhnte. »Vielleicht fällt es mir später ein. Ich weiß noch, dass Xenia kurz nach diesem Klassenabend ihre Diplomprüfung abgelegt hat. Danach ist sie angeblich nach Amerika gegangen. Frag doch im Sekretariat nach.«

»Die dürfen die Adressen nicht einfach an x-beliebige Leute weitergeben. Ich bin noch nicht mal inskribiert.«

»Halt, ich hab eine Idee!« Vor Begeisterung schlug Mette die Hände zusammen. »Alle Daten sind auf den Schülerblättern verzeichnet. Auch die Adressen der Eltern. Sofronsky verwahrt die Schülerblätter in seinem Schreibtisch, in der Akademie. Bestimmt auch die der Ehemaligen. Wenn du willst, könnte ich mal nachsehen.«

»Kommt nicht in Frage. Ich möchte dich da nicht reinziehen.«

»Es wäre ganz einfach. Um ein Uhr macht er immer Mittagspause, eine Dreiviertelstunde lang. In der Zeit lässt er sein Zimmer unversperrt, damit seine Studenten dort üben können.«

»Toller Tipp. Ich werde mich selbst umsehen. Lass du bitte die Finger davon. Du hast mir schon sehr geholfen, Mette.«

»Ach was, nicht der Rede wert.«

Vera betrachtete den hellen Flaum in Mettes Nacken. »Und was denkst du jetzt über deinen Lehrer?«

»Was für ein Widerling! Dabei hat er sich mir gegenüber immer korrekt verhalten. Ich hoffe, du erreichst dein Ziel und er wird verurteilt.«

»Und ich habe schon befürchtet, deine Welt bricht zusammen, wenn ich am Ruf deines verehrten Lehrers kratze.«

Mette grinste. »Keine Sorge. Ich schätze ihn zwar als Lehrer und bin dankbar für alles, was ich bei ihm gelernt habe. Aber ich bewundere ihn nicht kritiklos. Und in letzter Zeit schwächelt er ein bisschen.« Sie spielte eine Tonleiter. Wie modelliert traten Adern und Knöchel des Handrückens hervor und kündeten davon, dass es sich um keine gewöhnliche Hand handelte, sondern um das Instrumentarium einer Hochleistungssportlerin. »Er kritisiert kaum etwas an meinem Spiel, und wenn, dann ist es an den Haaren herbeigezogen. Vielleicht ist es Zeit, dass ich mir einen anderen Lehrer suche.«

Vera zog ihre Brauen hoch. Was für ein Wandel! Vor Kurzem hatte Mette noch in den höchsten Tönen von Sofronsky geschwärmt. Umso besser, wenn sie ihn kritisch sah. Jetzt wusste sie jedenfalls Bescheid und war bestimmt auf der Hut. Vera packte ihr Liederalbum von Schumann aus und legte es aufs Klavier. »Wollen wir?«

»Gern.« Mette überflog die Noten.

In dem Moment klopfte es. Joyce trat ein.

»Na, meine Süßen? Wie weit seid ihr?«

Um sich die peinliche Antwort zu ersparen, nickte Vera ihrer Begleiterin zu.

Mette spielte. Mit nur drei Akkorden gelang es ihr, die wunderbare Stimmung von erster Verliebtheit und kindlichem Staunen einzufangen.

Vom ersten Ton an wurde Vera durch das Lied getragen.

»Seit ich ihn gesehen, glaub ich blind zu sein …« Ihre Stimme und die Klaviermelodie verschmolzen zu einer untrennbaren Einheit.

»Bravo!«, rief Joyce, als der Schlussakkord verklungen war. »Ihr zwei harmoniert ja wie ein altes Ehepaar.«

Ein Hauch Rosa überzog Mettes Wangen. »Danke, Frau Professor Jameson«, rief sie aus und strahlte.

»Nenn mich Joyce, Honey.« Joyce lächelte ihr vieldeutiges Lächeln.

Dann begann sie zu arbeiten. Takt für Takt ging sie das Lied mit den beiden durch, korrigierte Veras Haltung, die Atmung, sagte wichtige Dinge zu Phrasierung und Dynamik.

Am Ende musste Vera das Lied noch einmal ganz durchsingen. Zu ihrem Erstaunen ließ ihre Stimme sich nun besser kontrollieren, sie reagierte elastischer, wendiger. Die Tipps, die sie gerade bekommen hatte, griffen.

Schließlich bedankte Joyce sich bei Mette und schickte sie nach Hause, um mit Vera allein noch einige Übungen zu machen.

»Was für eine Begabung«, sagte sie, als die Tür sich hinter dem Mädchen geschlossen hatte. »Sie begleitet, als hätte sie dreißigjährige Berufserfahrung.«

»Dabei ist sie sechzehn, sieht aus wie dreizehn und ist ein bisschen wunderlich.« Vera grinste.

»Genie und Verschrobenheit liegen oft nah beieinander. Wie kommst du zu der Ehre, vom Klavierstar des Hauses begleitet zu werden?«

»Keine Ahnung. Ich habe versehentlich ihren Kakao verschüttet und sie zum Ausgleich auf einen Kaffee eingeladen.«

»Du scheinst sie beeindruckt zu haben. Ich glaube fast, sie ist verliebt in dich.«

»Was?« Vera zuckte zusammen. »Blödsinn!«

Joyce lächelte. »Ich täusche mich selten in diesen Dingen. Bei meinem Sohn habe ich auch erkannt, dass er schwul ist, ehe er es selbst wusste.« Schlagartig wurde sie ernst. »Und heute lese ich in der Zeitung, dass Luca, die große Liebe und gleichzeitig die große Enttäuschung seines Lebens, ermordet worden ist. Wie furchtbar.«

Vera starrte Joyce entgeistert an. Luca hatte also nicht nur Frauen abgeschleppt! Jetzt wurde ihr auch klar, warum Joyce ihn als Herzensbrecher bezeichnet hatte.

»Ist alles okay mit dir?«

»Alles bestens«, nuschelte sie. Aber das war eine Lüge. Sollte Joyce recht haben? War Mette wirklich in sie verliebt?

Ärgerlich schüttelte sie den Kopf.

Sie nahm sich vor, auf Distanz zu gehen. Noch ein liebeskrankes Wesen konnte sie beim besten Willen nicht gebrauchen.

***

Brigitte schraubte die Whiskeyflasche auf, roch daran. Ein Bukett aus Vanille, Sandelholz und einer Prise Muskat strömte in ihre Nase und kitzelte die Geschmacksnerven. Seit Tagen war sie vollkommen trocken. Sie hatte es endlich im Griff.

Doch heute würde sie sich einen Drink genehmigen, als Belohnung für ihre Willensstärke. Sie füllte ein Glas mit der karamellfarbenen Flüssigkeit und trank. Wärme breitete sich in ihrem Magen aus. Ein Gefühl, als käme man nach langen Irrwegen endlich nach Hause. Mit wohligem Grunzen schlug Brigitte die Tageszeitung auf und überflog den Artikel auf der Titelseite. Bei »Hinweise bitte unter der Nummer …« blieb ihr Blick haften.

Ihre Finger zitterten, als sie die Ziffern ins Handy tippte, aber sie verwählte sich nicht.

Eine hohe Männerstimme meldete sich. »Landeskriminalamt Tirol, Chefinspektor Anton Wurz.«

»Guten Tag. Ich möchte eine Aussage zu dem Mordfall Briguglia machen.«

»Wie ist Ihr Name?«

»Der tut nichts zur Sache. Leiten Sie die Ermittlungen?«

»Oberst Heisenberg ist der Chefermittler. Aber ich arbeite an dem Fall.« Wurz klang dienstbeflissen.

»Ich möchte Ihren Chef sprechen.« Brigitte verlieh ihrer Stimme die Schärfe, die Kripobeamte vermutlich von ihren Vorgesetzten gewohnt waren.

»Der ist gerade sehr beschäftigt. Im Moment müssen Sie schon mit mir vorliebnehmen.«

»Gar nichts muss ich. Entweder Sie holen Ihren Vorgesetzten, oder ich lege wieder auf, und Sie erfahren nie, wer den Mord begangen hat.«

Drei Herzschläge lang herrschte Stille. »Einen Augenblick, bitte.«

Brigitte vernahm Stimmen im Hintergrund, schwere Schritte, das Knallen einer Tür. Nach einer halben Ewigkeit raschelte es im Hörer. »Heisenberg.«

»Guten Tag, Herr Kommissar.«

»Kommissar gibt's keinen. Wenn Sie etwas auszusagen haben, dann sprechen S' jetzt, ich hab's nämlich eilig.«

So hören sich Männer an, deren Frauen beim Zubettgehen Migräne vortäuschen. Brigitte verkniff sich das Lachen.

»Ich weiß, wer diesen Italiener ermordet hat.«

Stille. Nur schweres Atmen war zu hören.

»Sprechen S' weiter.«

»Diese Kellnerin aus dem Blue Note war es. Sie hatte eine Affäre mit Briguglia. Am Abend vor dem Mord habe ich die beiden im Landesmuseum gesehen, nach einem Konzert. Sie haben sich heftig gestritten.«

»Sie meinen eine Arbeitskollegin von Briguglia? Kennen Sie ihren Namen?«

»Vera. Vera Meierling oder Meiling oder so ähnlich. Sie hat ihn angeschrien und ihm sogar eine Ohrfeige verpasst, obwohl der arme Kerl blind ist. Blind war, meine ich.«

»Haben Sie sonst noch was gesehen?«

»Genügt das nicht?«

»Wir werden Ihrem Hinweis auf alle Fälle nachgehen, sofern Sie uns Ihren Namen nennen. Anonyme Anrufe können wir nicht berücksichtigen, das verstehen Sie sicher.«

»Nemetz ist mein Name. Brigitte Nemetz.«

»Kommen S' bei Gelegenheit im Landeskriminalamt vorbei, Frau Nemetz. Dann protokollieren wir Ihre Aussage. Am besten heute noch.«

»Heute habe ich leider keine Zeit, Herr Kommissar, vielleicht morgen.« Sie beendete das Gespräch. Unverschämt! Die sollten froh sein, dass Ihnen jemand unter die Arme griff, und nicht durch Bürokratie alles verderben.

Das Telefonat hatte sie angeregt. Sie genehmigte sich ein weiteres Glas Whiskey.

Gut gelaunt wählte sie Roberts Nummer. Erst nach dem achten Klingeln meldete er sich. Seine Stimme klang brüchig, als wäre er gerade aus dem Tiefschlaf gerissen worden.

»Was willst du?«

»Interessieren dich die neuesten Neuigkeiten von deinem Flittchen?«

»Ich weiß nicht, wen du meinst.«

»Oh, hat sie dich abserviert? Dann freut es dich vielleicht, dass sie in Schwierigkeiten steckt.«

Er keuchte. »Was hast du getan?«

»*Sie* hat was getan! Ich habe nur dafür gesorgt, dass es die Polizei erfährt.«

Brigitte lachte. Sie konnte gar nicht mehr aufhören zu lachen. Zum dritten Mal schenkte sie sich Whiskey ein und trank das Glas ex.

***

Vera blickte auf den Plastikbecher vor sich, der Kaffee enthielt. Kalten Kaffee. Seit einer halben Stunde saß sie hier und wartete darauf, dass der Kripo-Chef endlich seine Befragung fortsetzen würde. Sie beobachtete ihn aus dem Augenwinkel. Heisenberg hatte in aller Ruhe eine Zigarette zu Ende geraucht. Jetzt erhob er sich halb aus seinem Bürostuhl und kramte in seinen Gesäßtaschen, schüttelte den Kopf, kramte in seinen Westentaschen. Schließlich fasste er sich ans Ohr und zog einen Bleistiftstummel hinter seiner Ohrmuschel hervor. Er schrieb etwas auf einen Block und unterstrich es mehrfach. Endlich blickte er auf und brach sein Schweigen.

»Frau Meyring, es heißt, Sie hätten Luca Briguglia näher gekannt. Stimmt das?«

»Er war mein Arbeitskollege.«

»Hatten Sie ein Verhältnis mit ihm?«

Vera sah in Heisenbergs Augen. Sie waren gerötet und tränten. »Ja.«

Heisenberg blinzelte.
»Ein Arbeitsverhältnis.«
»Sie wissen genau, was ich meine«, knurrte der Alte. »Hatten Sie eine Liebesbeziehung mit Briguglia?« Er beugte sich so über den Schreibtisch, dass Vera jede einzelne Pore seiner Haut erkennen konnte; und die beiden schwarzen Haarbüschel, die aus den Nasenlöchern sprossen.
»Nein.«
»Wie erklären Sie sich dann, dass uns Zeugenaussagen vorliegen, die das Gegenteil besagen?«
Vera wandte den Kopf ab, um Heisenbergs Mundgeruch zu entkommen.
»Ihre Zeugen irren sich. Oder sie lügen.«
Heisenberg ließ sich langsam in den Stuhl zurücksinken und schien nachzudenken. Es sah aus, als sitze er auf einem Gelege hochempfindlicher Eier und brüte. »Erzählen Sie mir etwas über Briguglia. Wie war er?«
»Ich kannte ihn erst seit Kurzem. Er war ein brillanter Jazzpianist, ein fabelhafter Musiker. Und ein krankhafter Verführer. Er konnte seine Hände nicht bei sich behalten, hat alle Frauen angemacht, die das Blue Note ohne männliche Begleitung besucht haben, sofern sie unter siebzig waren.« Vera lächelte. »Gegen dreiundzwanzig Uhr hat er meistens zu spielen aufgehört. Dann musste ich ihm sagen, an welchem Tisch eine Frau alleine saß, und er hat sein Glück versucht und seinen Charme spielen lassen.« Sie überlegte kurz. »Anscheinend hat er ab und zu auch Männer vernascht.« Vera versuchte, eine Haarsträhne um ihren Finger zu wickeln, doch die Strähne war zu kurz. »Bei mir wollte er auch landen, aber ich habe ihn abblitzen lassen.«
»Warum sollte Ihnen jemand eine Affäre mit Briguglia unterstellen?«
»Keine Ahnung.«
»Hm«, brummte Heisenberg. »Am Abend vor dem Mord haben Sie mit Briguglia gestritten. Sie sind dabei gesehen worden, wie Sie ihm eine Ohrfeige verpasst haben. Geben Sie das zu?«

»Ja. Und ich schäme mich dafür.«

»Worum ging es in dem Streit?«

»Luca hat eine Sechzehnjährige angemacht, ein halbes Kind. Auf schmierige Art. Ich habe ihn zur Rede gestellt, er hat mich provoziert, da ist es passiert.« Wie ein Film lief die Szene vor Veras innerem Auge ab. Sie hatte überreagiert, weil sie von vornherein wütend auf ihn gewesen war. Wegen Bernies Verleumdung. Luca war ein Windhund, aber kein schlechter Mensch, und Mette konnte auf sich selbst aufpassen.

»Wann haben Sie Briguglia zuletzt gesehen?«

»An ebendiesem Donnerstagabend. Nach dem Konzert von Mette Kindler im Landesmuseum. Nach der Ohrfeige bin ich wutschnaubend gegangen.«

»Wohin sind Sie gegangen?«

»Nach Hause. Ich war todmüde und bin sofort ins Bett gefallen.«

»Kann das irgendjemand bezeugen?«

Das Telefon am Schreibtisch schellte.

Hektisch griff Heisenberg nach dem Hörer, riss ihn von der Gabel, dabei stieß er seinen Kaffeebecher um, der aber schon leer war. »Ich habe doch gesagt, dass ich nicht gestört werden will!« Die Hängebacken des Kripo-Chefs, die ihm Ähnlichkeit mit einer Bulldogge verliehen, wackelten bedenklich. »Wenn es so wichtig ist, dann stellen Sie endlich durch, Linda, anstatt zu quatschen.«

Vera bedauerte diese Linda, ohne sie zu kennen. Ob Heisenberg seine Frau auch so anfauchte? In den Krimis, die sie kannte, waren die Ermittler Opernliebhaber. Oder gute Köche. Schöngeister jedenfalls. Sie schüttelte den Kopf.

»Heisenberg«, fauchte Heisenberg. Dann presste er den Hörer ans Ohr, als wollte er hineinkriechen. Seine buschigen Augenbrauen wölbten sich immer weiter nach oben. »Aha … ja … interessant.« Er kritzelte etwas auf seinen Block. »Gut … ja, ich verstehe. Dann muss ich Sie bitten, bei Gelegenheit in mein Büro zu kommen, damit wir die Aussage protokollieren können. Danke für Ihren Anruf. Auf Wiederhören, Herr Dr. Nemetz.«

Veras Herz setzte einen Schlag aus.

Robert?

Was hatte das zu bedeuten?

Schweigend ging Heisenberg im Büro auf und ab. Nur sein Schnaufen war zu hören. Vera überlegte, womit er sie als Nächstes konfrontieren würde. Sie wappnete sich.

»Wo waren wir stehen geblieben? Ah, ja. Gibt es Zeugen dafür, dass Sie zur Tatzeit geschlafen haben?«

»Nein.«

»Doch.«

»Nein!«

»Sie lügen.«

»Für wie blöd halten Sie mich? Wieso sollte ich ...«

Heisenberg vergrub seine Rechte in der Westentasche, in der es raschelte. »Weil Sie Ihrem Geliebten versprochen haben, die Affäre geheim zu halten, seiner krankhaft eifersüchtigen Exfrau wegen. Die muss es aber ohnehin spitzgekriegt haben, sie hat sie nämlich belastet. Und Herr Nemetz hat das soeben richtiggestellt. Sosehr ich den Hut vor Ihrer Loyalität ziehe – es gibt keinen Grund, weiterhin zu schweigen.«

Zischend sog Vera Luft ein.

Der Kripo-Chef zog eine Selbstgedrehte aus der Westentasche, fuhr mit der Zunge über den Papierrand, drückte ihn fest und behielt die Zigarette unangezündet im Mund.

»Oder wollen Sie bestreiten, die fragliche Nacht mit Dr. Nemetz verbracht zu haben?« Sie tanzte in seinem Mundwinkel, während er sprach.

»Ähm ... nein, ich ...«

»Dann ist unser Gespräch zu Ende. Sie können gehen.«

Vera schluckte. Robert hatte also für sie gelogen. Aber warum?

Wenig später ging sie am Innrain entlang und warf einen giftigen Blick zurück auf die gelbe Fassade des Landespolizeikommandos. Die Österreicher hatten eine Vorliebe für diese Farbe und nannten sie liebevoll »Schönbrunnergelb«, nach dem gleichnamigen Schloss in Wien. Vera würde sich den Farbton als »Verhörgelb« einprägen.

Ein Auto näherte sich, blinkte und blieb wenige Meter vor ihr stehen. Ein himmelblauer Twingo. Das Fenster öffnete sich surrend.

Veras Herz schlug schneller, als sie die zuckende Nase erkannte.

»Darf ich dich nach Hause bringen?«, fragte Robert.

»Nein.« Sie sah über ihn hinweg, als hätte sie an der Johanneskirche etwas Interessantes entdeckt.

»Ich wollte dir nur sagen, dass …«

»Wie kommst du dazu, falsch auszusagen? Ich brauche dein Alibi nicht. Ich habe nichts verbrochen.«

»Wenn du einsteigst, erkläre ich es dir.«

»Nein, Robert.«

»Aber Vera, ich will doch nur mit dir reden.«

»Reden bringt uns nicht weiter.« Sie schluckte. »Ich hätte mich nie auf dich einlassen sollen. Tut mir leid, dass du dir falsche Hoffnungen gemacht hast. Und jetzt lass mich bitte einfach in Ruhe.«

Sie wandte sich ab. Mit weit ausholenden Schritten lief sie weiter, drängte sich durch eine Gruppe von Schülern, die vor dem Finanzamt auf den Bus wartete.

»Du bist ja vollkommen verbohrt!«, rief er ihr nach. Dann heulte der Motor auf, und die Reifen quietschten.

Vera wollte nur nach Hause. Nichts als duschen und schlafen. Und morgen, morgen würde sie sich endlich um das Wesentliche kümmern. Um Sergej Sofronsky.

DREIZEHN

Als sich die Tür hinter dem letzten Schüler dieses Tages geschlossen hatte, ging Sofronsky an seinen Schreibtisch und ließ sich in den Sessel fallen. Er stützte den Kopf in die Hände. Eigentlich sollte er noch üben, aber er konnte sich nicht dazu aufraffen. Der stumme Krieg mit Sonja kostete ihn so viel Energie. Seit Tagen sprach sie nicht mehr mit ihm, sah ihn nur kalt und spöttisch an oder ignorierte ihn ganz. Wenn er ein Gespräch erzwang, artete es in Streit aus. So konnte er nicht mehr weitermachen. Sogar die Scheidung wäre besser als dieser Zustand. Auch wenn er dann auf eine Menge Luxus verzichten müsste, vor allem auf das Haus und den Konzertflügel.

Am besten wäre es natürlich, sich mit Sonja zu versöhnen.

Sie hatte ja recht, gekränkt zu sein. Dummerweise hatte sie von der Geschichte mit Isabel erfahren, obwohl er wirklich äußerst vorsichtig gewesen war. Er musste seinen Fehler wiedergutmachen. Ihr beweisen, dass er es ernst meinte. Und endlich die Finger von seinen Schülerinnen lassen, ein für alle Mal.

Er betrachtete das Hochzeitsfoto, das auf seinem Schreibtisch stand. Wie hübsch Sonja gewesen war. Grazil wie eine Balletttänzerin, mit einem Porzellanpuppengesicht, sprühenden Augen und schimmerndem Haar, das bis zum Po reichte. Auch heute, mit dreißig, sah sie immer noch ausgesprochen attraktiv aus. Leider war sie auch ausgesprochen stur. Sie zurückzugewinnen würde ein harter Brocken werden. Vielleicht sollte er ihr etwas schenken. Keinen Schmuck, keinen Pelzmantel, all das besaß Sonja schon zur Genüge. Etwas Persönliches. Er dachte an das Porträt, das Brigitte Nemetz vor Jahren von ihm gemalt hatte. Vielleicht konnte sie auch eines von Sonja anfertigen, nach einem Foto? Nein, er hatte eine viel bessere Idee.

Sie soll uns beide malen, als Paar. Nach unserem Hochzeitsfoto. Das wäre ein schönes Symbol für einen Neubeginn.

Lächelnd ging Sofronsky im Zimmer auf und ab.

Brigitte Nemetz. Er hatte sie am Abend von Mettes Konzert

gesehen. Sie sah verlebt aus, war aber noch immer eine faszinierende Person. Ob sie sich das Wildkatzentemperament von damals bewahrt hatte? Der Gedanke verursachte ein Prickeln in seiner Lendengegend. Wochenlang hatte er Modell stehen müssen für das Porträt. Und schon am allerersten Abend hatte sie mit ihm geschlafen. Von da an liebten sie sich fast täglich. Exzessiv und leidenschaftlich. Immer anders und immer bis zur Erschöpfung. Erst Monate später, kurz vor der Hochzeit mit Sonja, beendete er die Affäre. Er ging mit guten Vorsätzen in die Ehe, wollte Sonja nicht betrügen. Fast zwei Jahre hielt er durch. Bis Angelina seine Schülerin wurde, dieses gottverdammte Luder. Sie verführte ihn nach Strich und Faden. Danach gingen all seine Vorsätze den Bach hinunter. Und nach Angelina war Ricki gekommen, nach Ricki Yvonne. Dann Xenia. Dann Isabel.

Es muss ein Ende haben.

Vielleicht sollte er eine Therapie in Erwägung ziehen? Zumindest wäre es ein Beweis für seine guten Absichten. Es würde Sonja imponieren.

Er erhob sich, strich das Haar zurück, ging zum Flügel. Im glänzenden Schwarz des Bösendorfers spiegelte sich das Gesicht eines aufrechten Mannes. Eines Mannes, der einen edlen Entschluss gefasst hatte.

Mit einem zufriedenen Lächeln wandte er sich ab.

***

»Danke, Paul. Auf dich ist Verlass. Sonst wüsste ich gar nichts mehr über Robert. Also mach's gut, und schönen Urlaub!«

Brigitte beendete das Gespräch und lachte bitter. Jetzt wusste sie Bescheid. Die Kripo hatte das Piefkeweib nicht eingesperrt. Schade. Und Robert verzehrte sich noch immer aus lauter Liebeskummer. Bis auf Weiteres war er wohl geheilt von anderen Frauen. Allerdings standen Brigittes Karten bei ihm sehr schlecht. Er hatte sich maßlos über ihren Anruf bei der Polizei geärgert.

Welcher Teufel hatte sie geritten, ihm ihre Schadenfreude ins

Gesicht zu schmettern? Sie hätte sich nachträglich ohrfeigen können. Sie durfte sich nichts vormachen. Von einer Versöhnung mit Robert war sie meilenweit entfernt. Und damit auch von der ersehnten Finanzspritze.

Sie überlegte, ob sie sich eine Flasche Whiskey kaufen sollte. Oder Wodka, der war billiger.

Als sie sich die Schuhe anzog, zwitscherte ihr Handy erneut los. Typisch. Immer rief Paul noch ein zweites Mal an, weil er etwas Wichtiges vergessen hatte.

»Ja, mein Lieber?«

Einen Lidschlag lang herrschte Stille.

»Was für eine freundliche Begrüßung!«

Die Stimme klang viel tiefer als die von Paul und ein wenig rostig. Ein leichter Akzent schwang mit, der Brigitte bekannt vorkam.

»Mit wem spreche ich?«

»Sergej. Sergej Sofronsky.«

Also doch. Ihr Herzschlag beschleunigte sich. Was um alles in der Welt wollte Sofronsky von ihr?

»Was für eine Ehre«, erwiderte sie spöttisch.

»Du fragst dich sicher, warum ich anrufe, nachdem ich mich so lange nicht gemeldet habe.«

»Aus einer unstillbaren Sehnsucht?« Sie lachte. Und spürte förmlich, wie er sich wand.

»Du weißt nicht, wie oft ich an dich gedacht habe. Aber außer Sehnsucht gibt es einen handfesten Grund. Du malst doch noch großformatige Porträts?«

Ihr Herz setzte einen Schlag aus. »Natürlich«, log sie. In den letzten zwei Jahren hatte sie keinen einzigen Auftrag mehr bekommen. Ein Zittern lief durch ihren Körper. Sie packte das Handy fester. »Geht es wieder um ein Porträt von dir?«

»Von mir und Sonja. Es geht um unser Hochzeitsbild. Kannst du es nach einem Foto malen?«

»Wie romantisch! Ich muss mir das Foto aber zuerst ansehen, um eine endgültige Entscheidung zu treffen.« Sie schluckte. »Und noch was: Ich bin teurer geworden seit damals. Viel teurer.«

»Freut mich, dass du so gut im Geschäft bist. Reichen zweitausend als Anzahlung?«

Brigitte musste sich an der Wand abstützen. Zweitausend Euro würden ihr Finanzproblem für einige Wochen entschärfen. »Als Anzahlung, ja. Weil du's bist.« Sie würde ihm mindestens das Dreifache abluchsen.

»Wann darf ich dir das Foto vorbeibringen?«

»Wie wär's mit übermorgen? Dann können wir auch die Größe und einige andere Details besprechen.«

»Wunderbar. Passt es dir am späten Nachmittag, so gegen halb sechs? Bis dahin bin ich mit dem Unterricht fertig.«

»Prima. Also bis bald.«

»Ich freue mich. Ciao, Brigitte.«

.Er hatte aufgelegt. Sie kniff sich in den Arm. Nein, es war kein Traum. Sie hatte einen Auftrag!

Das muss begossen werden, dachte sie.

Stopp! Reiß dich zusammen. Du säufst dir nicht wieder alles kaputt. Damit ist ein für alle Mal Schluss.

Sie hatte sich zu lange hängen lassen.

Aber jetzt, jetzt wollte sie es noch einmal wissen. Sie zog sich die Schuhe aus, ging in die Küche und stellte Kaffee auf.

***

Vera warf einen Blick auf ihr Handydisplay. Sieben Minuten nach eins. Wo blieb der Mistkerl? Sein Schüler war längst weg. Wollte Sofronsky ausgerechnet heute auf seine Mittagspause verzichten? Zum siebten Mal spazierte sie an seiner Zimmertür vorbei in Richtung Treppenhaus. Zum Glück begegnete ihr niemand, das Akademiegebäude lag im Mittagsschlaf.

Plötzlich hörte sie, dass hinter ihr eine Tür geöffnet und wieder geschlossen wurde. Schritte näherten sich. Mit hocherhobenem Kopf und ohne sich umzusehen, eilte Vera treppauf. Im zweiten Stock lugte sie über den Rand des Treppengeländers. Eine dunkle Gestalt mit schütterem Haar stapfte abwärts und zog dabei den linken Fuß ein wenig nach. Sie wartete, bis Sofronsky außer Sichtweite war, ehe sie in den ersten Stock zurückkehrte. Der Korridor lag düster und wie ausgestorben vor ihr. Vor Sofronskys Zimmer blieb sie kurz stehen, unschlüssig.

Sie atmete tief durch. Dann drückte sie die Klinke hinunter.

Unversperrt, wie Mette gesagt hatte.

Vera trat rasch ein und zog die Tür ins Schloss. Mit klopfendem Herzen sah sie sich um. Das Zimmer war viel größer als das von Joyce. Wie stumme Wächter standen zwei Bösendorfer mitten im Raum und beherrschten ihn. Einer war mit einem Kunststoffüberzug abgedeckt. Die Hülle des zweiten Flügels war zurückgeschlagen. Und auf dem Samtbezug des Klavierhockers, der davor stand, konnte man noch einen Gesäßabdruck erkennen. Außer den schwarzen Monstren bestand das Mobiliar aus einem Schrank, einem Schreibtisch mit vier Schubladen und einem roten Sofa, wie aus dem Ikea-Katalog. Argwöhnisch beäugte Vera die abgenutzten Polster.

Ob er hier mit Isa …?

Sie wandte sich ab und rüttelte an der Schranktür. Versperrt.

Dann widmete sie sich dem Schreibtisch. Alles sah wohlgeordnet aus, spartanisch, nichtssagend. Links außen stand ein aufklappbarer Abreißkalender, daneben lag eine Packung Papiertaschentücher, die rechte Ecke nahm ein Keramikbecher ein, der verschiedene Stifte, eine Schere und ein kurzes Lineal enthielt.

Vera öffnete die Schubladen. Die drei oberen waren mit Noten angefüllt. Zerfledderte Hefte, einigen fehlte das Titelblatt. Die unterste Schublade enthielt leere Notenblätter, noch mehr Bleistifte und einen schweren Silberrahmen ohne Foto. Unter den Notenblättern blitzte ein Schnellhefter hervor. Vera zog ihn heraus. Sie stieß einen leisen Pfiff aus.

Die Schülerlisten.

Mit zitternden Fingern blätterte sie zurück. Sommersemester 2010, Wintersemester 2009/2010, Sommersemester 2009. Sie überflog die Namen. Das Wort »Xenia« stach ihr ins Auge. Xenia Dimitropoulos. Eine Adresse in Mittenwald stand daneben. Vera nahm ein Notenblatt und einen Bleistift, um sich Straße und Hausnummer zu notieren, als sie ein leises Knarren vernahm.

Sie fuhr herum.

»Suchen Sie was Bestimmtes?« Die Stimme klang schneidend.

Sofronsky. Warum war er schon zurück? Nach fünf Minuten! Hitze schoss in Veras Wangen. Rasch ließ sie die Papiere in die Schublade zurückgleiten.

Los. Erfinde eine Ausrede. Irgendwas. »Bitte verzeihen Sie. Was müssen Sie von mir denken?« Sie musste Zeit gewinnen.

Sofronsky legte einen Notenband, den er unter dem Arm getragen hatte, auf den Schreibtisch. Vermutlich war er deswegen zurückgekommen. Dann musterte er Vera von Kopf bis Fuß. Seine buschigen Augenbrauen waren zu einer horizontalen Linie zusammengezogen.

»Wer sind Sie überhaupt?«

»Ich heiße Vera Meyer«, log sie. »Ich habe leider kein Klavier zu Hause und wollte Ihre Mittagspause zum Üben nutzen. Es tut mir leid, wenn ich …«

»Deshalb sperre ich das Zimmer nicht ab, damit Klavierstudenten hier üben können. Pianistin scheinen Sie aber keine zu sein, sonst würden Sie das Klavier nicht in der Schreibtischschublade suchen.«

»Ich studiere in der Liedklasse von Frau Professor Jameson.« Sie räusperte sich. »Ab Herbst.«

»Eine angehende Sängerin, nun, das erklärt manches.« Sofronsky schmunzelte. »Aber nicht, warum Sie meine Schublade durchwühlen!« Seine Augen schimmerten feucht, sie erinnerten Vera an Vaters Augen, wenn sie ihn enttäuscht hatte. Sofronsky strich sich ein paarmal über den grau melierten Kinnbart.

»Ich habe ein Taschentuch gesucht.«

»Ah, dann haben Sie wohl Schnupfen!« Er zog ein Stofftaschentuch aus seiner Brusttasche und reichte es ihr. Jetzt lächelte er. Unzählige Fältchen liefen strahlenförmig von seinen Augenwinkeln zu den Schläfen.

Vera schnäuzte sich kräftig, knüllte das Taschentuch zusammen und steckte es in ihre Hosentasche.

»Ein Paket mit Papiertaschentüchern liegt übrigens auf dem Schreibtisch, vor Ihrer Nase. Sie hätten die Schublade gar nicht öffnen müssen«, sagte er und zwinkerte. »Aber wenn man so verschnupft ist wie Sie, sieht man natürlich schlecht.«

Vera schwieg. Sie war noch nie eine gute Lügnerin gewesen.

»Ich mache Ihnen einen Vorschlag.« Sofronsky lächelte noch immer. »Meine Mittagspause ist kurz, und ich müsste eine Kleinigkeit essen gehen. Begleiten Sie mich ins Café Sacher. Da setzen wir uns an einen ruhigen Tisch, und Sie erzählen mir, was Sie wirklich gesucht haben.«

Warum sieht man nicht, dass er ein Schwein ist? Warum sieht er sympathisch aus und hat Vaters Augen?

»Sind Sie einverstanden?«

»Ja. Ja, natürlich.« *Mist.* Ob ihr auf dem Weg ins Sacher eine weniger abstruse Ausrede einfallen würde? Oder sollte sie es mit der Wahrheit probieren?

Keine zehn Minuten später saß sie Sofronsky gegenüber in einer lauschigen Ecke des Kaffeehauses. Er bestellte ein kleines Bier und ein Sacherwürstl, Vera begnügte sich in Anbetracht der Preise wieder einmal mit Espresso. Die Kellnerin trug ein weißes Spitzenhäubchen und troff vor Freundlichkeit.

»Also, Frau Meyer. Ich höre.«

Vera schluckte. »Ich habe Ihre Schülerblätter durchgesehen und wollte mir die Adresse einer ehemaligen Schülerin von Ihnen aufschreiben. Xenia Dimitropoulos. Natürlich war es unhöflich, deshalb in Ihren Schubladen zu wühlen. Entschuldigen Sie bitte. Ich hätte einfach auf Sie warten und Sie fragen sollen.«

»Ah, das sehen Sie also ein. Wunderbar! Allerdings kenne ich Xenias derzeitige Adresse nicht. Seit ihrer Abschlussprüfung hat sie sich nicht mehr gemeldet. Ich weiß nur, dass sie an der Juilliard School in New York studiert.«

»Die Adresse ihrer Eltern würde mir schon genügen. Die wissen bestimmt, wo sie sich jetzt aufhält.«

»Sie wohnen in Mittenwald. Wenn sie nicht inzwischen weggezogen sind.« Seine Augen verengten sich zu Schlitzen. »Kennen Sie Xenia?«

»Nein.«

»Darf ich fragen, was Sie von ihr wollen? Es muss ziemlich

wichtig sein, wenn Sie dafür sogar einen Einbruch in Kauf nehmen.«

Die Kellnerin servierte das Bier, den Espresso und das Sacherwürstl.

Vera staunte. Es war ein gewöhnliches Paar Wiener Würstchen, allerdings schwamm es in einer silbernen Karaffe. »Wichtig ist es, sogar ausgesprochen wichtig«, sagte sie.

»Nichts für ungut, ich glaube Ihnen kein Wort.« Sofronsky schnitt ein Stück von seinem Würstchen ab, tauchte es in den frisch geriebenen Meerrettich und steckte den Bissen in den Mund. Er schwenkte ihn ein paarmal hin und her und schluckte. »Ich glaube eher, dass Sie Geld oder andere Wertsachen gesucht haben. In letzter Zeit kommt immer öfter etwas weg. Ich fürchte, ich muss den Vorfall melden, Frau Meyer.«

»Vermutlich ist es die beste Lösung, die Polizei zu verständigen. Allerdings werden Sie einiges erklären müssen.«

Er hob die Brauen.

»Mein Name ist nicht Meyer, sondern Meyring. Vera Meyring.«

Sein ohnehin blasses Gesicht sah mit einem Schlag ungesund weiß aus. »Meyring? Dann sind Sie … Isabels Schwester?«

Vera nickte. »Ich bin nach Innsbruck gekommen, weil mir die Umstände von Isas Tod keine Ruhe lassen.«

Er legte die Gabel weg und sah sie an. »Ihr Tod ist immer noch unbegreiflich für mich. Sie war so ein großes Talent, so klug und liebenswürdig …«

»Wissen Sie, woran sie gestorben ist?«

Für einen Moment schloss er die Augen. »Ich erinnere mich noch, als wäre es gestern gewesen. Ihre Mutter hat mich angerufen.« Er holte tief Luft. »Sie hat mir erzählt, dass Isabel beim Schwimmen einen Herzstillstand erlitten hat. Dass sie aufgrund einer fatalen Kombination von jugendlichem Untergewicht und einem unerkannten Herzfehler gestorben sei.«

»Jugendliches Untergewicht!« Vera lachte rau auf. »Meine Schwester war magersüchtig. Und wissen Sie warum?«

»Eine Modeerscheinung! Viele Mädchen leiden in der Pubertät an einem Schlankheitswahn.«

»Wussten Sie, dass Magersucht sich oft aus der Weigerung entwickelt, erwachsen zu werden? Dass meistens eine verletzte Seele dahintersteckt, wenn Mädchen nichts mehr essen?« Sie kramte in ihrem Rucksack und zog Isas Tagebuch heraus.

»Was ist das?«

Sie schlug einen der letzten Einträge auf und schob ihm das Heft hin. »Lesen Sie.«

12. Mai 2010
Endlich wieder zu Hause. Die Fahrt mit dem Bus war furchtbar, Stau, Hitze, Hitze, Stau. Sechseinhalb Stunden haben wir gebraucht statt vier. Und das war noch das Beste. Denn der Rest war RICHTIG furchtbar, Bologna eine einzige Katastrophe.
Dabei habe ich mich so auf das Austauschkonzert gefreut und darauf, mit Sarah und Ruth in einem Dreibettzimmer zu übernachten. Unser Hotel war wie aus dem Märchen: halb verfallene Mauern, schwere Brokatvorhänge und Tapeten mit Blumenmuster. Das Konzert fand im Teatro Manzoni statt. Ich durfte zum ersten Mal auf einem Fazioli-Flügel spielen, einem phantastischen Instrument mit sattem Klang. Es war ein voller Erfolg! So tadellos ist mir die g-Moll-Ballade von Chopin noch nie gelungen. Das Publikum hat getobt, ich musste die »Träumerei« von Schumann als Zugabe spielen.
Im Künstlerzimmer haben mir alle gratuliert. Nur Sergej war einsilbig. Das hat mich verunsichert. Meinem Gefühl nach war ich gut, vielleicht sogar sehr gut. Aber er hat mich kaum angesehen, also dachte ich, er fand meine Interpretation langweilig. Das Spiel einer zahnlosen Greisin. Nach dem Konzert gab es im Hotel ein Wahnsinnsbuffet mit allen möglichen italienischen Delikatessen. Sogar Prosecco. Ich konnte kaum was essen. Ich habe gewartet, bis Sergej hinausgegangen ist. Dann bin ich ihm gefolgt. Habe ihn angesprochen.
»War die Ballade nicht gut? War sie zu wenig leidenschaftlich?« Das war es ja immer, was er auszusetzen hatte. Die fehlende Leidenschaft.

Er seufzte. »Ach, Isotschka. Dein Spiel war nicht gut«, sagte er und sah mich so seltsam dabei an. »Es war phantastisch.«
Mir ist ein Stein vom Herzen gefallen. Was heißt ein Stein? Die ganze Nordkette.
Plötzlich hat er mich umarmt und auf den Mund geküsst. Seine Lippen waren weich und warm, und sein Bart kitzelte. Mir ist schwindlig geworden. Meine Knie müssen sich in Knetmasse verwandelt haben, jedenfalls haben sie nachgegeben.
Sergej fing mich auf und trug mich in sein Zimmer.
Er legte mich aufs Bett. Seine Hände waren überall, haben mich ausgezogen, haben mich gestreichelt.
Ich wollte das nicht. Ich wollte »Nein!« sagen, aber mein Mund war wie ausgedörrt. Nicht einmal den Arm konnte ich heben. Als hätte jemand meine ganze Kraft und meinen Willen einfach abgesaugt.
Ich habe alles mit mir machen lassen. ALLES.
Es hat wehgetan, aber das war nicht das Schlimmste. An der Wand gegenüber hing ein Spiegel. Darin habe ich gesehen, wie er auf mir herumgeturnt ist. Wie er meine Brüste gestreichelt hat. Noch nie sind sie mir so fett vorgekommen. Scheußlich fett.
Ich hasse sie. Ich hasse, hasse, HASSE meine Brüste, meinen Körper, ihn, mich. Die ganze Welt.
Irgendwann gegen Morgen ist er eingeschlafen. Und ich habe es schließlich geschafft, aufzustehen, mich anzuziehen, in mein Zimmer zu schleichen. Zum Glück haben Sarah und Ruth nichts mitgekriegt.
Ich weiß nicht, wie es jetzt weitergehen soll. Was mich in der nächsten Klavierstunde erwartet. Am liebsten würde ich in ein Loch verschwinden.

***

Sofronsky schlug das Buch zu, als hätte er sich verbrannt. Der Vorfall in Bologna war ihm lebhaft in Erinnerung. Er hatte zu viel getrunken, war überwältigt gewesen von Isabels Schönheit, von ihrer kindlichen Reinheit. Wie ein Engel war sie ihm damals erschienen. Sein Engel.

»Ich habe sie geliebt. Ich wollte sie nicht verletzen, niemals! Ich dachte …«

»Mit welchem Körperteil haben Sie gedacht?«, fauchte Vera.

»… ich war überzeugt davon, dass sie es genauso wollte wie ich. Dass sie die Bedeutung von Leidenschaft und Liebe kennenlernen wollte. Wie wunderschön und wichtig sie sind. Unerlässlich für jeden Musiker.« Kaum hatte er die Worte ausgesprochen, bemerkte er selbst, wie falsch sie klangen.

»Liebe, Leidenschaft, dass ich nicht lache. Sie wollten Sex mit einem kleinen Mädchen. Nicht mit einer gleichwertigen Partnerin, sondern mit einer Schülerin, die zu Ihnen aufschaut. Mit Liebe hat das nichts zu tun. Eher mit dem Wunsch, Macht auszuüben.«

Er schwieg. Wie sie ihn ansah mit diesen seltsam grünen Augen, deren Farbe von einem Moment auf den anderen in Eisblau umschlagen konnte.

»Sie haben Isa zerstört. Ihretwegen wollte sie nicht erwachsen werden. Ihretwegen hat sie aufgehört zu essen.«

»Aber ich habe doch alles für sie getan. Ich wollte sie groß herausbringen, ihr den Weg ebnen. Sie hätte eine erfolgreiche Pianistin werden können.«

»Wenn sie Ihre Liebesbezeugungen überlebt hätte.«

Sofronsky fixierte das angebissene Würstchen, da er ihren eisblauen Blick nicht länger ertragen konnte.

»Wie viele Isabels gab es schon in Ihrem Leben? Und wie viele wird es noch geben?«

Wie in einem Film sah er eine Reihe von Gesichtern vor sich, die ineinander verschwammen: Sonja, Angelina, Ricki, Yvonne, Xenia, Isabel, alle jung, alle hübsch.

»Ist Ihnen klar, dass es strafbar ist, was Sie tun? Dass Sie ein Abhängigkeitsverhältnis ausnutzen?«

»Können Sie sich vorstellen, wie es ist, wenn Sie tagein, tagaus mit diesen jungen Geschöpfen konfrontiert sind? Deren Hormone verrücktspielen, die auf der Suche sind? Die genau wissen, dass ihre Brustwarzen sich unter den transparenten Stoffen abzeichnen und dass ihre winzigen Slips unter den wippenden Miniröcken zu sehen sind? Sofern sie überhaupt Slips tragen. Wissen Sie, wie das ist, wenn man eine Stunde lang auf einen bloßen Hintern starren muss, der am Klavierstuhl auf und ab wetzt, von nichts verdeckt als dem String eines Tangas?« Er trank einen Schluck Bier. »Und die Mädchen kichern in sich hinein und freuen sich über den Schweiß, den sie zum Fließen bringen.«

»Wollen Sie, dass Ihre Schülerinnen in Kopftuch und bodenlangen Gewändern herumlaufen? Weil Sie Ihre Geilheit nicht beherrschen können?«

Sofronsky hob die Hände und ließ sie wieder fallen. Sie hatte recht. Er war ein alter Bock, der seine Begierde nicht im Griff hatte.

Nach langem Schweigen sah er sie an. »Und jetzt?«

»Sie wollten die Polizei verständigen«, sagte sie. »Oder soll ich es tun?«

Er fixierte die feinen Sommersprossen auf ihrer Nase. »Wenn Sie mich anzeigen, ruinieren Sie mich. Ich werde meinen Job verlieren und keinen neuen finden. Sonja wird mich rauswerfen. Aber das freut Sie vermutlich. Sie wollen Rache.«

Vera fuhr sich durchs Haar und zerzauste es dabei nur noch mehr. »Falsch. Mir geht es um Gerechtigkeit. Und ich will, dass es sofort aufhört. Sie haben schon genug Schaden angerichtet.«

»Dann zeigen Sie mich an! Worauf warten Sie noch?«

»Es gibt auch eine andere Möglichkeit. Erstatten Sie Selbstanzeige, und Sie kommen weit glimpflicher davon. Und machen Sie eine Therapie.«

An eine Therapie hatte er selbst schon gedacht. Vielleicht sollte er wirklich professionelle Hilfe annehmen. »Einverstanden. Morgen gehe ich zur Polizei.«

»Eine kluge Entscheidung.«

Er sah auf die Uhr. »Oh, ich muss mich beeilen. Sonst komme ich zu spät zum Unterricht …« Auf seinen Wink erschien die Kellnerin mit der Rechnung. Vera ließ sich nicht einladen. Sie bezahlte ihren Espresso selbst und stand auf.

»Auf Wiedersehen«, sagte er.

»Vergessen Sie Ihr Versprechen nicht.«

»Seien Sie unbesorgt.« Er wartete, bis sie weg war, schlang den Rest seines kalten Würstchens hinunter und brach auf.

Im Nachdenken strich er sich über den Bart. Eine Therapie wäre eine Chance. Er musste sein Leben ändern.

An eine Selbstanzeige dachte er nicht eine Sekunde lang. Natürlich nicht. Genauso gut hätte er sich eine Kugel in den Kopf schießen können. Dieses Biest sollte nur versuchen, ihn anzuzeigen. Sie hatte keinen Beweis. Isabels Tagebuch war vor Gericht nichts wert. Von seinen früheren Schülerinnen würde keine gegen ihn aussagen, sonst hätten sie es längst getan. Schon gar nicht Xenia, die immer viel Spaß daran gehabt hatte.

Er lächelte.

In ein paar Wochen würde Gras über die Sache gewachsen sein. Gras wuchs ja immer über alles.

VIERZEHN

Veras Mundwinkel schmerzten von dem Drang, sich in Richtung Ohrläppchen zu bewegen. Sie konnte sich nicht erinnern, wann sie zuletzt so unverschämt guter Laune gewesen war. Zu Hause angekommen, tanzte sie durch die Wohnung. Sie musste mit jemandem sprechen.

Anna war nicht da, also rief sie kurzerhand Jochen an und erzählte ihm von Isas Tagebuch und von ihrer Konfrontation mit Sofronsky.

»Er hat versprochen, sich selbst anzuzeigen«, sagte sie nicht ohne Stolz und wollte hinzufügen: Ich habe es geschafft!

»Und das glaubst du ihm?« Skepsis klang in Jochens Worten auf.

»Schon. Wir hatten ein ziemlich gutes Gespräch.«

»Überleg doch. Damit wäre er ruiniert. Er würde nicht nur seinen Job verlieren, sondern auch nirgendwo anders mehr einen bekommen. Er müsste wegziehen, weit weg.«

»Mag sein. Aber wenn ich ihn anzeige, sieht es noch schlechter für ihn aus.« Veras Euphorie fiel in sich zusammen wie ein Kartenhaus.

»Hast du denn einen Beweis?«

»Einen handfesten noch nicht. Aber ich weiß von einem weiteren Missbrauchsopfer. Ich muss nur ihre Adresse herausfinden.«

»Mädchen, Mädchen, manchmal bist du ganz schön naiv. Du hast noch nicht mit ihr gesprochen? Woher willst du wissen, ob sie gegen Sofronsky aussagen möchte?«

Wut flammte auf. Vera ärgerte sich über ihren alten Freund, der ihr Erfolgsgefühl wegwischte wie einen Schmutzfleck. Noch mehr ärgerte sie sich über sich selbst und ihre Leichtgläubigkeit.

»Jetzt sei doch nicht so negativ!«

»Tut mir leid, dass ich dein Triumphgefühl nicht teilen kann. Aber ich würde drauf wetten, dass Sofronsky dich mit seinem

Versprechen nur hinhalten möchte. Hinterrücks lacht er dich vermutlich aus.«

»Dann werde ich eben diese Xenia Dimitropoulos überzeugen. Sie lebt anscheinend in New York.«

»Viel Glück.« Jochen seufzte. »Zuerst musst du sie ja finden. Und dann ... die Hemmschwelle ist sehr hoch in Fällen von Missbrauch. Die Scham, die überwunden werden muss ...«

»Danke. Du verstehst es wirklich, einem Mut zu machen. Hast du sonst noch was Konstruktives zu bieten?«

»Sei mir nicht böse, Vera. Sag, hat dieser Sofronsky eigentlich eine Frau?«

»Oh ja. Und wenn ich mich nicht täusche, sogar eine Art Xanthippe.«

»Vielleicht kannst du mit ihr sprechen? Kann natürlich sein, dass sie längst Bescheid weiß und ihn deckt. Aber zumindest besteht eine winzige Chance, dass sie sich aus Wut und Enttäuschung mit dir verbündet.«

»Keine dumme Idee. Ist einen Versuch wert. Mit ihrer Hilfe könnte ich bestimmt leichter an die Adressen ehemaliger Schüler herankommen.«

»Toi, toi, toi, Liebes. Und pass auf dich auf. Vergiss nicht, wir brauchen dich noch für unseren großen Auftritt in Saalfelden.«

»Mir passiert schon nichts. Bis bald.«

Wenig später schritt Vera auf die Villa der Sofronskys in der Falkstraße zu. Das Anwesen sah beeindruckender aus, als sie es in Erinnerung hatte. Das lag bestimmt am schönen Wetter und daran, dass sie sich diesmal nicht hinter die Regentonne ducken musste.

Auf ihr Klingeln öffnete eine zierliche junge Frau. Das schwarze Haar reichte ihr bis zum Po. Wenn Vera nicht gewusst hätte, dass Sofronsky kinderlos war, hätte sie geglaubt, seiner Tochter gegenüberzustehen. Oder Schneewittchen im cremefarbenen Designerkostüm.

»Ich kaufe nichts«, sagte Sonja Sofronsky anstelle einer Begrüßung und musterte Vera aus zusammengekniffenen Augen.

»Mein Name ist Vera Meyring. Ich wollte Sie um ein kurzes Gespräch bitten.«

Kein Muskel regte sich in dem blassen Gesicht. »Ich habe wenig Zeit. Worum geht es?« Unverrückbar blieb Schneewittchen im Türrahmen stehen und dachte nicht daran, Vera ins Haus zu bitten.

»Um Isabel Meyring, meine Schwester. Und um Ihren Mann.«

»Mein herzliches Beileid. Ich habe vom Tod Ihrer Schwester gehört. Magersucht, wie schrecklich.« Schneewittchens Worte klangen wie aus Blech gestanzt. Ihre Augen funkelten kalt. Spöttisch.

Obwohl eine innere Stimme sie zur Vorsicht rief, war es um Veras Beherrschung geschehen. »Mein Beileid auch an Sie«, sprudelte es aus ihr heraus. »Das Wissen, dass der eigene Mann Schülerinnen missbraucht, muss schrecklich sein. Oder gehören Sie zur Spezies der ahnungslosen Ehefrauen?«

Sonja Sofronsky lachte affektiert auf. »Mein Mann ist ein berühmter Pianist und sehr umschwärmt. Er kann sich kaum wehren vor Verehrerinnen. Und zugegeben, nicht alle stößt er von der Bettkante. Aber Missbrauch? Das ist ja lächerlich!« Sie schüttelte ihr Haar, dass es wie ein schwarzer Schleier aufflog, ehe es sich wieder an ihren Rücken schmiegte.

»Es geht nicht um irgendwelche Affären, sondern um seine Vorliebe für minderjährige Schülerinnen. Er hat meine Schwester missbraucht, zwei Jahre lang. Als es begonnen hat, war sie vierzehn.«

»Sie sind ja verrückt! Haben Sie einen Beweis?«

»Ich arbeite daran. Und ich habe auf Ihre Mithilfe gehofft.«

Schneewittchens Mundwinkel zuckten. »Angenommen, an Ihren haltlosen Anschuldigungen wäre etwas Wahres dran. Und angenommen, ich hätte Beweise gegen meinen Mann in der Hand. Erwarten Sie im Ernst, dass ich ihn anzeige? Wieso sollte ich das tun?«

»Was er mit meiner Schwester gemacht hat, ist strafbar. Wenn Sie davon wissen, machen Sie sich mitschuldig.« In Veras Schläfen begann es zu pochen. »Außerdem kann ich mir nicht vorstellen, dass Sie glücklich über diese Situation sind. Fühlen Sie sich nicht erniedrigt? Wäre es nicht eine Genugtuung für Sie, wenn er seine gerechte Strafe bekäme? Ein Scheidungsgrund?«

»Erniedrigend wäre es nur, meinen Namen in diesem Zusammenhang in der Zeitung zu lesen.« Sie verzog die schmalen Lippen zu einem Lächeln, das die Augen nicht erreichte. »Außerdem komme ich aus einem katholischen Haus. ›Bis dass der Tod euch scheidet‹ ist das Motto unserer Familie.«

»Ich werde keine Ruhe geben, bis er vor Gericht steht. Dann wird Ihr Name es auf die Titelseite schaffen.«

»Verschwinden Sie! Und zwar sofort«, zischte Sonja Sofronsky, und mit einem Knall fiel die Haustür ins Schloss.

Verdammter Mist.

Was für eine Schnapsidee, mein lieber Jochen.

Das Gespräch hatte gar nichts bewirkt, außer Sonja Sofronsky aufzuschrecken.

Wenigstens wusste Vera jetzt, wie sie ihren restlichen freien Tag verbringen würde. Telefonierend. Zuerst würde sie alle Teilnehmer mit dem Namen Dimitropoulos aus dem New Yorker Telefonbuch heraussuchen und nach Xenia fragen. Und wenn das nicht half, würde sie Deutschland nach Xenias Eltern abklappern. Wenn sie nicht mehr in Mittenwald lebten, dann vielleicht in einer anderen Stadt. Bis zum Abend hätte sie hoffentlich ein Ergebnis in Form von Xenias aktueller Adresse. Oder noch besser ihre Zusage, gegen Sofronsky auszusagen.

***

»Danke fürs Taxispielen«, sagte Paul und hievte sein Gepäck aus dem Kofferraum. Merkwürdigerweise hatte sich die solariumbraune Farbe vollkommen aus seinem Gesicht vertschüsst, das jetzt fahlgelb aussah wie verdorbener Käse.

»Alles okay? Soll ich noch mitkommen?«, fragte Robert.

»Mir ist schlecht.«

»Jetzt schon?«

Paul nickte.

»Komm, du bist ohnehin viel zu früh dran. Lass uns in die Cafeteria gehen. Eine Cola wird deinen Magen wieder einrenken.« Natürlich war das Blödsinn, denn Pauls Übelkeit hatte nichts mit seinem Magen zu tun, sondern mit seiner Flugangst. »An Bord trinkst du ein, zwei Gläser Wein, dann machst du ein Nickerchen, und ehe du aufwachst, bist du schon auf Teneriffa gelandet.«

»Was will ich eigentlich auf Teneriffa?«, fragte Paul. »Vielleicht sollte ich einfach den Flug stornieren? Ich könnte für ein paar Tage an den Gardasee fahren. Mit dem Auto.«

»Du wirst sehen, es ist herrlich da. Zwei Wochen lang pure Entspannung. Nur Sonne, Strand und Meer. Schlafen, schwimmen, flirten, Spaß haben. Viel Spaß.«

Paul legte seine Hände auf den Bauch. »Mir ist so übel, ich weiß gar nicht, wie man dieses Sp-Wort buchstabiert.«

In der Cafeteria achtete Robert darauf, dass Paul mit dem Rücken zum Fenster saß, damit er nicht schon jetzt die silbernen Leiber der Flugzeuge betrachten musste. Er bestellte grünen Tee und für Paul einen Pharisäer. Der würde seinen Kreislauf in Schwung bringen.

Paul starrte einen Fleck auf der Tischplatte an und schwieg.

»Erklärst du mir noch mal, was ich bei Merlins Versorgung beachten muss?«, fragte Robert, um ihn auf andere Gedanken zu bringen.

»Er frisst nur ›Zarte Stückchen mit Geflügel‹ von Sheba. Und zur Abwechslung frische Kalbsleber. Die Leber habe ich portionsweise eingefroren, du musst sie aber schon am Vortag auftauen, damit sie nicht zu kalt ist.«

»Geht klar. Mach ich.«

»Und vergiss nicht, ihm täglich zwei Schälchen mit frischem Wasser hinzustellen.«

»Ich verspreche, ich werde deinen Kater hüten wie meinen Augapfel. Sonst noch was?«

»Das Postfach ausleeren. Und meine Orchideen gießen. Aber nur einmal in der Woche und nur in den Übertopf. Dass du mir das Wasser nicht auf die Wurzeln schüttest!«

Robert verdrehte die Augen.

»Außerdem könntest du Brigitte mal wieder anrufen. Sie fragt mich immer, wie es dir geht. Sie ist ziemlich einsam.«

»Brigitte und ich haben eine Abmachung. Wenn sie eine Entziehungskur macht, werde ich sie wieder unterstützen. Wenn sie sich zu Tode saufen will, dann möchte ich weder dabei zuschauen noch derjenige sein, der den Schnaps bezahlt.«

»Ach komm, du übertreibst. Ich habe gestern Abend mit ihr telefoniert. Sie war vollkommen nüchtern. Ich glaube, sie bemüht sich, sich wieder aufzurappeln.«

»Mach dir doch nichts vor. Ohne professionelle Hilfe ist das nicht zu schaffen, das weißt du so gut wie ich.« Robert nahm einen Schluck Tee. »Was ist eigentlich mit ihrer Mutter? Ich habe x-mal versucht, sie anzurufen, aber sie meldet sich nie.«

»Stell dir vor, Antonia ist auf Reisen.«

»Was?«

»Deine gute Exschwiegermutter hat einen betuchten älteren Herrn kennengelernt, und nun macht sie mit ihm eine Kreuzfahrt. Zwei Monate sollen sie unterwegs sein.«

Robert stellte die Teetasse so schwungvoll ab, dass der halbe Tee überschwappte. »Machst du Witze?«

»Ist es für dich so unvorstellbar, dass ältere Leute auch das Sp-Wort kennen?«

»Brigittes Mutter ist im letzten Jahr kaum aus dem Haus gegangen. Seit ihrer missratenen Hüftoperation hat sie bei jedem Schritt Schmerzen. Sie ist nicht der Typ, der …«

»Na ja, gewundert habe ich mich auch. Ich hätte es ihr nicht zugetraut. Umso schöner für sie.«

»Ja glaubst du diesen Unsinn etwa? Brigitte lügt doch, wenn sie den Mund aufmacht.«

»Was soll denn sonst mit ihrer Mutter sein? Denkst du, dass sie sie ermordet und in Säure aufgelöst hat, um die Rente zu kassieren?« Paul schüttelte den Kopf. Wenigstens hatten seine Wangen jetzt wieder Farbe bekommen. »Du bist ja paranoid.«

Robert presste seine Lippen zusammen. Paul konnte sich in seiner Gutmütigkeit nicht vorstellen, wie weit manche Menschen aus Bosheit und Berechnung gehen würden. Speziell Brigitte gegenüber schien er mit Blindheit geschlagen zu sein. Andererseits sah er, Robert, manchmal Gespenster. Er machte sich viel zu viele Sorgen. Antonia war zwar gesundheitlich angeschlagen, aber erst Anfang sechzig. Warum sollte sie nicht einen Mann kennengelernt haben? Er würde es ihr von Herzen gönnen.

»Du hast ja recht. Ab und zu male ich den Teufel an die Wand.«

Paul lachte. »Genau. Und manchmal vertreibst du ihn auch. Mir geht es jedenfalls schon viel besser. Ich glaube, ich werde jetzt einchecken, ohne mich dabei vor Angst zu übergeben.«

»Guten Flug. Und vergiss das Sp-Wort nicht!«

»Ach, Robert, das ist mein Wunsch an dich. Dass du das Sp-Wort wieder in den Mund nimmst. Hör auf, Trübsal zu blasen. Geh aus, hau ordentlich auf die Pauke und vergiss die Katastrophenfrau. Wenn ich zurückkomme, will ich dich wieder lachen sehen.«

Während er den Fürstenweg entlangfuhr, musste Robert an Pauls Worte denken. Gelacht hatte er wirklich schon lange nicht mehr. Die Sache mit Vera ging ihm immer noch verdammt nahe.

»Vergiss sie«, hatte Paul gesagt. »Es gibt doch zig Schönere, Klügere, Liebenswertere als ausgerechnet diese Vera.«

Schon möglich. Aber sie war die Erste, bei der er dieses unbeschreibliche Gefühl gehabt hatte. Ein Gefühl wie … wie … als käme man nach über dreißigjähriger Suche zum ersten Mal an. Zu Hause.

Das Piepen des Handys riss ihn aus seinen Gedanken. Unbekannte Nummer.

»Nemetz.«

»Hallo?«

Stille. »Hallo?«

»Ja bitte?«

»Spreche ich mit Herrn Robert?« Es war die dünne Stimme einer alten Frau, und sie kam ihm vage bekannt vor.

»Ja, Robert Nemetz.«

»Bitte, Sie müssen kommen, Herr Robert. Da stimmt was nicht. Ich hab Angst, dass da was passiert ist.«

»Wer spricht denn überhaupt? Wo ist was passiert?«

»Die Wimmer Mariedl bin ich. Die Nachbarin von der Brigitte.«

»Was ist mit Brigitte?«

»Schreie hab ich g'hört. Laute Schreie. Geläutet hab ich. Aber sie macht nicht auf.«

»Ich komme, so schnell ich kann.«

Mit quietschenden Reifen bog er auf den Südring und verließ ihn gleich wieder in Richtung Zentrum. Mit siebzig Stundenkilometern statt der vorgeschriebenen dreißig schoss er durch Mariahilf und St. Nikolaus. Mit hundert Sachen jagte er die Haller Straße entlang, erreichte das Olympische Dorf und stand zehn Minuten nach dem Anruf im Halteverbot, direkt vor Brigittes Haus. Frau Wimmer wartete im Treppenhaus auf ihn. Sie trug einen hellblauen Schlafrock mit violetten Punkten und rang die Hände vor Aufregung.

Robert läutete Sturm und hämmerte mit den Fäusten gegen die Tür. Keine Reaktion. Er legte das Ohr ans Schlüsselloch. Ein leises Stöhnen war zu hören, vielleicht bildete er es sich aber auch nur ein.

»Wir müssen den Schlüsseldienst holen«, sagte er zu Frau Wimmer.

»Aber nein, Herr Robert, ich hab doch einen Reserveschlüssel, seit sich die Antonia einmal versehentlich ausgesperrt hat.«

Mit zitternden Fingern sperrte Robert auf.

»Brigitte?«

Das Stöhnen kam aus ihrem Zimmer. Mit wenigen Schritten durchquerte er den engen Flur. Frau Wimmer tappte wie ein neugieriger Dackel hinter ihm her.

Er riss die Zimmertür auf. »Bri…«

Dann erstarrte er. Frau Wimmer stieß einen heiseren Schrei aus.

Brigitte war splitternackt. Mit kreisenden Hüften und wogenden Brüsten ritt sie auf einem Mann, dessen Gesicht mit den hohen Wangenknochen und dem grau melierten Kinnbart ihm bekannt vorkam. Er konnte es aber nicht einordnen.

Ohne in ihren obszönen Bewegungen innezuhalten, drehte Brigitte den Kopf zur Tür und lachte.

»Hallo, Frau Wimmer. Wollen Sie auch mitmachen? Meinem Exmann und Ihnen würde so eine Nummer bestimmt guttun.«

Keuchend taumelte Robert zurück, packte Frau Wimmer am Arm und floh aus der Wohnung.

Kurz bevor die Tür ins Schloss fiel, hörte er Brigittes spitze Lustschreie.

»Entschuldigen Sie, Herr Robert«, stammelte Frau Wimmer. Schamröte färbte ihre Wangen. »Ich hab wirklich geglaubt, es ist was passiert.«

»Schon gut, Sie können ja nichts dafür.«

»So ein Flittchen«, murmelte sie. »Seit die Antonia nicht mehr da ist, nimmt sie sich alles Mögliche heraus. Pietätlos ist das.«

»In ein paar Wochen ist sie ja wieder da, die Antonia.«

Frau Wimmer starrte Robert mit offenem Mund an.

»Die kommt nimmer heim.«

»Was? Wieso?«

»Die liegt doch im Sterben. Im Hospiz.«

»Antonia? Aber …«

»Bauchkrebs hat sie. Die Frau Brigitte hat's mir erzählt. Ich wollt sie ja besuchen, die Antonia, aber meine Beine machen nicht mehr mit.«

Robert schluckte. »Bauchspeicheldrüsenkrebs? Sind Sie sicher?«

Die alte Frau nickte. »Dabei ist sie erst dreiundsechzig. Das ist ja kein Alter.«

Mariedl Wimmer verschwand in ihrer Wohnung und winkte Robert zu. »Grüßen Sie sie von mir, wenn Sie sie besuchen, gell?«

»Mach ich, Frau Wimmer. Wiedersehen.« Fassungslos stolperte Robert treppab.

Er hatte Antonia immer gemocht, ihre Umsicht, ihre Ruhe, die Fürsorglichkeit, die sie ausstrahlte. Ihr ganzes Leben hatte sich die arme Frau abgearbeitet. Und jetzt das. Ausgerechnet ein Pankreas-Ca, eine der bösartigsten Krebsarten!

Brigitte schien die Krankheit der Mutter wenig zu kümmern. Zu Roberts Erstaunen war sie vollkommen nüchtern gewesen. Anscheinend malte sie auch wieder. Auf der Staffelei hatte er eine begonnene Skizze gesehen, wie in alten Zeiten.

Plötzlich stutzte er. Wieso um alles in der Welt hatte sie Paul erzählt, Antonia sei verreist? Was war denn nun richtig? Krebs oder Kreuzfahrt?

Wie in Trance nahm er den Strafzettel von der Windschutzscheibe und stieg in seinen Twingo. Er fuhr los, quer durch die Stadt, ohne zu überlegen, wohin er wollte.

Als er wieder zu sich kam, befand er sich auf dem Südring. Die Ampel an der Grassmayr-Kreuzung zeigte Rot. Robert bremste. Sein Blick fiel auf eine schlanke Gestalt in Minirock und schwarzen Lackstiefeln, die sich am Mast einer Straßenlaterne räkelte. Die Nutte kam näher, wedelte mit ihrer Plüschstola, lächelte.

»Na, Kleiner, wie wär's?«, rief sie durchs halb geöffnete Fenster.

Er zögerte.

»Du siehst aus, als hättest du's bitter nötig.«

Sie hatte den Türgriff schon in der Hand, da sprang die Ampel auf Grün. Der Twingo heulte auf, als Robert das Gaspedal durchdrückte.

»Scheißkerl!«

Im Rückspiegel sah er den hochgereckten Mittelfinger der Stricherin.

Er lachte bitter und schüttelte sich, um die Bilder von Brigitte und ihrem Liebhaber loszuwerden. Er kannte ihn, hatte ihn erst vor Kurzem gesehen. Aber wo? Natürlich! Im Klavierkonzert von diesem Wunderkind. Sergej Sofronsky, der Pianist.

Robert schüttelte den Kopf. Wenigstens hatte er wieder was gelernt: Sein schlechtes Gewissen gegenüber seiner Exfrau konnte er sich ein für alle Mal abschminken. Sie kam ganz gut ohne ihn zurecht. Viel besser, als er gedacht hatte.

Dafür sorgte er sich jetzt um Antonia. Sosehr er ihr die Kreuzfahrt gegönnt hätte, er glaubte eher an den Krebs. Er nahm sich vor, im Hospiz anzurufen und Antonia möglichst bald zu besuchen; sich zu vergewissern, dass sie eine adäquate Schmerztherapie bekam. Etwas anderes konnte die Medizin im Fall eines inoperablen Pankreaskarzinoms ohnehin nicht bieten.

***

Es war spät, als Sofronsky die Haustür aufschloss. Zu spät, um eine überlange Probe als Ausrede heranzuziehen. Er hatte gehofft, dass Sonja schon schliefe, aber das hell erleuchtete Wohnzimmer überzeugte ihn vom Gegenteil.

Sie saß im Ohrensessel, über eine Strickerei gebeugt. Socken vermutlich. Als ihn ihr frostiger Blick traf, wappnete er sich.

»Tut mir leid, mein Täubchen, dass ich so spät dran bin.« Er vermied es, sie zu küssen. Bestimmt roch er nach Brigitte und ihrer unersättlichen Lust. »Wir sind nach der Probe noch in der Pianobar versackt. Ich konnte mich nicht drücken, Werner hat …«

»Spar dir deine Ausreden«, fauchte sie.

Aus ihren verkniffenen Gesichtszügen sprach so viel Hass, dass er zusammenzuckte. »Was hast du?«

»Sagt dir der Name Vera Meyring etwas?«

Er holte Luft und vergaß, den Mund wieder zu schließen.

»Sie war hier. Sie will dich anzeigen.«

»Sie ist verrückt. Hat versucht, meinen Schreibtisch in der Akademie zu durchwühlen, während ich nicht im Zimmer war.« Er hielt Sonjas Blick nicht aus und starrte auf ihr spitzes Kinn. »Sie lügt.«

»Hör doch auf. Mir musst du nichts vorspielen. Wir wissen beide, dass sie recht hat.« Sie legte den angefangenen Socken auf den Tisch, ergriff das halb volle Weinglas und nippte daran.

»Sie hat keinen einzigen Beweis.«

»Noch nicht. Aber gnade dir Gott, wenn sie einen findet. Oder eine Schülerin, die sich auf eine Aussage gegen dich einlässt.«

»Das wird sie nicht.«

»Bist du dir so sicher? Ich warne dich. Wenn in irgendeiner

Zeitung nur ein Wort von sexuellem Missbrauch im Zusammenhang mit dem Namen Sofronsky steht, dann lasse ich mich scheiden, am selben Tag. Und du bekommst keinen Cent.«

»Warum wirfst du mich eigentlich nicht gleich raus, wenn du mich für so ein Schwein hältst?«

Mit einem Schlenker schleuderte sie das Weinglas in seine Richtung. Es verfehlte seinen Kopf um weniges und zerschellte an der Wand. Der Rotwein hinterließ einen dunklen Fleck auf der Tapete, rann zu Boden und versickerte im Perserteppich.

»In meiner Familie lässt man sich nicht leichtfertig scheiden«, zischte sie. »Aber wenn du meinen Ruf ruinierst, dann ist es aus.«

Sofronsky bückte sich, um die Glasscherben einzusammeln. Er legte sie vor Sonja auf den Tisch. Dann hob er die Hand, als wollte er sie auf ihre Schulter legen. Auf halbem Weg ließ er sie sinken.

»Eines musst du wissen, Sonja. Ich habe dich aus Liebe geheiratet, nicht weil dein Vater mich unter Druck gesetzt hat. Und schon gar nicht wegen eures Geldes.«

Sie keuchte auf.

»Die Gütertrennung war meine Idee, um deinem Vater zu beweisen, dass es mir um dich ging. Frag ihn, wenn du mir nicht glaubst.« Er betrachtete das Häuflein Scherben. »Es tut mir leid, dass ich dich betrogen habe, wirklich leid. Ich habe versagt. Du bist zu Recht enttäuscht. Vielleicht … vielleicht können wir noch einmal ganz von vorne anfangen?«

Sie starrte an ihm vorbei und schwieg.

»Gib uns eine Chance. Wir könnten ein Kind bekommen und versuchen, eine richtige Familie zu sein.«

Etwas blitzte in ihren Augen auf. Wut? Verwunderung? Interesse? Er wusste es nicht.

»Denk darüber nach, während ich weg bin«, sagte er, drehte sich um und ging.

Die Nacht war sternklar wie selten. Er erkannte den Kleinen und den Großen Wagen, die Venus und den Polarstern.

Mit der gleichen Klarheit erfasste er, was aus seinem Leben geworden war. Eine konturlose Wüstenlandschaft, in der er im Kreis ging, ohne es zu merken.

Er betrog Sonja und nahm ihr ihre Selbstachtung, weshalb sie sich immer zickiger gebärdete; worauf er wiederum die Flucht ergriff und sie erneut betrog.

Er balancierte auf der Gehsteigkante.

Was sollte er tun?

So weitermachen wie bisher und still und heimlich kleine Mädchen begrapschen, jeden Tag ein bisschen mehr, bis er sie so weit hatte, dass sie ihm alles gewährten?

Oder sollte er seine Affäre mit Brigitte vertiefen? Nachdem sie heute Nachmittag erste Skizzen zu dem Bild angefertigt hatte, hatte sie ihn in Grund und Boden gevögelt. Hemmungsloser Sex, ein bisschen schmutzig. Lust, nur um der Lust willen, ohne Gefühle und Erwartungen, die darüber hinausgingen. Vielleicht war Brigitte das einzige Weibsstück, das es schaffen konnte, ihm den verhängnisvollen Hang zu Kindfrauen auszutreiben?

Als dritte Möglichkeit bot sich nur ein Schnitt. Eine radikale Änderung. Er müsste mit Brigitte Schluss machen und lernen, die Reize seiner minderjährigen Schülerinnen an sich abprallen zu lassen. Vielleicht mit der Hilfe eines fachkundigen Psychologen.

Dann müsste er nur noch Sonja von seiner Wandlung überzeugen. Sie schwängern.

Ein Kind würde sie weicher machen, da war er sich sicher. Mit zweiundfünfzig hatte er den Höhepunkt seiner Karriere längst überschritten. Höchste Zeit für einen Stammhalter.

Die dritte Möglichkeit erschien ihm bei Weitem die beste. Er bog in die Kaiserjägerstraße ein und ging in Richtung Akademie, die um diese Zeit bestimmt wie ausgestorben war. Er würde noch zwei, drei Stunden üben. Die Goldberg-Variationen. Das passende Werk, wenn es galt, schwierige Entscheidungen zu treffen.

Als er die Universitätsstraße erreichte, piepte sein Handy los. Obwohl die Stimme nicht viel mehr als ein Flüstern war, erkannte er sie sofort. Was sie sagte, klang so unglaublich, dass er vergaß, weiterzuatmen. Ihm schwindelte.

Er griff sich an die Stirn. Dann füllte er seine Lungen mit Luft und schritt schneller aus. Er lächelte.

FÜNFZEHN

Der Klang zittert noch für Augenblicke in der Luft, als er schon die Hände von den Tasten gezogen hat, um sich mir zuzuwenden. Er lächelt. Überraschung spiegelt sich in seinem Lächeln, Freude, aber auch eine Winzigkeit Zweifel.

Er schaut mir in die Augen. Die Spritze in meiner Hand bemerkt er nicht.

Erst als er die Nadel in seinem Oberschenkel fühlt, wundert er sich, wie man sich über den Stich einer Wespe wundert, die man nicht heranfliegen sah. Das Lächeln friert ein.

Eins. In seinen Pupillen lese ich Angst und so etwas wie Erkenntnis. Als begriffe er sein unausweichliches Schicksal, ja, als sehne ein Teil von ihm es herbei.

Fünf. Er hebt die Hand.

Sechs. Die Hand verliert ihren Schwung und sinkt abwärts.

Neun. Wie in Zeitlupe sackt er zusammen.

Zehneinhalb. Sein Körper schlägt am Boden auf.

Ihn in die richtige Position zu zerren und zu entkleiden ist Schwerarbeit. Das Herrichten meiner Werkzeuge und die Arbeitsvorbereitungen sind dagegen schnell erledigt. Man merkt, dass ich schon ein bisschen Routine habe. Ein schönes Gefühl.

Fünf Stunden bleiben mir für mein Werk. Ich schalte das Tätowiergerät ein, freue mich, wie anmutig die Nadeln über die Brust tanzen, die ich zuvor rasiert habe. In einem Affenzahn perforieren sie die Haut, hinterlassen eine feine Blutspur.

Sein Blut kommt mir dunkler vor als das des Blinden. Bordeauxrot.

Als die Nadelarbeit erledigt ist, schneide ich mit dem feinen Skalpell drei parallele Linien quer über seine Brust. Er zuckt nicht, liegt immer noch in tiefer Betäubung. Einen Augenblick lang glaube ich, dass er schon tot ist, an einer Überdosis des Narkotikums gestorben. Erst als ich mit Alkohollösung das Blut wegwische, beginnen seine Lider zu flattern. Ich fotografiere mein Werk aus allen Perspektiven. Jetzt stöhnt er; öffnet die Augen, versucht den Blick auf mein Gesicht zu fokussieren. Es gelingt ihm nicht.

Ich neige meinen Mund zu seinem Ohr. »Also sprach Zarathustra. Und er wartete auf sein Unglück die ganze Nacht: aber er wartete umsonst. Die Nacht blieb hell und still, und das Glück selber kam ihm immer näher und näher. Gegen Morgen aber lachte Zarathustra zu seinem Herzen und sagte spöttisch: ›Das Glück läuft mir nach. Das kommt davon, dass ich nicht den Weibern nachlaufe. Das Glück aber ist ein Weib.‹«

Todesangst wohnt in seinen Augen. Aber ich lese auch eine Bitte darin. Die Bitte um Erlösung.

Ehe ich ihm diese Bitte erfülle, entferne ich jenes Stück seines Körpers, das ihm letztlich mehr Unglück als Lust eingebracht hat.

SECHZEHN

Heisenbergs Blick fiel auf einen Pfingstrosenstrauch. Das kräftige Rot erinnerte ihn an das Blut. Den See von Blut, in dem der entmannte Leichnam mit durchschnittener Kehle gelegen hatte. Er roch sogar den süßlich-metallischen Duft, obwohl er wusste, dass es in dem schönen alten Garten, den er durchquerte, bestenfalls nach Flieder riechen konnte.

In seiner Westentasche fand er die Spezialcreme gegen Verwesungsgeruch, ein Geschenk von Prantl. Ob sie auch gegen Gestank half, den das Gehirn einem vorgaukelte?

Er verrieb ein wenig auf der Oberlippe und um die Nasenlöcher. Zarter Vanilleduft beschwor Bilder von Weihnachtsbäckerei herauf.

Besser.

An der Haustür hielt er einen Moment inne, sammelte sich. Jetzt fühlte er sich in der Lage zu klingeln.

Nach einer gefühlten Ewigkeit öffnete sich die Tür um einen Spalt.

Eine junge Frau musterte ihn. Ihr schwarzes Haar war zu einem dicken Zopf geflochten.

Heisenberg zögerte. »Guten Tag, Frau … oder Fräulein Sofronsky?«

Sie verzog den Mund zu einem Lächeln, das ihre Augen unbeteiligt ließ. »Frau.«

»Wilfried Heisenberg, Landeskriminalamt.« Er hielt ihr die Dienstmarke vor die Augen.

»Was wollen Sie? Ist etwas passiert?« Der Anblick der Kokarde hatte sie verunsichert.

»Darf ich reinkommen?«

»Natürlich. Entschuldigen Sie.« Sie führte ihn ins Wohnzimmer und deutete auf eine Ledergarnitur, die noch neu aussah. Wie ein großes Tier stand ein Flügel mitten im Raum, mit geöffnetem Maul, und erinnerte Heisenberg an das scheußliche Szenario in der Musikakademie.

»Bitte setzen Sie sich.«

Seufzend ließ er sich in die weichen Lederpolster fallen. Frau Sofronsky nahm ihm gegenüber Platz.

Er überbrachte die Todesnachricht mit ruhiger Stimme und verwendete die bewährten Floskeln, die er vor vielen Jahren im Kommunikationsseminar gelernt hatte. Dabei beobachtete er sie genau.

Ihre Pupillen weiteten sich für einen Moment. Sonst regte sich kein Muskel in ihrem Gesicht. Kein hysterischer Anfall, keine Tränenflut, nicht einmal ein Schluchzen.

»Haben Sie sich nicht gewundert, dass Ihr Mann gestern nicht nach Hause gekommen ist?«

»Wir hatten eine Auseinandersetzung. Danach ist er noch einmal weggegangen.« Ihre Stimme zitterte leicht, kaum hörbar. »Wie hat er sich …?«

»Ach so, Sie denken an Selbstmord. Nein, Ihr Mann wurde ermordet.«

Sie senkte die Lider.

Heisenberg hob die Hand, um sie auf ihren Arm zu legen, aber sie zog den Arm weg.

»Keine Angst, ich werde nicht in Tränen ausbrechen.«

»Sie wirken so gefasst, als hätten Sie den Tod Ihres Mannes erwartet.«

»Natürlich nicht.«

»Aber ein Selbstmord hätte Sie nicht verwundert. War Ihr Mann depressiv?«

Sie schüttelte den Kopf.

»Worum ging es in dem Streit?«

»Um Kleinigkeiten. Was einen im Ehealltag so aufreibt.«

Während er in ihren Augen nach Widersprüchen forschte, hatte er das Gefühl, zwei Steine zu betrachten. Ächzend erhob er sich aus den weichen Polstern und ging zum Fenster. Blickte in den Garten hinaus.

»Wie beurteilen Sie Ihre Ehe?«

»Gut. Wenn unsere Liebe auch nicht mehr das war, was man himmelhoch jauchzend nennt. Vielleicht haben wir uns ein bisschen auseinandergelebt. Für Sergej gab es in erster Linie die

Musik, seine Karriere, seine Schüler. Und ich, ich habe mich ab und zu gelangweilt.«

Heisenberg fasste ihren Schmuck ins Auge, das edle Kostüm. Die Einrichtung, die man wohl als »stylish« bezeichnen musste. Typischer Fall von Saturiertheit, dachte er.

»Dennoch haben wir uns gegenseitig respektiert.«

»Sie sind viel jünger als Ihr Mann. Haben Sie ihn je betrogen?«

»Niemals.« Ihre Stimme klang eine Nuance höher als zuvor. Angespannt.

»Und was ist mit Kindern?«

Sie flocht ihren Zopf neu. »Damit wollten wir noch ein wenig warten.«

Jetzt lügst du, Mädchen.

»Ein schönes Haus haben Sie hier.« Er machte eine umfassende Bewegung. »Sind Sie die Alleinerbin?«

»Das Haus hat schon immer meiner Familie gehört. Sergej besaß nichts, als er aus Russland gekommen ist.«

Eine höhere Tochter also. Eine Erbschaft als Motiv fiel damit weg.

»Eine Frage, die ich Ihnen nicht ersparen kann.« Er senkte die Stimme. »Was haben Sie heute zwischen fünf und halb sechs Uhr früh gemacht?«

»Geschlafen. Bis halb neun. Und dafür gibt es keine Zeugen.«

»Können Sie mir den gestrigen Abend schildern?«

»Ich habe gestrickt. Sergej ist abends um halb zehn nach Hause gekommen, von einer Kammermusikprobe. Wir haben uns gezankt, er ist wieder gegangen. Ich habe weitergestrickt.«

»Haben Sie ein Faible für Handarbeiten?«, fragte Heisenberg verwundert.

»Schon immer. Ich stricke, sticke, häkle und nähe gern.«

Hat alles mit Nadeln zu tun, sinnierte er und legte die Information in seinem Gehirn ab.

»Kurz vor Mitternacht bin ich schlafen gegangen.«

»Hatte Ihr Mann Feinde?«

Sonja Sofronsky zögerte einen Augenblick mit der Antwort. Sie war offensichtlich auf der Hut. »Nicht dass ich wüsste.«

»Irgendetwas verschweigen Sie mir«, sagte Heisenberg auf gut Glück.

Sie zog die Nase kraus. »Gestern …«, sie räusperte sich, »gestern war jemand hier, eine junge Frau. Sie wollte mit mir sprechen. Sie hat behauptet, Sergej hätte ihre Schwester sexuell missbraucht. Ihre Schwester war eine Schülerin meines Mannes und ist an Magersucht gestorben.« Sonja Sofronsky lachte auf. Es klang gekünstelt. »Sie wirkte sehr entschlossen und wütend.«

»Und was wollte diese Frau von Ihnen? Sie erpressen?«

»Sie hat gedacht, ich würde sie dabei unterstützen, Beweise für den Missbrauch zu finden.«

»Was haben Sie ihr gesagt?«

»Dass sie verrückt ist, natürlich. Dass es keine solchen Beweise gibt. Dass sie verschwinden soll.«

»Hat sie ihren Namen genannt?«

»Vera Meyring.«

Heisenberg verschluckte sich an seinem eigenen Speichel. Sein Unterkiefer klappte nach unten. »Sind Sie sicher?«

»Hundertprozentig sicher.«

Er zog Block und Bleistift aus seiner Brusttasche, benutzte den Flügel als Schreibunterlage und notierte das Wesentliche.

»Meyring – Schwester – Missbrauch – Rache?«

Ihm war, als hätte sich nach langer, dunkler Nacht ein Vorhang gehoben und Sonnenlicht flutete herein.

Er dankte ihr überschwänglich und verabschiedete sich.

»Ach ja, eine allerletzte Frage hätte ich noch«, sagte er im Gehen. »Ist an dem Vorwurf etwas dran? Ich meine, hat Ihr Mann Vera Meyrings Schwester tatsächlich missbraucht?«

Ihre kalten Augen verengten sich. »Natürlich nicht!«, zischte sie und wandte den Blick ab.

Und wieder eine Lüge, dachte er.

Der berühmte Pianist Sofronsky war also ein Schwein gewesen. Und seine Frau hatte es gewusst. Obwohl sie ihn vermutlich hasste, hatte sie zu ihm gehalten. Damit schied sie als Täterin eigentlich aus.

Als Heisenberg durch das Gartentor trat, fiel ihm ein, dass

er vergessen hatte, sie nach Briguglia zu fragen. Egal. Er würde das zu einem späteren Zeitpunkt nachholen, der Vollständigkeit halber.

Jetzt gab es Wichtigeres. Es gab eine Verdächtige mit einem starken Motiv. Vera Meyring.

Heisenberg stieg in seinen Wagen und rieb sich die Hände. Dann rief er Wurz an.

»Die Meyring«, bellte er in sein Handy. »Ich will sie so schnell wie möglich in meinem Büro haben.« Er informierte Wurz über die wichtigsten Erkenntnisse.

»Geht klar, Chef.«

»Warten Sie. Diesen Arzt, der ihr in der Briguglia-Sache ein Alibi gegeben hat, den brauche ich auch.« Heisenbergs Magen ließ ein Murren hören.

»Dr. Nemetz?«

»Genau. Den übernehmen Sie, Wurz. Ich bin mir hundertprozentig sicher, dass er gelogen hat. Kitzeln Sie es aus ihm heraus, ich bitt Sie.« Er nahm das Handy in die andere Hand und startete den Motor. »Enttäuschen S' mich nicht, Wurz. Heute ist unser Tag. Ein großer Tag für unsere ganze Abteilung.«

Mit einem zufriedenen Grunzen fuhr er los, Richtung Stadtmitte. Wieder knurrte sein Magen, wie ein grantiger alter Löwe. Da Heisenberg beim Anblick des geschändeten Sofronsky sein Frühstück losgeworden war und mittags nichts hinuntergebracht hatte, bekam er langsam Bauchschmerzen vor Hunger. Bei der nächsten Bäckerei würde er anhalten und eine Leberkässemmel essen. Mit Senf und Gurkerl. Und sich für später noch eine Topfengolatsche mitnehmen. Ach was, Topfengolatschen für alle, zur Feier des Tages.

Linda mochte lieber Apfeltaschen, fiel ihm ein. Heute würde er ihnen einmal beweisen, dass er nicht nur den bärbeißigen, miesepetrigen Chef geben konnte.

***

Vera zwirbelte eine Haarsträhne um ihren Zeigefinger und versuchte, ihre Gedanken zu sortieren. Sie konnte es nicht glauben. Sofronsky tot. Das Schwein, das Isabel gequält hatte, lebte nicht mehr. Eigentlich hätte sie sich freuen müssen, aber sie spürte nur eine gewisse Bitterkeit und wie ihr langsam übel wurde. Kein Wunder, bei der rauchgeschwängerten Luft in Heisenbergs Büro.

»Kann ich bitte ein Glas Wasser haben?«

»Natürlich, Frau Meyring, das haben wir gleich.«

»Linda!«, bellte Heisenberg die Sekretärin an, die soeben einen Ordner auf seinen Schreibtisch gelegt hatte. »Bringen S' ein Glas Wasser und machen S' auch gleich Kaffee für uns.«

Er überflog die neue Akte und kritzelte etwas auf ein Blatt Papier.

»Frau Meyring, haben Sie Sergej Sofronsky ermordet?«

»Nein.«

»Meines Wissens haben Sie ihn gehasst.«

»Nein!«, rief sie. Sie hatte versucht, ein Monster in ihm zu sehen, und hatte einen Menschen gefunden, der abstoßende, aber auch sympathische Züge aufwies. Wenn dieser Gedanke sie auch erschreckt hatte. »Ja. Vielleicht. Wenn ich ehrlich bin, weine ich ihm keine Träne nach. Aber das heißt nicht, dass ich ihn umgebracht habe.«

Heisenberg beugte sich über den Schreibtisch. Vera kam es so vor, als ob seine Hängebacken seit der letzten Befragung schlaffer geworden wären.

»Ich will ganz ehrlich sein. Es sieht nicht gut für Sie aus. Zu viele Indizien sprechen gegen Sie.«

Vera biss sich auf die Lippen.

»Gehen wir der Reihe nach vor. Sie behaupten, Sofronsky habe Ihre Schwester sexuell missbraucht.«

»Was heißt hier behaupten? Er *hat* sie missbraucht.«

»Vielleicht. Jedenfalls hat Sofronsky das natürlich abgestritten.«

»Nein! Er hat es zugegeben. Ich war mit ihm im Sacher und habe ihm Isas Tagebuch vorgelegt. Darin steht schwarz auf weiß, was er ihr angetan hat und wie sie darunter litt. Am Ende hat er alles gebeichtet und sogar versprochen, sich selbst anzuzeigen.«

Die Sekretärin brachte ein Glas Wasser und zwei Tassen Kaffee. Vera ignorierte den Kaffee, das Wasserglas leerte sie in einem Zug.

»Das hatte Sofronsky aber nicht vor«, sagte Heisenberg. »Oder er hat es sich anders überlegt. Jedenfalls wollten Sie sich nicht darauf verlassen und haben versucht, seine Frau auf Ihre Seite zu ziehen. Beweise hatten Sie keine, um ihn vor Gericht zu bringen, also wäre Ihnen ihre Hilfe sehr gelegen gekommen.«

»Stimmt, ich war bei seiner Frau. Und ich habe ihr angesehen, dass sie Bescheid wusste. Aber sie hat es abgestritten. Ich glaube, es ging ihr nur um ihren guten Ruf.«

»Und da haben Sie beschlossen, Sofronsky umzubringen.« Heisenberg starrte in seine Tasse. »Wissen Sie, ich kann Sie verstehen. Wir haben keine Kinder, meine Frau und ich. Und wenn ich daran denke, was Kindern alles passieren kann, dann bin ich heilfroh darüber.« Er warf zwei Stück Zucker hinein und rührte um. »Sexueller Missbrauch ist eine schlimme Sache.«

»Ich habe ihn nicht ermordet. Nein! Ich wollte ihn vor Gericht bringen, ja. Nach dem Besuch bei seiner Frau habe ich versucht, die Adresse einer ehemaligen Schülerin Sofronskys herauszufinden, einer gewissen Xenia Dimitropoulos. Ich vermute, dass sie eines seiner Opfer ist, und habe gehofft, sie würde aussagen. Deshalb habe ich gestern und heute Vormittag in ganz Deutschland und in New York herumtelefoniert.«

»Hatten Sie Erfolg?«

»Bisher nicht. Aber es gibt einige Dimitropoulos, die ich noch nicht erreicht habe.«

»Ich halte fest: Sie haben keinen Beweis für den sexuellen Missbrauch durch Sofronsky und damit ein Motiv, ihn zu töten.«

Vera verdrehte die Augen. *Halsstarriger Idiot.* Sie kniff sich in den Oberschenkel. Sie musste sich beherrschen. Zorn würde ihr jetzt auch nicht helfen.

»Schauen wir weiter. In Ihrem Zimmer steht ein Schuhregal, das mit Kabelbindern zusammengefügt ist. Die Kabelbinder sind exakt so lang und breit wie die, mit denen Sofronskys Handgelenke und Briguglias Füße gefesselt waren. Wie erklären Sie mir das?«

»Ich war zu faul, das Regal zusammenzuschrauben. Da dachte ich, Kabelbinder tun's auch. Die finden sich doch heutzutage in jedem Haushalt. Eine Standardgröße.«

»Außerdem haben wir ein Skalpell sichergestellt. Die horizontalen Schnitte im Brustkorb der Opfer wurden mit allergrößter Wahrscheinlichkeit mit einem Skalpell ausgeführt, ebenso der finale Schnitt durch die Kehle.«

Vera lachte auf. »Ich bin in München als Medizinstudentin inskribiert. Natürlich besitze ich ein Skalpell.« Sie schüttelte den Kopf. »Jeder Arzt und jeder Medizinstudent hat eins! Wollen Sie die alle verhören?«

»Ich verhöre grundsätzlich niemanden. Ich befrage. Mit Vorliebe Menschen, die ein Mordmotiv haben.« Heisenberg schnäuzte sich geräuschvoll. »Außerdem wurden Briguglias Augäpfel und Sofronskys Penis entfernt, und zwar von jemandem, der elementare anatomische Kenntnisse besitzt. Und Sie«, er zeigte mit dem Finger auf Vera, »Sie als Medizinstudentin besitzen solche Kenntnisse.«

»Das ist ja lächerlich. Ich bin im vierten Semester. Da ist es mit den Kenntnissen noch nicht weit her.«

»Kommen wir zu der Tätowierung auf Sofronskys Brust. Sie selbst haben eine am Oberarm.«

Wieder lachte Vera. Aber es klang in ihren eigenen Ohren verkrampft. »Die habe ich mir vor vier Jahren in Hamburg stechen lassen, in einem Studio. Damals hatten das alle in meinem Freundeskreis. Das heißt nicht, dass ich mit Tätowiernadeln umgehen kann.«

»Stimmt. Die Tätowierung ist auch alles andere als professionell ausgefallen.« Heisenberg erhob sich. Er ging zum Fenster, schaute hinaus. Schwieg.

Dann drehte er sich ruckartig um und fixierte Vera.

»Wo waren Sie am Freitagmorgen, zwischen fünf und halb sechs?«

»Das habe ich Ihnen schon gesagt. Zu Hause. Ich habe geschlafen.«

»Zeugen?«

»Keine. Ich bin gestern relativ früh ins Bett gegangen. Anna, meine Mitbewohnerin, war noch nicht daheim. Als ich gegen acht aufgestanden bin, hat sie noch geschlafen.«

Heisenberg rieb sich die Hände. »Kein Arzt, mit dem Sie die Nacht verbracht haben?«

Vera spürte, wie ihr das Blut in den Kopf schoss. Sie schwieg. Bei ihrem letzten Verhör war sie nur aus einem einzigen Grund so schnell davongekommen. Weil Robert für sie gelogen hatte.

»Eine wichtige Frage habe ich noch. Aber vorher machen wir eine kleine Pause.« Heisenberg erhob sich und ging zur Tür.

Wenn er das mit dem falschen Alibi herausfinden würde, dann säße sie richtig in der Scheiße.

Verdammter Mist!

»Trinken S' Ihren Kaffee, bevor er kalt wird, Frau Meyring, Sie dürfen sich ein bissl erholen.«

***

Ohne zu klopfen, betrat Heisenberg das Büro neben seinem. Er nickte Wurz zu und setzte sich zum Fenster. Bei der Befragung von Dr. Nemetz wollte er Wurz ein bisschen auf die Finger schauen und zur Not auch eingreifen. Wäre zu schade, wenn der Chefinspektor es vermasseln würde, jetzt, wo sie so nah dran waren.

»Herr Dr. Nemetz, was für ein Verhältnis haben Sie zu Vera Meyring?«, fragte Wurz. Seine hohe Stimme klang freundlich und frei von Hintergedanken.

Wie ein armer Sünder saß der Doktor vor Wurz und schrumpfte trotz seiner athletischen Figur immer mehr zusammen. »Nun ja, ich … ähm, wir … wir hatten eine Affäre«, stotterte er.

»Sie sagen ›hatten‹. Heißt das, die Affäre ist beendet?«

»Ja.«

»Wie lange war Frau Meyring Ihre Geliebte?«

»Das tut doch gar nichts zur Sache!«

»Diese Einschätzung müssen Sie schon mir überlassen, Herr Dr. Nemetz. Bitte beantworten Sie einfach meine Frage.«

»Kurz. Sehr kurz. Genau genommen nur eine einzige Nacht.«

»Die Nacht, in der Briguglia ermordet wurde?«

Die Nase des Doktors begann zu zucken. Eine Art Tic. Er war also nervös. Nein, er wand sich förmlich auf seinem Stuhl.

Nicht lockerlassen, Wurz. Du kriegst ihn, na los.

»Wissen Sie es nicht mehr genau?«

»Ich ... doch ... ich weiß es sogar ganz genau. Also, es ... es ...«

»Herr Dr. Nemetz, Sie sind ein unbescholtener Staatsbürger, ein angesehener Arzt. Bitte überlegen Sie sich Ihre Antwort gut«, flötete Wurz mit Engelszungen.

Heisenberg war begeistert. *Junge, Junge, wenn du so weitermachst, kannst du es noch weit bringen.*

»War also die einzige Nacht, die Sie mit Vera Meyring verbracht haben, jene, in der Briguglia getötet wurde?«

»Nein, es ... es war früher.«

»Könnten Sie bitte etwas lauter sprechen?«

»Es war die Nacht davor.« Dr. Nemetz schrie es fast heraus. »In der Nacht, in der Briguglia umkam, war unsere Beziehung schon wieder beendet.«

Heisenberg wäre am liebsten aufgesprungen und hätte Wurz auf die Schulter geklopft. Großartig!

»Dann ist das Alibi, das Sie Frau Meyring verschafft haben, falsch?«

»Ja. Falsch. Es tut mir leid, das müssen Sie mir glauben. Ich kann es Ihnen erklären.«

»Ich bitte darum.«

»Meine Exfrau hat mich angerufen. Brigitte. Sie war betrunken, wie so oft. Und sie hat sich damit gebrüstet, dass sie Vera in etwas reingeritten hätte. Ich dachte, Vera würde Schwierigkeiten bekommen, weil Brigitte der Polizei irgendwelche Märchen über sie und diesen Briguglia erzählt hat.«

»Und da haben Sie beschlossen, die Sache ein wenig zurechtzurücken.«

»Ich war so wütend über diese Intrige von Brigitte. Über ihre unverständliche Eifersucht. Obwohl wir seit fünf Jahren geschieden sind. Und obwohl sie es war, die mich verlassen hat.«

Dr. Nemetz fuhr sich durchs Haar, das ohnehin schon völlig zerzaust aussah. »Vielleicht habe ich auch gehofft, dass Vera zu mir zurückkommt. Dass sie zumindest wieder mit mir spricht, wenn ich mich so für sie einsetze.« Er lachte leise. »Was für ein naiver Gedanke. Sie müssen mich für schön blöd halten.«

Für weltfremd und gutmütig. Irgendwie sympathisch, wenn auch sträflich dumm.

Heisenberg erhob sich leise. Er hatte genug gehört. Hinter dem Rücken des Arztes reckte er den Daumen hoch und nickte Wurz anerkennend zu.

Mit beschwingten Schritten begab er sich wieder in sein eigenes Büro. Die Meyring war geliefert. Sie wusste es nur noch nicht.

***

Vera stierte in den Kaffeebecher, als könnte die schwarze Brühe ihr Antworten geben. *Warum das alles? Was habe ich falsch gemacht? Und wie komme ich aus dem Schlamassel wieder heraus?*

Die Tür wurde aufgerissen. Heisenberg stürmte herein und ließ sich in seinen Bürosessel fallen.

»Wo sind wir stehen geblieben? Ach ja. Ich wollte Sie noch einmal fragen, was Sie in der Nacht, in der Briguglia ermordet wurde, gemacht haben. Sie waren mit Ihrem Geliebten, Herrn Dr. Nemetz, zusammen, richtig?«

Vera starrte ihn an. Er wusste es. Sein triumphierendes Lächeln sprach Bände. Sie richtete sich kerzengerade auf. »Das habe ich nie behauptet. Ich weiß nicht, warum Robert das ausgesagt hat, aber wir waren in der Mordnacht nicht zusammen.«

»Sie geben also zu, dass Sie uns belogen haben?«

»Robert hat gelogen, nicht ich.«

»Sie haben nicht widersprochen.«

»Nein, ich war ehrlich gesagt sprachlos.«

»Lassen Sie mich rekapitulieren: Sie haben weder ein Alibi für den Mord an Sofronsky noch für den an Briguglia, aber ein handfestes Motiv. Und die Möglichkeiten und Fähigkeiten, die Tat zu begehen.«

»Ich war es nicht!« Vera sprang auf. »Wieso hätte ich Luca ermorden sollen?«

»Sie hatten Streit mit ihm, haben ihm eine Ohrfeige verpasst. Dafür gibt es eine Zeugin.«

»Ich habe niemanden umgebracht.« Sie fasste sich an die Schläfen. »Kann ich jetzt endlich nach Hause gehen?«

»Sie sind verdächtig, zwei Morde begangen zu haben, Frau Meyring. Ich werde sofort mit der Staatsanwältin telefonieren und einen Haftbefehl beantragen. Spätestens morgen werden Sie dem Haftrichter vorgeführt.«

»Sie haben keinen einzigen Beweis!« Veras Wangen brannten.

»Das ist nicht nötig. Dringender Tatverdacht in Verbindung mit Fluchtgefahr und Verdunklungsgefahr genügt vollkommen.«

Vera packte ihre Kaffeetasse und schleuderte sie gegen die Wand. Sie zersplitterte und hinterließ einen scheußlichen Fleck auf der Raufasertapete.

Heisenberg zuckte nicht mit der Wimper. Er kam näher, baute sich vor Vera auf und blies ihr seinen Atem ins Gesicht. Den säuerlichen Atem eines Magenkranken. Dann legte er seine fleckige Hand auf Veras Schulter. Die Geste hatte etwas Väterliches.

»Schauen Sie, Frau Meyring. Ich gehe bald in Pension. Sehr bald. Ich freue mich darauf. Meine Frau und ich wollen nach Spanien ziehen, sie hat dort ein Häuschen geerbt, nichts Großartiges, aber ... Nun, ich will Sie damit nicht langweilen.« Er zog seine Hand zurück und versenkte sie in seiner Westentasche. »Ich muss diesen Fall unbedingt vorher abschließen. Das ist eine Ehrensache. Mit einem Geständnis könnten Sie nicht nur mir und meiner Frau eine Freude machen. Es würde auch Ihnen zugutekommen. In Form von haftmäßigen Vergünstigungen.«

Als Heisenberg die Hand aus der Tasche zog, hielt er eine Selbstgedrehte zwischen den Fingern. »Denken Sie gut darüber nach. Zeit haben Sie ja genug.«

Die folgenden Stunden erlebte Vera wie in Trance.

Ein Telefonat wurde ihr erlaubt. Sie hinterließ eine Nachricht auf Annas Mailbox, bat sie, ihr ein paar Kleidungsstücke und Hygieneartikel vorbeizubringen und etwas zum Lesen.

Ein rothaariger Mittvierziger in einem zerknitterten Anzug erschien und stellte sich als ihr Pflichtverteidiger Dr. Arthur Bretschneider vor. Er wirkte desinteressiert und hilflos.

Erst als eine Polizistin Vera Handschellen anlegte und sie abführte, sickerte die Bedeutung der Ereignisse in ihr Gehirn. Eine eisige Hand legte sich um ihren Hals und drückte zu, so fest, dass Vera zu ersticken glaubte. Sie musste stehen bleiben und nach Luft ringen, als wäre sie zu schnell gerannt.

Ich bin die Hauptverdächtige in zwei Mordfällen, und jetzt komme ich in den Knast.

***

Als Heisenberg den Korridor entlanglief, sah er, dass in Wurz' Büro Licht brannte.

Er klopfte und trat ein.

Wurz starrte auf den Bildschirm. Ein Stapel Computerausdrucke häufte sich auf seinem Schreibtisch.

»Lassen Sie's gut sein für heute. Sie haben großartige Arbeit geleistet, Wurz. Wie Sie Dr. Nemetz befragt haben, das war vom Feinsten.«

Wurz starrte ihn mit offenem Mund an, als hätte er eine Erscheinung.

Lobe ich meine Leute wirklich so selten?

»Danke, Chef.«

Wenn Heisenberg sich nicht täuschte, überzog ein zartes Rosa die Wurz'schen Wangen.

»Ich hab's gleich, möchte nur noch ein paar Seiten über Tattoos ansehen.«

»Und was versprechen Sie sich davon?«

»Die Tätowierungen auf der Brust der beiden Opfer sehen so anders aus als alles, was ich bisher gesehen habe.«

»Das hat uns der Tattoo-Experte doch erklärt. Die Ausführung ist dilettantisch. Nicht sehr regelmäßig, was die Tiefe der Einstiche betrifft. Pfusch, auf Deutsch gesagt. Die Meyring ist ja auch keine professionelle Tätowiererin.«

»Schon, aber das meine ich nicht. Ich meine die Motive selbst.« Wurz rief eine neue Website auf und zeigte hin. »Schauen Sie. Egal, welches Tattoo-Studio ich anklicke, es werden immer die gleichen Motive angeboten. Es gibt traditionelle Symbole, wie Herz und Anker, Schriftzüge, chinesische, japanische, keltische, indianische und polynesische Motive, es gibt Blumen und Tiere aller Art, realistische und surrealistische Motive oder solche aus dem Fantasy- und Horrorbereich. Nur diese Schnörkel, Drei- und Vierecke, die wir auf der Brust der Opfer gefunden haben, die gibt es nirgendwo.«

»Wir haben es eben mit einer kreativen Mörderin zu tun. Was stört Sie daran?«

»Meine Nase juckt.«

Nein. Komm mir jetzt nicht mit der Nase, dachte Heisenberg.

Wurz nahm einen Stapel Fotografien vom Schreibtisch, suchte zwei heraus und hielt sie Heisenberg hin. »Was, wenn es eine Schrift ist? Irgendwelche alten Buchstaben. Runen oder Keilschrift vielleicht. Wir könnten doch einen Sprachwissenschaftler hinzuziehen.«

Heisenberg riss die Augen auf. »Runen?« Er lachte. »Das haben S' wieder aus dem Fernsehen, was?« Spielerisch drohte er Wurz mit dem Finger.

»Aber die Tätowierungen sind doch eindeutig der Schlüssel zu unseren Mordfällen«, sagte Wurz trotzig.

»Wie kommen S' denn darauf?«

»Nur deshalb hat der Täter seine Opfer betäubt. Dreimal hat er ihnen eine Injektion verpasst, um ihnen in Ruhe diese Zeichen in die Haut zu stechen. So eine Tätowierung braucht Stunden.«

»Hm«, brummte Heisenberg. »Die Meyring hat ihre Opfer betäubt, um sie überwältigen und fesseln zu können. Dann hat sie sie möglichst lange gequält, aus purem Hass.«

»Zum Betäuben hätte eine Spritze genügt. Warum hat der

Täter also nachgespritzt? Damit die Opfer beim Tätowieren nicht zappeln. Die haben doch bestimmt nichts gespürt, also kann es ihm nicht ums Quälen gegangen sein.«

Da war was dran, das musste er Wurz lassen. Aber Heisenberg hatte keine Lust, sich darüber den Kopf zu zerbrechen. Nicht heute, an einem so erfolgreichen Tag. Er seufzte. »Sie schauen wirklich zu viele amerikanische Krimiserien, Wurz. Mafiakiller. Morde mit geheimnisvollen Botschaften. Ich sehe schon die Schlagzeile vor mir: Hannibal, der Pianistenmörder, der die Haut seiner Opfer kunstvoll tätowiert, ehe er sich ein Augensüpplein kocht oder den gebratenen Schniedelwutz mit Senf genießt.« Er lachte.

Wurz schien das gar nicht komisch zu finden. »Glauben Sie im Ernst, dass es diese Studentin war, Chef?«

»Natürlich glaube ich das. In wenigen Tagen wird sie in der Untersuchungshaft zusammenbrechen. Dann bekommen wir unser Geständnis.«

»Aber …«

»Sie trauen es ihr nicht zu. Warum eigentlich? Weil sie eine Frau ist?«

»Nein, nein. Es ist nur … wir haben keinen einzigen Beweis.«

»Warten wir die DNA-Proben ab. Bartsch und seine Leute haben an beiden Tatorten Haare und Textilfasern gefunden, die noch analysiert werden müssen. Ich bin sicher, dass Vera Meyring Spuren hinterlassen hat.«

»Und das Motiv für den Mord an Briguglia?«

»Der blinde Jazzpianist war ein Weiberheld. Vielleicht ist er ihr zu nahe getreten? Für den Streit der beiden gibt es eine Zeugin. Den Rest finden wir schon noch heraus. Nur Geduld, Wurz, Geduld.«

»Da ist noch was, Chef. Laut Obduktionsbefund wurde der Schnitt durch die Kehle von einer Linkshänderin ausgeführt. Die Meyring ist aber Rechtshänderin.« Wurz' Augen funkelten.

Dummer Bub! »Sie glauben doch nicht, dass es eine große Rolle spielt, mit welcher Hand Sie einem betäubten und gefesselten, also vollkommen wehrlosen Menschen die Halsschlagader durchtrennen?«

Heisenberg entdeckte einen Apfel auf Wurz' Schreibtisch. Er kramte in seiner Hosentasche und zog ein Schweizer Messer heraus. Umständlich klappte er es auf.

»Auch ich bin Rechtshänder. Jetzt schauen Sie einmal gut zu.« Er nahm das Messer demonstrativ in die Linke, hielt den Apfel in Augenhöhe und köpfte ihn mit einem einzigen Schlag. Die obere Hälfte samt Stängel landete auf Wurz' PC-Tastatur. Wurz zuckte zurück, als hätte er eine Ohrfeige bekommen.

»Wir dürfen uns nicht verzetteln. Vielleicht bedeuten die Tätowierungen etwas, vielleicht nicht. Wir haben Grund zur Hoffnung, dass wir die Täterin geschnappt haben. Jetzt sollten wir unsere Kräfte darauf konzentrieren, ihr ein Geständnis abzuringen. Oder Beweise zu finden.« Er räusperte sich. »Machen S' Feierabend, Wurz. Morgen ist auch noch ein Tag.« Dann hob er die Hand zum Gruß und machte sich auf den Weg nach Hause.

Endlich. Was Thea wohl gekocht hatte? Hoffentlich eine Mehlspeis. Am liebsten einen Kaiserschmarrn.

SIEBZEHN

Vera starrte auf das Loch in ihrer Decke und bohrte ihren Finger hinein. Sie hatte das Gefühl, schon seit Jahren in dieser Zelle eingesperrt zu sein, dabei waren es erst acht Stunden. Ihr Rücken schmerzte. Zum wer weiß wievielten Mal wechselte sie die Position. Die Pritsche quietschte zum Steinerweichen.

»Hör mit dem Krach auf!«, keifte ihre Mitinsassin vom oberen Bett herunter. Margit, genannt Pretty-Gitti, hatte vor Kurzem einige bunte Pillen eingeworfen. Seither suchte sie Streit.

»Halt's Maul, wenn du überleben willst«, hatte sie zur Begrüßung verkündet.

Vera starrte die nackte Wand an und musste ausgerechnet an ihre Mutter denken.

Siehst du? Das hast du nun davon, würde sie sagen. Zum Glück wussten Veras Eltern nichts von der Verhaftung. Noch nicht.

Trotzdem bereute Vera nicht, nach Innsbruck gekommen zu sein. Kein bisschen. Immerhin wusste sie jetzt, was Isa zugestoßen war. Wenigstens das hatte sie erreicht.

Sofronsky vor Gericht zu bringen wäre ihr auch noch gelungen, dachte sie trotzig.

Sie sprang auf und wanderte in der winzigen Zelle auf und ab. In welchen Wahnsinn war sie da hineingeraten? Zwei Menschen waren tot, bestialisch ermordet. Beide hatte sie gekannt. Und der Täter? Vielleicht kannte sie den auch?

Ihr schwindelte. Sie hielt die Stirn an die kühle Mauer. Doch das Gedankenkarussell in ihrem Kopf drehte sich weiter.

Wie komme ich hier raus? Wer ist der Mörder? Wie komme ich hier raus? Wer ist der Mörder? Wie komme ich …

Sie drosch mit den Fäusten gegen die Wand.

»Hör auf!«, brüllte Gitti. »Oder ich mach dich alle!«

»Denk nicht mal dran.« Vera setzte sich wieder auf ihre Pritsche. Sie zog das Buch unter dem Kopfkissen hervor, das Anna ihr neben Zahnbürste, Duschgel und Wäsche mitgebracht hatte.

»Tosende Stille«, eine Biographie von John Cage, die Vera schon seit einigen Monaten besaß, aber noch nie gelesen hatte. Jetzt würde sie Zeit genug dafür haben. Zuerst war das Buch konfisziert worden, weil Bücher angeblich eine Gefahr darstellten. Vera erkannte, dass U-Häftlingen weit weniger Rechte zugestanden wurden als verurteilten Kriminellen. Und die wenigen Rechte, die sie hatten, wie das Recht auf eine Einzelzelle, konnten aus organisatorischen Gründen nicht gewährt werden. Der Ziegelstadel, wie dieses Gefängnis im Volksmund hieß, war nämlich überfüllt. Immerhin war es ihr dann doch noch gelungen, eine Sonderbewilligung von der Anstaltsleitung zu erwirken und das Buch zu behalten.

Die Bettfedern sangen ihr schräges Lied, als Vera sich auf den Rücken legte und zu lesen begann.

Plötzlich bebte die Erde.

Gitti hatte ihre geschätzten hundert Kilo mit einem Satz auf den Boden gewuchtet. Jetzt pflanzte sie sich vor Vera auf und riss ihr das Buch aus der Hand.

»Was iss'n das?«

»Nichts für Analphabeten. Gib es her!«

»Schöner Umschlag! Das behalt ich.« Gitti steckte die Beute in ihren Hosenbund.

Wie eine Furie sprang Vera auf.

Darauf hatte Gitti nur gewartet. Sie verzog ihre gepiercten Lippen zu einem Grinsen. »Hol's dir doch, Bohnenstange!«

Sie holte mit der Rechten aus.

Behände sprang Vera zur Seite.

Der Vorwärtsdrall ihrer schwergewichtigen Gegnerin ging ins Leere. Gitti verlor das Gleichgewicht. Vera, die sich mit einem Mal in ihrem Rücken befand, musste nur noch den Arm durchstrecken und ihr mit der flachen Hand kräftig in die Nierengegend schlagen, um sie zu Fall zu bringen.

Gitti landete unsanft auf dem Bauch und keuchte.

Vera riss das Buch aus ihrem Bund. »Hab's mir geholt, Pudding. Kannst aufhören, den Boden zu küssen.«

Sie legte sich wieder auf ihre Pritsche, als wäre nichts gewesen.

Schnaubend stand Pretty-Gitti auf. »Für diesmal hast du gewonnen«, zischte sie. »Aber morgen besorg ich mir ein Messer. Dann schneid ich dein Buch in Streifen und deine Fresse dazu.«

Vera kümmerte sich nicht um die Drohung. Sie schlug das Buch auf. »Tosende Stille«. Sie hatte es nicht nur wegen Jochens Schwärmerei für den Komponisten John Cage gekauft, sondern auch, weil ihr der absurde Titel ins Auge gesprungen war.

Zuerst sah sie sich die Bilder in der Mitte des Buches an. Die Eltern des Komponisten, John Cage als Kind im Matrosenanzug, als braver Student, ernsthafter Komponist und fröhlicher Pilzforscher. John Cage blödelnd, mit Musikerkollegen. Partituren von John Cage. Kompliziert aussehende Partituren, einfach aussehende Partituren, solche, die nur aus wild hingeschmierten Textanweisungen zu bestehen schienen, und solche, bei denen es anstelle von Noten, Notenlinien und Notenschlüsseln nur Punkte, Pfeile und chaotische Wellenlinien gab.

Sie blätterte an den Anfang und begann zu lesen.

***

Robert presste die Hände gegen seine Schläfen. Der Druck machte ihn verrückt. Als wäre sein Kopf ein Fahrradschlauch und jemand pumpte unaufhörlich Luft hinein, mit der Absicht, ihn zum Platzen zu bringen. Er schluckte eine Kopfschmerztablette und spülte sie mit einem Schluck Wasser hinunter.

Verdammte Schinderei.

Bisher hatte er Dreißig-Stunden-Dienst-Albträume immer erstaunlich gut überstanden. Entweder er wurde alt, oder das Verhör hatte ihm derart zu schaffen gemacht, dass er nun mit heftigen Kopfschmerzen bezahlte.

»Das heißt nicht Verhör, sondern Vernehmung«, hatte Wurz ihn belehrt. »Und ich bin Chefinspektor und kein Kommissar.«

Robert schüttelte den Kopf. Er konnte immer noch nicht fassen, dass Vera eine Mörderin sein sollte. Bestimmt war sie das rätselhafteste Wesen auf Erden. Vielleicht besaß er auch keinen Funken Menschenkenntnis.

Er schrieb den letzten Bericht, heftete ihn ab und stellte den Ordner ins Regal zurück. Geschafft! Drei freie Tage am Stück warteten auf ihn.

Er winkte der Nachtschwester zu, schlenderte durch den menschenleeren Wartebereich und zwang sich, an etwas Angenehmes zu denken. An sein Bett zum Beispiel, aus dem ihn kein Wecker vertreiben würde. Und an sein nagelneues Mountainbike, mit dem er demnächst losziehen wollte. Als er bei den Fahrstühlen um die Ecke bog, rannte ein junges Mädchen in ihn hinein.

»Passen Sie doch auf!«, fauchte er sie an. Da sah er die Tränen, die ihr über die Wangen liefen. Sie hielt die rechte Hand vor die Brust gepresst, um den Zeigefinger war ein unförmiger Verband gewickelt, der vor Blut starrte. Ihr blasses Gesicht und die langen weißblonden Zöpfe kamen ihm bekannt vor.

Natürlich! Das Wunderkind. Mette Kindler, die geniale Pianistin.

Schluchzend wich sie ihm aus und eilte weiter.

»Warten Sie! Kann ich Ihnen helfen? Ich bin Arzt.«

»Mein Finger …« Sie schwankte. Das arme Ding war drauf und dran, umzukippen. »Geschnitten …«

Rasch nahm Robert ihren Arm und stützte sie.

»Kommen Sie.« Er führte das Mädchen in das Behandlungszimmer, das er erst vor Minuten verlassen hatte.

Auf eine halbe Stunde mehr oder weniger kommt es auch nicht mehr an, dachte er und schlüpfte in einen frischen weißen Kittel.

Sanft drückte Robert die Patientin auf einen Stuhl.

»Mein Name ist übrigens Dr. Nemetz. Ich habe unlängst Ihr Konzert gehört. Sie waren phänomenal«, sagte er, während er verschiedenes Verbandsmaterial und Desinfektionsmittel vorbereitete.

Wieder schluchzte das Mädchen. »Ich werde nie mehr spielen können!«

»Beruhigen Sie sich, Frau Kindler. Lassen Sie mich die Verletzung mal sehen.« Vorsichtig befreite er ihren Zeigefinger von der blutigen Hülle.

Ein klaffender Schnitt zog sich quer über die Kuppe. Robert konnte sogar den Knochen sehen.

»Es ist aus mit dem Spielen, stimmt's?«, flüsterte sie.

»Der Schnitt ist tatsächlich sehr tief. Ich werde nähen müssen. Aber die Wundränder sind glatt.« Er berührte den verletzten Finger. »Spüren Sie das?«

Sie zuckte zurück. »Ja.«

»Prima. Die Sensibilität ist in Ordnung, es ist also kein Nerv verletzt.«

»Was heißt das?«

»Dass Sie spielen werden wie eine Göttin. Allerdings nicht morgen und auch nicht übermorgen.« Er zwinkerte.

»Wirklich? Sind Sie sicher?« Ein feines Lächeln stahl sich auf ihre Lippen.

»Ganz sicher. Im schlimmsten Fall bleibt eine winzige Narbe zurück, nur ein weißer Strich, damit Sie die Geschichte später Ihren Enkeln erzählen können.«

Robert streifte Einweghandschuhe über, desinfizierte den Finger und zog eine Spritze auf. »Sie bekommen jetzt eine lokale Betäubung, dann werde ich die Wunde nähen.«

Er beobachtete sie aufmerksam. Die Haut über ihren Wangenknochen war vor Blässe fast durchsichtig, als würde sie jeden Moment in Ohnmacht fallen.

»Wie ist denn das passiert?«, fragte er, um sie von der Spritze abzulenken.

»Ich wollte vor dem Schlafengehen noch eine Nektarine essen. Habe sie in Spalten geschnitten und bin dabei abgerutscht. Das Messer war schärfer, als ich dachte.«

»Ja, ja, Küchenarbeit ist gefährlich.« Er lächelte und ergriff den Nadelhalter. »Ich mache übrigens eine sogenannte Einzelknopfnaht. Da wird jeder Stich extra vernäht.«

Bestimmt wollte sie das gar nicht wissen, aber seiner Erfahrung nach beruhigte es die Patienten, wenn man ihnen möglichst viel erklärte.

»In der nächsten Zeit sollten Sie Ruhe geben, Frau Kindler. Bitte kein Klavierspiel und keinerlei Druck auf den Finger ausüben. Und Hände weg von scharfen Messern, okay?«

Sie nickte. Noch drei Stiche, dann war es geschafft.

Plötzlich ging die Tür auf. Schwester Rosmarie schaute herein. »Du bist ja noch da, Robert! Hast du dich nicht schon verabschiedet?«

»Ein Notfall, Rosi. Kannst du bitte Frau Kindlers Daten aufnehmen?«

Während Rosi Adresse und Versicherungsnummer der Patientin in das Formular eintrug, beendete er die Naht, reinigte die Wunde und legte einen Verband an. Der dicke weiße Finger stand wie ein Fremdkörper von der durchtrainierten Hand der Pianistin ab.

»Der sollte nicht nass werden«, sagte er. »In zwei Tagen gehen Sie zu Ihrem Hausarzt und lassen die Wunde kontrollieren. Und in zehn Tagen soll er die Fäden ziehen.« Robert kritzelte ein kurzes Schreiben für den Kollegen und gab es dem Mädchen.

»Danach können Sie langsam und vorsichtig mit dem Klavierspielen beginnen.«

»Ich bin so froh, dass ich Sie getroffen habe.« Sie strahlte ihn an und stand auf.

»Warten Sie. Ich gebe Ihnen noch ein Ärztemuster mit.« Robert kramte in einer Schublade und schob ihr eine Medikamentenpackung zu. »Ein Schmerzmittel für den Notfall. Es wirkt auch entzündungshemmend.«

»Vielen, vielen Dank! Für mein nächstes Konzert schicke ich Ihnen eine Freikarte.« Unter der Tür drehte sie sich um und winkte ihm zu. Jetzt waren ihre Wangen wieder zart gerötet.

»Darüber würde ich mich freuen«, sagte Robert.

Als er kurz darauf zum zweiten Mal auf den Klinikausgang zusteuerte, stieß er wieder mit einer jungen Frau zusammen, beinahe an derselben Stelle wie vorhin.

»Aua!«

»Hallo, Sabrina. Entschuldige bitte.«

Die junge Turnusärztin, die erst seit Kurzem in der Unfallambulanz arbeitete, rieb sich die Schulter. »Du hast es aber eilig! Hast du Schluss für heute?«

»Endlich.«

»Du klingst, als hättest du Kopfschmerzen.«

»Gut erkannt. Aus dir wird mal was.« Er zwinkerte.

»Na dann, erhol dich gut.«

»Danke. Ciao, Sabrina.« Er lief weiter.

»Warte! Ich wollte dich noch was fragen. Kennst du eine Brigitte Nemetz?«

»Nein«, sprudelte es aus Roberts Mund, schneller, als er denken konnte. »Brigitte Nemetz? Nie gehört.« Seine Nase zuckte. »Wieso?«

»Ich habe am Nachmittag ihre Hand zusammengeflickt. Sie hat sich mit einem zerbrochenen Glas geschnitten, angeblich beim Abspülen. Sah böse aus. Als ich ihren Namen gelesen habe, dachte ich, sie ist vielleicht eine Verwandte von dir.«

Robert schüttelte den Kopf.

»Zum Glück. Die war voll bis obenhin. Zum Abschied hat sie mir noch aufs Knie gekotzt.«

»Klingt ja widerlich. Da bin ich aber froh, dass ich sie nicht kenne.« Er zwang ein Lächeln auf seine Lippen. »Mach's gut, Sabrina.«

»Wiedersehen, Robert.«

Er öffnete die Tür mit solchem Schwung, dass sie hinter ihm krachend ins Schloss fiel und der Portier ihm ein wütendes »He! Was soll das?« nachrief.

Trotz Tablette hatte der Druck in seinem Kopf noch nicht nachgelassen. Nun war ihm zusätzlich übel.

Vera kam ihm wieder in den Sinn. Durch seine Schuld saß sie jetzt noch tiefer in der Scheiße als zuvor. Nur weil er gelogen hatte, um ihr zu helfen. Dabei hatte sie ihn nicht um Hilfe gebeten. Hatte er wirklich geglaubt, sie würde deshalb zu ihm zurückkommen? Er lachte bitter auf. Unter Wurz' Befragung war er eingeknickt wie ein Strohhalm. Jetzt saß Vera in U-Haft, und er hatte sein Scherflein dazu beigetragen. Paul würde vermutlich sagen: »Sei froh, da gehört sie hin! Ich habe gleich gesagt, die ist nicht ganz sauber.« Vielleicht hatte Paul ja recht.

Und Brigitte? Auch wenn er schon lange nichts mehr für sie empfinden konnte, hatte er sich trotzdem immer um sie gekümmert. Sie finanziell unterstützt. Diesmal hatte er sie im Stich gelassen. Sicher, es geschah aus gutem Grund. Um sie zum Entzug zu zwingen. Leider schien es nicht zu klappen. Nun soff sie also wieder, und ihre Mutter blieb verschwunden. Robert hatte Antonia in keinem Hospiz und keiner Klinik der Umgebung ausfindig machen können. Auch ihr Hausarzt, ein alter Studienkollege von ihm, hatte nichts von einem Pankreaskarzinom gewusst.

Ich werde Brigitte anrufen.

Er musste wissen, wie es ihr ging. Vielleicht erwischte er sie in einer Phase des Selbstmitleids, und vielleicht ließ sie sich auf eine Entziehungskur ein. Einen Platz in einer Spezialklinik bekäme sie sofort, er bräuchte nur seine Beziehungen spielen zu lassen. Wenn er früh genug anrief und sie nüchtern genug war, konnte er sie außerdem nach ihrer Mutter fragen.

Morgen kümmere ich mich darum.

Zuerst musste er schlafen. Einfach nur schlafen und seine Kopfschmerzen loswerden.

ACHTZEHN

»Guten Morgen, Linda.«

»Soll ich Ihnen einen Kaffee kochen?«

»Ja, bitte. Oder nein, doch nicht.« Um vier Uhr früh war Heisenberg mit heftigen Magenschmerzen aufgewacht. Zwar hatten sie sich inzwischen gebessert, aber er wollte lieber vorsichtig sein.

Kaum hatte er sich in den Bürosessel fallen lassen, klopfte es. Wurz. Er schwenkte einen Zettel und grinste. »Prantl hat eben was rübergefaxt, Chef. Die Analyse der Gewebeproben ist fertig. Halten Sie sich fest.«

»Machen Sie's nicht so spannend.«

Wurz legte das Fax auf seinen Schreibtisch. Heisenberg kniff die Augen zusammen und versuchte, die medizinischen Fachbegriffe zu entschlüsseln.

»Qualitativer Nachweis«, murmelte er. »General-Unknown-Analyse ... Quantifizierung ...« Er ließ die Schultern sinken und griff zum Telefonhörer, um Prantl anzurufen.

»Nicht nötig, Chef. Ich habe schon mit ihm telefoniert und kann es Ihnen erklären. In den Körperflüssigkeiten und Gewebeproben von Briguglia sind zwei Substanzen festgestellt worden: Ketamin und Xylazin. Ketamin wird sowohl in der Suchtgiftszene verwendet als auch in der Humanmedizin, als Narkotikum. Das Xylazin aber, das kommt nur in der Veterinärmedizin vor.« Wurz schnaufte vor Aufregung. »Das Verhältnis der Substanzkonzentrationen«, er hatte das Wort sorgfältig ausgesprochen, als hätte er Angst gehabt, darüber zu stolpern, »ist typisch für die sogenannte ›Hellabrunner Mischung‹. Man verwendet sie vor allem zur Betäubung von Wildtieren, zum Beispiel in Zoos.«

»Sehr interessant«, brummte Heisenberg. »Vermutlich wird es bei Sofronskys Proben ähnlich aussehen. Wann bekommen wir diese Ergebnisse?«

»Anfang nächster Woche, sagt Prantl.«

»Dann müssen wir nur noch herausfinden, ob die Meyring Kontakt zu Tierärzten hatte. Forschen Sie in ihrer Verwandtschaft, im Bekanntenkreis.«

»Das macht Mitterhofer gerade.«

Zorn wallte in Heisenberg auf. Wofür war er eigentlich noch hier, wenn jeder eigenmächtig tat, was er wollte?

»Ich hoffe, es ist Ihnen recht, Chef. Ich dachte, so verlieren wir keine Zeit.«

Das Telefon klingelte. Linda hatte eine Musikgymnasiastin in der Leitung. Sie hielt den Anruf für so wichtig, dass sie ihn durchstellte.

»Heisenberg? Mit wem spreche ich?«

»Hallo, mein Name ist Laube. Bernadette Laube. Ich bin eine … ich war eine Schülerin von Professor Sofronsky. In den Nachrichten habe ich gehört, dass jemand festgenommen wurde, eine Vera M. Stimmt das?«

»Hören Sie, ich kann Ihnen über laufende Ermittlungen keine Auskünfte geben. Wenn Sie was auszusagen haben, dann tun Sie's.«

»Ja, sicher. Es ist nur … so … schrecklich.« Sie schluchzte.

Heisenberg sah zu Wurz hinüber und verdrehte die Augen. »Wie alt sind Sie?«

»Sechzehn.«

Er durfte das Mädchen nicht verschrecken. Sachte, sachte. »Hör zu, Bernadette, ich darf doch Du sagen? Beruhige dich erst mal. Atme tief durch. Und dann erzähl mir ganz langsam, was du auf dem Herzen hast.«

»Ich war eine gute Freundin von Isabel Meyring und habe mit ihr im selben Zimmer gewohnt, im Schülerheim. Sie ist vor Kurzem gestorben.«

»Das ist uns bekannt.«

»Danach kam ihre Schwester zu mir, Vera. Sie hat herausgefunden, dass Isa missbraucht wurde. Und sie wollte wissen, von wem.«

»Wusstest du denn etwas?«

»Ich hab Isas Tagebuch gefunden. Da stand alles drin. Alles von Sofronsky und ihr.«

»Und das hast du Vera Meyring erzählt.«

»Nein, nicht gleich. Weil … weil er mein Klavierlehrer war und ich ihn schützen wollte. Deshalb hab ich zuerst gelogen. Ich habe ihr gesagt, dass es Luca Briguglia war.«

»Warum gerade der?«

»Einfach so. Weil er ein stadtbekannter Weiberheld ist. Und weil Vera ihn kannte. Sie hat ja im Blue Note gearbeitet. Irgendetwas musste ich sagen, und mir ist nichts anderes eingefallen.«

»Wann war das?«

»Kurz vor Briguglias Tod.«

Heisenbergs Herz schlug schneller. Da hatte er es. Das Motiv. Er begann zu schwitzen und nahm den Hörer in die andere Hand. »Und wann hast du ihr die Wahrheit gesagt?«

»Das war am Tag nach seiner Ermordung. Natürlich wusste ich damals nichts davon. Von Briguglias Tod hab ich erst später in der Zeitung gelesen. Und jetzt, jetzt ist Sofronsky auch tot.« Wieder schluchzte sie. »Und wenn Vera es getan hat, dann bin ich schuld. Dann sind meinetwegen zwei Menschen umgekommen.« Sie heulte los.

»Aber nein! Bernadette, hör mir zu. Ich möchte, dass du zu mir ins Büro kommst. Dann unterschreibst du deine Aussage, und wir beide unterhalten uns.« Heisenberg räusperte sich. »Ich bin stolz auf dich. Du hast uns sehr geholfen. Das mit deiner Lüge war vielleicht nicht schön. Aber am Tod dieser beiden Menschen ist einzig und allein derjenige schuld, der sie ermordet hat. Oder besser gesagt, diejenige. Hast du das verstanden?«

»Ja.«

»Komm am besten gleich vorbei. Ich schreibe dir natürlich eine Entschuldigung für die Schule.«

Er legte auf und hieb seine Faust auf den Tisch.

Wurz zuckte zusammen.

»Wieder ein Schritt in die richtige Richtung. Das Motiv für den Mord an Briguglia hätten wir. Bald haben wir auch unser Geständnis, Sie werden schon sehen.«

Plötzlich wurde die Tür aufgerissen. Mitterhofer stand im Türrahmen. Er war bleich wie Milchreis.

»Können Sie nicht klopfen?«

»Wir haben wieder eine Leiche. Einen Torso diesmal.«

»Was?« Heisenberg sprang auf. »Wo?«

»Das glauben Sie nie, Chef.« Mitterhofers Adamsapfel hüpfte mehrfach auf und ab. »Beim Goldenen Dachl. Eine ganze Busladung Touristen ist mitten hineingerannt in den Koffer. Dann haben Sie sich gewundert, wem der gehört. Und dann haben Sie das Blut gesehen und hineingeschaut.«

Ein Anflug von Schwindel erfasste Heisenberg. »Das gibt's ja nicht. Wer entsorgt denn am helllichten Tag eine Leiche? Mitten in der Stadt!«

Mitterhofer stand so verloren da, als hätte er etwas angestellt.

»Ist noch was?«

»Es ist eine Frauenleiche.«

»Das ist nur gerecht. Die letzten beiden waren Männer.«

»Anscheinend ist der ganze Oberkörper tätowiert.«

Heisenbergs Magen krampfte sich zusammen. Ein Gedanke schwamm in sein Bewusstsein, den er mit einem lauten »Nein!« von sich wies. »Nein, das kann nicht sein.«

Spielte da ein spöttisches Grinsen um Wurz' Mundwinkel, oder täuschte er sich?

»Los, los, worauf warten S' noch? Auf geht's, Männer!«

Kurz darauf kniete Heisenberg am Boden vor dem Goldenen Dachl. Die feuchte Kühle des Katzenkopfpflasters drang durch den Stoff seiner Hose. Er beugte sich über den Koffer, ein edles Markenprodukt mit Rollen und einem ausziehbaren Haltegriff. Der Torso passte genau hinein. Kopf und Gliedmaßen waren glatt abgetrennt. Die Brüste hoben sich wie zwei weiße, unberührte Hügel von der sie umgebenden tätowierten Haut ab. Die Ähnlichkeit zu den vorangegangenen Fällen ließ sich nicht leugnen.

Heisenberg seufzte. In seiner Nase triumphierte Vanilleduft. Prantls Spezialcreme tat also ihre Wirkung, weshalb er den Gerichtsmediziner beinahe liebevoll ansah.

»Ich weiß, Sie können nur schätzen. Aber ich flehe Sie an, Prantl, verraten S' mir die Todeszeit.«

»Mehr als vierundzwanzig, weniger als achtundvierzig Stunden.«

Er musste nicht erst nachrechnen, um zu wissen, dass Vera Meyring für den Mord nicht in Frage kam. »Kruzifixsakrament. Sind Sie sicher?«

»Das tut mir aber leid, dass Ihnen das so schlecht in den Kram passt, mein Lieber.«

Wieder diese gute Laune. Der Mensch war zum Haareraufen. Und Wurz, dieser Hund, gab sich nicht einmal mehr Mühe, sein Grinsen zu verbergen. Seine Serienmördertheorie schien sich zu bestätigen.

»Kann es ein Nachahmungstäter sein?«, fragte Mitterhofer.

»Schön wär's«, brummte Heisenberg. »Aber dann müsste es einer von uns oder von der Spusi gewesen sein. Oder unser Herr Professor Prantl hier.«

»Die Presse wusste ja nichts von den Tätowierungen«, erklärte Wurz seinem jüngeren Kollegen.

Heisenberg schnäuzte sich kräftig. Ein Fehler, wie er wenige Augenblicke später feststellte. Denn seine Nase war zwar wieder frei, aber auch frei vom Vanilleduft und ungeschützt den Attacken der Fäulnisgase ausgesetzt.

»Verdammtes Wirtshaus! Kruzi… Was schauen S' denn so verdattert, Mitterhofer? Natürlich ärgere ich mich. Jetzt können wir ganz von vorne anfangen. Die Meyring müssen wir laufen lassen. Wer im Ziegelstadel sitzt, kann weder morden noch Leichendumping begehen.«

Prantl zeigte auf ein kreisrundes Loch im Bauch des Opfers. »Haben Sie schon gesehen, dass der Nabel entfernt wurde?«

»Bei Briguglia die Augen, bei Sofronsky der Pimmel und jetzt der Nabel. Was sagt uns das?«, murmelte Heisenberg.

In Wurz' Augen blitzte etwas auf. »Der Mörder entfernt die Schwachstelle des Opfers. Bei Briguglia waren es die Augäpfel – er war blind. Sofronsky hat Schülerinnen missbraucht, also der …«

»Schon klar, worauf Sie hinauswollen. Aber welche menschliche Schwäche kann mit dem Nabel zu tun haben?«

»Nabel … Nabelschnur … Geburt«, sagte Wurz.

»Vielleicht konnte die Tote keine Kinder bekommen? Oder sie hat abgetrieben.«

»Guter Hinweis, Mitterhofer.« Ächzend erhob sich Heisenberg. Seine Knie fühlten sich taub an. »Oder das Opfer hat sehr wohl ein Kind geboren. Ein ganz bestimmtes Kind, nämlich unseren Mörder.«

»Sie meinen, das könnte die Mutter unseres Täters sein?«, murmelte Wurz. »Interessant. Das wäre auch ein Grund, warum er sie zerstückelt und weggebracht hat. Vielleicht wohnt er im selben Haus.«

»Und die zerstückelten Gliedmaßen, die wir im Wald gefunden haben, das war dann wohl die Großmutter«, sagte Mitterhofer.

Heisenberg winkte ab. »Lauter Spekulationen. Lassen wir das. Die Leichenteile vom Gramartboden könnten allerdings tatsächlich mit zur Serie gehören, nach den neuesten Erkenntnissen.« Er fühlte sich mit einem Mal müde und zerschlagen. Heute Morgen war er mit Elan aufgestanden, guten Mutes, der Meyring das Geständnis abzuringen und damit den Fall zu Ende zu bringen. Und jetzt brach das Gebäude, das er so mühsam errichtet hatte, Stück für Stück zusammen. Die Fassade war schon abgebröckelt. Er versuchte noch, das Dach abzustützen, obwohl er erkennen musste, dass der Dachstuhl aus wurmstichigem Holz zusammengefügt war.

Als zwei Stunden später ein zweiter Koffer mit zerstückelten Gliedmaßen auftauchte, fühlte Heisenberg sich, als hätte ihm jemand einen Tritt verpasst, obwohl er schon am Boden lag. Er verfolgte das Geschehen wie in Trance.

Eine junge Holländerin hatte den Koffer bei der Annasäule gefunden, als sie mit ihrem Freund für ein Erinnerungsfoto posierte.

Emotionslos wohnte Heisenberg am späten Vormittag der Obduktion in der Gerichtsmedizin bei. Er stand vollkommen neben sich. Erst als die attraktive Rothaarige die Leber aus dem Torso löste und sie auf den kleinen Metalltisch klatschte, klang das wie eine Ohrfeige, und Heisenberg kam zu sich. Sein Magen rebellierte. Er schaffte es vor die Tür und erbrach sich ins Gebüsch, das irgendein Menschenfreund womöglich extra zu diesem Zweck vor den Eingang des gerichtsmedizinischen Instituts gepflanzt hatte.

Bei der anschließenden Besprechung in seinem Büro waren alle gedrückter Stimmung, außer Wurz, der durch demonstratives Hochkrempeln der Ärmel und aufmunternde Blicke in alle Richtungen eine Extraportion Elan und Tatkraft signalisierte. Was Heisenberg fast so sehr auf den Magen schlug wie die Tatsache, dass er um einen Auftritt in »Tirol heute« nicht umhinkommen würde. Wenn ein Verrückter Leichenteile mitten in der Innenstadt entsorgte, am helllichten Tag, dann ließ sich das beim besten Willen nicht unter Verschluss halten. Die Medien lechzten nach Informationen.

»Das ist doch eine große Chance«, sagte Wurz. »Wir müssen die Bevölkerung um Mithilfe bitten. Wenn wir die beiden Koffer im Fernsehen zeigen, melden sich bestimmt Zeugen. Die Wahrscheinlichkeit, dass jemand den Täter mit den Koffern gesehen hat, ist doch sehr groß.«

»Worauf Sie einen lassen können«, brummte Heisenberg. »Die Telefone werden heiß laufen. Jeder zweite Innsbrucker wird den Täter gesehen haben wollen. Und jeder wird ihn anders beschreiben.«

»Wir können ja Wetten abschließen«, sagte Bartsch, der lässig die Beine übereinandergeschlagen hatte. »Ich tippe auf siebenundvierzig Anrufer. Wer sagt mehr?«

Der hatte leicht lachen. Schließlich lag auf seinen Schultern nicht halb so viel Verantwortung. Und es war auch nicht Bartsch, den die Bürgermeisterin angerufen hatte, sondern er, Heisenberg. Wie ein Schulbub fühlte er sich, als ihm das rührige Stadtoberhaupt die Leviten las. Sie sprach von absoluter Unfähigkeit der Polizei, von der größten Demütigung aller Zeiten, von einer Beschmutzung der Wahrzeichen ihrer Stadt, einer Bedrohung des Tourismus und so weiter. Heisenberg hatte die penetrante Dame schließlich mit ein paar Standardsätzen abgefertigt. Aber ihre Vorwürfe saßen tief.

Er blickte in die Runde. »Lasst uns rekapitulieren. Wir müssen von vorne anfangen und haben keinen Tatverdächtigen. Dafür vier Mordopfer, zwei Männer, zwei Frauen. Wobei wir nicht sicher sein können, dass die Leichenteile vom Gramartboden wirklich dazugehören.«

»Weil wir den Torso nie gefunden haben und nicht wissen, ob er auch tätowiert ist«, warf Mitterhofer ein.

»Richtig. Und weil die Einstiche im Oberschenkel fehlen, die bei den anderen drei Opfern vorhanden sind«, sagte Heisenberg. »Vielleicht konzentrieren wir uns zuerst einmal auf die Gemeinsamkeiten der drei letzten Fälle.«

»Die Tätowierung. Wir müssen sie entschlüsseln.« Wurz setzte sein Siegerlächeln auf. Ich hab's ja gleich gesagt, verkündete dieses Lächeln.

»Die Tätowierung scheint tatsächlich ein zentraler Punkt zu sein«, räumte Heisenberg ein. »Ich will, dass ihr euch alle die Fotos genau anschaut. Und dann sagt mir jeder von euch, was er damit assoziiert.«

Er nahm einen Stapel Fotos vom Schreibtisch und reichte ihn herum.

»Für mich ist das ein Code, den wir entschlüsseln sollen«, platzte Wurz heraus. »Die Zeichen könnten Buchstaben einer alten Schrift sein. Runen, Keilschrift, Hieroglyphen, was weiß ich.«

»Für eine Schrift sehen die Zeichen zu unterschiedlich aus«, widersprach Bartsch. »Bei Briguglia haben wir grüne Rhomben und rote Dreiecke, alle schwarz konturiert. Außerdem schwarze Schnörkel und Wellenlinien. Bei Sofronsky besteht die Tätowierung aus geraden Linien, liegenden Dreiecken ohne Basis und kleinen blauen Kreisen mit schwarzem Rand. Der Torso weist die größte tätowierte Fläche auf. Rote Punkte und rote Pfeile über einem schwarzen Gitter, schwarze Wellenlinien und eine Zeichnung, die wie eine blaue Schraffur aussieht und aus parallelen Strichen besteht, die von links nach rechts dichter werden.« Bartsch schüttelte den Kopf. »Ich weiß nicht. Keine Ahnung, was das sein soll.« Er gab die Fotos an Mitterhofer weiter.

Der warf nur einen kurzen Blick darauf. »Für mich ähnelt es

den Schnittmustern meiner Verlobten. Sie ist Änderungsschneiderin.« Er lachte verlegen.

Linda, die die leeren Kaffeetassen einsammelte, warf im Vorübergehen einen Blick auf die Fotos. »Könnte es moderne Kunst sein?«

»Was?«, fragten Heisenberg und Wurz gleichzeitig.

Linda errötete. Sie murmelte eine Entschuldigung und huschte hinaus.

»Moderne Kunst«, wiederholte Heisenberg und überlegte krampfhaft, ob ihm in den bisherigen Recherchen jemand untergekommen war, der mit Kunst zu tun hatte. Eine dunkle Erinnerung stieg in ihm auf, aber er konnte sie nicht fassen.

Er war unkonzentriert. Seine Gedanken drifteten immer wieder zu dem Fernsehauftritt am Abend. Und vorher musste er nochmals mit der Meyring sprechen, deren Enthaftung er schon beantragt hatte.

Er verteilte die Aufgaben für die nächste Zeit. Bartsch sollte die Analysen der Proben in der Kriminaltechnik überwachen. Mit endgültigen Ergebnissen der bei Briguglia gefundenen Spuren rechnete er in ein bis zwei Tagen. Mitterhofer durfte ein Team von Polizistenkollegen leiten, das den Hinweisen nachgehen würde, die nach Heisenbergs Fernsehauftritt zu erwarten waren. Er war stolz auf diese Aufgabe. Wurz hatte sich bereit erklärt, in Sachen Tätowierung und moderner Kunst zu recherchieren.

Heisenberg löste die Besprechung auf.

»Lasst mich nicht im Stich, Leute«, murmelte er. Aber da waren sie schon alle gegangen.

Linda teilte ihm mit, dass Vera Meyring soeben entlassen und zu einer abschließenden Befragung hergebracht wurde.

Sein Magen schmerzte. Er hätte den Kaffee nicht trinken sollen. Ächzend stand er auf und ging ans Fenster. Am Himmel zog eine Schar Wildenten schnatternd in Richtung Inn. Als sie längst verschwunden waren, starrte Heisenberg noch immer auf den Fleck am Horizont. Es klopfte.

***

Der Kripochef stand am Fenster und drehte Vera den Rücken zu. Seine Gestalt wirkte geschrumpft. Er drehte sich um und knurrte eine Begrüßung. Dann musterte er sie ausgiebig. Auf dem violett schillernden Fleck an ihrem Unterarm und an der aufgeplatzten Lippe blieb sein Blick hängen. Seine buschigen Brauen zogen sich zusammen, aber er sagte nichts.

Die Abreibung, die Gittis Freundinnen ihr heute Morgen nach dem Duschen verpasst hatten, war schmerzhaft, aber heilsam gewesen. Sie hatte gelernt, dass ihre Kenntnisse der Kampfkunst gegen eine Überzahl nutzlos waren. Sie würde hart trainieren müssen oder Schwierigkeiten dieser Art in Zukunft aus dem Weg gehen.

»Bitte nehmen Sie Platz, Frau Meyring.«

Langsam ließ sich Vera in den Sessel gleiten. Sie konnte noch nicht glauben, dass sie wirklich frei war, auch wenn es schwarz auf weiß in ihren Entlassungspapieren stand. Eine Falle? Was wollte Heisenberg noch von ihr?

Sie weiter demütigen? Sie erinnerte sich lebhaft an die beiden Polizistinnen, die ihr die Handschellen angelegt hatten. Danach musste sie sich mit dem Gesicht an die Wand stellen, die Beine gespreizt. Sie hatten ihren Körper abgetastet und dabei keinen Quadratzentimeter ausgelassen.

»Warum werde ich plötzlich entlassen? Hat der DNA-Test ergeben, dass ich unschuldig bin?«

»Nein, wir haben noch längst nicht alle Spuren ausgewertet. Die abschließenden Ergebnisse erwarten wir erst in einer Woche.«

»Dann ist meine Entlassung nur eine Finte, um mich zu zermürben? Was kommt als Nächstes? Ein stundenlanges Verhör? Tauchen Sie mich mit dem Kopf unter Wasser?«

Endlich löste sich die Spannung in seinem Gesicht, und er schmunzelte. »Was denken Sie von uns! Wir sind ja nicht in Guantánamo.«

Nein, aber in Österreich. Wo Menschen sterben, weil sie bei ihrer Festnahme ersticken. Weil Polizisten sie in Bauchlage fixieren und sich mit beiden Beinen auf sie stellen. Und im Nachhinein findet ein netter Arzt einen Herzfehler, und niemand ist schuld.

»Erstens möchte ich mich bei Ihnen entschuldigen«, sagte der Alte in freundlichem Tonfall oder was er dafür hielt. »Ich habe einen Fehler gemacht. Sie sind ab sofort ein freier Mensch und können nach Hause gehen.«

»Und zweitens?«

»Möchte ich Sie bitten, mir noch ein paar Fragen zu beantworten.«

»Also doch noch ein Verhör. Na gut, fragen Sie.«

»Es hat einen weiteren Mord gegeben, während Sie im Gefängnis saßen.«

Vera schluckte. »Wen hat es diesmal erwischt?«

»Das wissen wir noch nicht.« Heisenberg zündete sich eine Zigarette an. »Da wir davon ausgehen, dass es derselbe Täter war, der auch Briguglia und Sofronsky ermordet hat, sind Sie natürlich entlastet. Dennoch bleibt die Tatsache bestehen, dass Sie zumindest zwei der Opfer kannten und damit vielleicht auch den Täter.«

»Das habe ich mir auch schon überlegt.«

»Ich möchte Ihnen gern ein paar Fotos zeigen. Es geht mir speziell um die Tätowierungen. Vielleicht fällt Ihnen irgendetwas dazu ein.«

»Aber die haben Sie mir doch schon gezeigt.«

»Die Bilder des letzten Opfers kennen Sie noch nicht. Schauen Sie sich bitte nochmals alle Aufnahmen an und überlegen Sie genau, ob Sie schon einmal etwas Ähnliches gesehen haben.«

Heisenberg nahm ein Kuvert vom Schreibtisch, zog einen Stapel DIN-A4-Fotos heraus und hielt sie Vera hin. »Wir haben die Bilder vergrößert. Bitte schauen Sie genau. Kommt Ihnen irgendein Motiv bekannt vor?«

Die Hochglanzfotos waren so scharf, dass Vera jede Pore und jedes Härchen darauf erkennen konnte. Das eintätowierte Muster sah bei jedem Opfer anders aus. Bei Briguglia wirkte es verspielt, beinahe fröhlich. Bei Sofronsky herrschte Ordnung, die Zeichen waren streng und klar. Sparsam. Die Tätowierung auf dem Torso glich dagegen einer wild hingeworfenen Skizze, die etwas Impulsives, Zorniges an sich hatte.

»Beachten Sie auch die horizontalen Schnitte auf allen drei

Bildern. Wir haben sie dunkel eingefärbt, um sie besser sichtbar zu machen. Sie wurden vermutlich mit einem hauchdünnen Skalpell ausgeführt. Bei Briguglia haben wir einen Schnitt, bei Sofronsky sind es drei, bei der Unbekannten zwei.«

»Parallele Linien«, murmelte Vera. Einen Lidschlag lang flackerte ein Bild vor ihrem inneren Auge auf. Doch es verschwamm im Dunkel, ehe sie es einordnen konnte. Sie schüttelte den Kopf. »Ich fürchte, ich kann Ihnen nicht weiterhelfen.« Sie legte die Fotos auf den Schreibtisch zurück.

Heisenberg erhob sich und reichte Vera eine Visitenkarte.

»Rufen Sie mich an, wenn Ihnen doch noch was einfallen sollte.«

Vera nickte und steckte das Kärtchen ein.

Er geleitete sie zur Tür. Sein Händedruck fühlte sich warm und fest an. Seine Augen tränten, und die dunklen Ringe darunter kündeten von zu wenig Schlaf.

»Auf Wiedersehen, Frau Meyring.«

»Das hoffe ich nicht«, sagte sie und verließ das Büro mit hocherhobenem Kopf.

Als sie nach Hause kam, erdrückte Anna sie fast mit ihrer ungestümen Umarmung. »Du bist wieder da!«, jubelte sie und wirbelte Vera im Kreis herum. Im nächsten Moment war sie wieder ernst. »Die haben deine ganze Schmutzwäsche mitgenommen. Angeblich, um sie nach Blutspuren zu durchsuchen.« Dann hielt sie Vera auf Abstand und begutachtete ihre Blessuren. »Verdammte Sauerei.«

»Halb so schlimm. Hauptsache, ich bin frei. Bisher habe ich mich für ziemlich robust gehalten, aber da drin habe ich eine scheiß Angst gehabt, dass ich verrückt werde.«

»Du musst einen Mordshunger haben. Soll ich uns Spaghetti kochen?«

Vera dachte an die zerkochten Papp-Nudeln mit Fertigsugo, die Anna ihr unlängst vorgesetzt hatte. Nie hätte sie gedacht, dass sie sich einmal darauf freuen würde.

»Das wäre toll«, sagte sie. »Ich stelle mich einstweilen unter die Dusche.«

Als sie sauber und frisch eingekleidet vor ihrem gut gefüllten Teller saß, staunte sie. Die Pasta war nicht zerkocht und der Sugo mit frischem Basilikum angereichert.

Vera schloss die Augen und genoss. »Ich verleihe dir drei Sterne«, sagte sie zwischen zwei Bissen.

Anna lachte. »Hauben heißt das in Österreich. Na, die müssen dir ja einen Fraß vorgesetzt haben, wenn du mich zur Haubenköchin ernennst.«

Mit der warmen Mahlzeit im Bauch war Vera bereit, sich der Realität zu stellen. Sie hörte ihre Mailbox ab. Vier Nachrichten waren seit ihrer Inhaftierung eingegangen.

Der Chef des Blue Note hatte sie fristlos entlassen.

»So ein Arschloch«, sagte Anna.

»Das war vorauszusehen. Nehmen wir es positiv. Dafür habe ich heute frei und kann den Abwasch erledigen.«

Die übrigen drei Nachrichten waren von Mette. »Wo bist du? Warum meldest du dich nicht? Ich würde gern wieder mal Kaffee trinken gehen. Außerdem sollten wir deine Lieder proben.«

Vera schüttelte den Kopf. Hatte die Kleine nichts von ihrer Verhaftung mitbekommen?

Sie rief Mette zurück.

»Na, endlich ein Lebenszeichen von dir! Wo hast du gesteckt? Stell dir vor, Sofronsky wurde ermordet«, sprudelte die helle Stimme des Mädchens aus dem Handy.

»Stell dir vor, ich habe deswegen in U-Haft gesessen. Aber seit wenigen Stunden bin ich wieder frei.«

Mette war sprachlos. Sie verabredeten sich für den Nachmittag in der »Kunstpause«, dem Museumscafé.

Als Vera wenig später durch den Torbogen von der finsteren Hofgasse auf den Rennweg hinaustrat, musste sie sich erst an das helle Sonnenlicht gewöhnen. Der Himmel war postkartenblau. Nur einige Föhnwolken schwammen darin wie ein Schwarm weißer Delphine. Die Nordkette schien näher gerückt zu sein, so klar erkannte Vera jedes Detail: die Bergstation am Hafelekar, die Lawinenverbauung, sogar den Schotter in der Seegrube.

Am Franziskanerplatz standen die Leute vor der Eisdiele Schlange. Kinder mit klebrigen Mündern spielten Fangen.

Vera bog in die Museumstraße ein. Hinter einer der Sphinxen, die den Eingang des Landesmuseums bewachten, entdeckte sie Mette an einem der Tischchen im Freien.

»Was ist denn da passiert?«, fragte Vera und zeigte auf Mettes verbundenen Finger.

»Was ist denn da passiert?«, fragte Mette und zeigte auf Veras zerschundene Lippe.

Sie lachten beide.

Mette erzählte von ihrer nächtlichen Obstschneideaktion, dem Besuch in der Klinik und wie es sich anhörte, wenn eine Nadel durch Hautlappen gezogen wurde. Dabei löffelte sie den Milchschaum von ihrem Latte macchiato.

Vera berichtete von der Verhaftung, von Pretty-Gitti und ihren schlagkräftigen Kumpaninnen und wie es sich anhörte, wenn man sich auf einer U-Haft-Pritsche umzudrehen versuchte. Sie bestellte einen Espresso. Das erste wohlschmeckende Koffein seit Tagen weckte ihre Lebensgeister.

»Was wirst du jetzt tun, wo Sofronsky tot ist?«, fragte Vera.

»Ich glaube, ich werde nach London gehen. Dort gibt es einen großartigen Pianisten der alten Schule, von dem ich vielleicht noch etwas lernen kann.« Das »Vielleicht« hatte Mette betont. Sie warf ihre Zöpfe zurück.

»Du scheinst Sofronsky jedenfalls nicht sehr zu vermissen.«

»Schrecklich, was mit ihm passiert ist. Aber ich habe schon nach dem Konzert beschlossen, dass ich eine Veränderung brauche.«

»Wann gehst du nach London?«

»Erst im Herbst. Nach deiner Aufnahmeprüfung.« Sie lächelte. »Schließlich habe ich dir versprochen, dich zu begleiten.«

»Aber das musst du nicht.« Vera schüttelte den Kopf. »Ich kann mich vom Korrepetitor der Akademie begleiten lassen, wie alle anderen Prüfungskandidaten auch.«

»Ich will es aber.«

»Warum eigentlich? So toll singe ich auch wieder nicht.«

Mettes Augen verschleierten sich. »Vielleicht einfach, weil

ich dich mag. Sehr sogar.« Sie legte ihre unverletzte Hand auf die von Vera.

»Lass das!«, zischte Vera. Sie zog ihren Arm so abrupt weg, dass sie beinahe die Espressotasse vom Tisch gefegt hätte.

Mette zuckte zurück. Ihr Lächeln blätterte ab.

»Mach dir keine falschen Hoffnungen. Ich stehe nicht auf Frauen.«

Die blassen Wangen des Mädchens überzogen sich mit roten Flecken. Über der Nasenwurzel trat eine v-förmige Ader blau hervor. »Entschuldige«, zischte sie. »Ich wollte dir nicht zu nahe treten.« Dann sprang sie auf und lief weg, mit kleinen, energischen Schritten.

Vera seufzte. *Herzlichen Glückwunsch! Das hast du wieder toll hingekriegt, Vera Meyring.*

Im Leute-vor-den-Kopf-Stoßen war sie wirklich unschlagbar.

NEUNZEHN

Als Heisenberg am Dienstag um acht Uhr früh sein Büro betrat und aus seiner mitgebrachten Thermosflasche Fencheltee in eine Tasse goss, hörte er ein vertrautes Rattern. Der Drucker von nebenan. Seit wann war sein übereifriger Chefinspektor wohl schon da?

Kaum hatte er seinen Tee getrunken, klopfte es.

»Guten Morgen, Chef!« Wurz' blonder Schopf sah zerzaust aus.

»Haben Sie etwa hier übernachtet?«

»Ich habe was gefunden. Das müssen Sie sich anschauen.« Seine Augen waren verquollen, aber sie strahlten. Er hielt Heisenberg einen Computerausdruck unter die Nase. Das Foto einer attraktiven Frau, vielleicht Mitte dreißig.

»Wer ist das?«

»Brigitte Nemetz.«

»Die Exfrau von Dr. Nemetz?«

»Genau. Die die Meyring in alles reingeritten hat. Wussten Sie, dass sie Medizin studiert hat?«

»Das hat die Meyring ja auch.«

»Aber nur vier Semester. Die Nemetz dagegen hat das Studium fast abgeschlossen.« Wurz hob den Zeigefinger. »Sie hat also echte medizinische Kenntnisse.«

»Und weiter?«

»Ihren Mann hat sie während des Studiums kennengelernt. Nach der Heirat hat sie sich mehr und mehr der Kunst gewidmet. Hat eine Zeit lang als Karikaturistin für den ›Standard‹ gearbeitet. Bekannt wurde sie als Malerin großformatiger Porträts von Tiroler Persönlichkeiten. Vom Landeshauptmann zum Beispiel.« Lächelnd zeigte Wurz das nächste Blatt. Ein Ölbild eines Mannes in Siegerpose, mit einem Adler auf dem angewinkelten Arm. »Mit diesen Porträts hat sie Karriere gemacht. Sie konnte von der Malerei leben, gut sogar. Hat sich scheiden lassen. Partys, Alkohol, Affären mit Promis und Geschäftsleuten folgten. Und zack!«, Wurz schnippte theatralisch mit den Fingern, »ging es bergab. Heute hört man kaum etwas von ihr.«

»Und was hat das mit unseren Tätowierungen zu tun?«

Wurz trat von einem Bein auf das andere. »Im letzten Sommer gab es eine kleine Ausstellung im Kunstpavillon. Damals hat sie ihre neueren Arbeiten präsentiert. Und jetzt schauen Sie, Chef.«

Heisenberg betrachtete den nächsten Computerausdruck. Zwei kleinformatige Bilder. Eines bestand aus winzigen roten Kreisen, die von links unten nach rechts oben immer blasser wurden. Das andere zeigte feine parallele Striche unterschiedlicher Dichte, die sich zu einer gesichtsähnlichen Struktur fügten. Er stieß einen Pfiff aus. »Das ist ja hochinteressant. Gute Arbeit, Wurz. Gute Arbeit!«

Wurz' Wangen glänzten wie polierte Äpfel.

»Die Frage ist nur: Was für ein Motiv hatte sie?«

»Darüber habe ich auch schon nachgedacht, Chef. Angenommen, Brigitte Nemetz ist krankhaft eifersüchtig. Sie gönnt ihrem Exmann das Verhältnis mit Vera Meyring nicht. Daher mordet sie und versucht, den Verdacht auf ihre Rivalin zu lenken.«

»Hm, nein«, brummte Heisenberg. »Dann hätte sie besser die Meyring ermordet. Wäre effizienter gewesen.«

»Da haben Sie auch wieder recht. Vielleicht überzeugt Sie meine zweite Theorie: Die Nemetz ist offensichtlich kein Kind von Traurigkeit. Sie hatte viele Affären, unter anderem mit bekannten Künstlern. Warum nicht auch mit Briguglia und Sofronsky? Die beiden waren hinter jedem Rockzipfel her und hätten sie bestimmt nicht von der Bettkante gestoßen. Dann haben sie die Nemetz enttäuscht, betrogen, verlassen, was weiß ich. Und zack!« Wurz ließ seine Handkante über die Kehle gleiten.

»Das klingt schon interessanter. Haben Sie das überprüft?«

»Dazu bin ich leider noch nicht gekommen.«

Heisenberg ließ sich von Linda die Nummer von Dr. Nemetz heraussuchen und rief ihn an.

Die Stimme des Arztes klang etwas eingerostet, als hätte er noch geschlafen. Doch er zeigte sich erstaunlich kooperativ.

Nach dem Gespräch legte Heisenberg feierlich die Hand auf Wurz' Schulter.

»Vielleicht sind die Krimiserien, die Sie sich immer im Fernsehen anschauen, doch zu etwas gut«, sagte er. »Glückwunsch, Wurz. Sie haben einen Volltreffer gelandet. Brigitte Nemetz hat Briguglia gekannt, ein intimes Verhältnis wäre denkbar. Mit Sofronsky hat sie auf alle Fälle eine Affäre gehabt. Und zwar unmittelbar vor Sofronskys Tod. Und nun halten Sie sich fest, Wurz.« Heisenberg räusperte sich. »Die Mutter der Nemetz ist verschwunden.«

Wurz keuchte auf. »Eine unserer beiden weiblichen Leichen?«

»Davon gehe ich aus.«

»Und jetzt?«

Heisenberg öffnete seinen Spind und nahm das Holster heraus. Er schnallte es sich um. Dann lud er seine Dienstwaffe und steckte sie in die Halterung.

»Jetzt knöpfen wir uns die Nemetz vor.«

***

Es klickte. Das Gespräch war zu Ende.

Grübelnd ging Robert in seinem Schlafzimmer auf und ab. Was wollte Heisenberg von Brigitte? Ging es wirklich nur um eine Zeugenaussage, oder verdächtigte er sie etwa? Aber er hatte doch Vera eingesperrt. Oder war in der Zwischenzeit etwas passiert, das Robert verschlafen hatte?

Er nahm sich vor, eine Zeitung zu kaufen, um mal wieder auf dem Laufenden zu sein.

Ob er Brigitte anrufen und warnen sollte?

Nein. Er hatte gestern mehrfach versucht, sie zu erreichen. Vergeblich. Sollte sich die Kripo um sie kümmern. Er würde heute endlich sein neues Mountainbike ausprobieren. Das Wetter hätte nicht traumhafter sein können.

Er brühte sich eine Tasse grünen Tee auf und aß eine Schale Müsli. Dann schlüpfte er in Radlershorts, zog ein Transtex-Shirt über, packte den Helm und startete durch.

Das nagelneue Rad musste zuerst eingefahren werden. Dafür hatte Robert sich eine leichte, kurze Tour vorgenommen: den Weg über die Hungerburg zur Arzler Alm.

Schon in der Höttinger Gasse freute er sich über seinen Kauf. Die Gangschaltung funktionierte tadellos. Das Mountainbike bewältigte die Steigung mühelos, er kam nicht einmal ins Schwitzen. Die lang gezogenen Serpentinen der Höhenstraße waren ohnehin keine große Herausforderung. Er fuhr schneller und freute sich wie ein Kind, als er drei andere Biker überholte. Natürlich würde sich erst bei der Abfahrt von der Alm erweisen, ob das Mountainbike sein Geld wert war, wenn die teure Federgabel die Schlaglöcher des Schotterwegs abfangen musste und die Scheibenbremsen gefordert wurden. Bis jetzt war er mehr als zufrieden.

Kurz bevor er das Siedlungsgebiet Hungerburg erreichte, sah er eine zierliche Gestalt, die eben das Gelände des Supermarkts verließ und die Höhenstraße überquerte. Weißblonde Zöpfe leuchteten im Sonnenlicht. Die Pianistin. Sie schleppte zwei volle Plastiktüten.

Robert bremste.

»Hallo, Frau Kindler! Sie sollen doch nicht so schwer tragen mit Ihrer Verletzung.«

Sie fuhr herum und sah ihn erschrocken an. Dann erkannte sie ihn und lächelte. »Oh, der Herr Doktor! Was für eine Überraschung!«

»Haben Sie es noch weit?«

»Nein, gar nicht. Ich wohne gegenüber vom Feuerwehrhaus.«

»Na prima. Das liegt genau auf meinem Weg«, log Robert. »Geben Sie mir Ihre Tüten, ich helfe Ihnen.«

Sie protestierte nur schwach und ließ schließlich zu, dass Robert die Einkaufstüten an den Lenker hängte.

»Danke, das ist wirklich sehr aufmerksam von Ihnen.«

»Nicht der Rede wert. Ich will ja bald wieder in den Genuss Ihres Klavierspiels kommen.«

Robert schob sein Mountainbike. Eine Weile gingen sie stumm nebeneinanderher.

»Hat Ihr Hausarzt die Wunde eigentlich schon kontrolliert?«

»Ähm, ja.« Zarte Röte überzog ihre Wangen.

Robert grinste. »Sie schwindeln. Sonst hätte er den Verband erneuert. Wie ich sehe, ist es noch der alte.«

Ihre großen blauen Augen starrten ihn an. Einen Moment dachte er, sie würde wütend werden. Dann lächelte sie wieder. Ein bezauberndes Lächeln.

»Sie haben recht. Ich habe geschwindelt. Mein Hausarzt ist zurzeit auf Urlaub, ich muss mir erst einen Ersatz in der Nähe suchen.«

Inzwischen hatten sie das Feuerwehrhaus erreicht.

»Hier ist es«, sagte Mette Kindler und deutete auf eine Villa, deren Fassade von dunkelgrünem Efeu überwuchert wurde. Der verwilderte Garten schien um das Haus herumzuwachsen, als wollte er es verspeisen.

»Wohnen Sie etwa ganz allein hier?«

»Das Haus gehört meiner Tante. Sie ist leider kränklich und geht nicht mehr gern vor die Tür.«

Robert lehnte sein Rad an die Hausmauer und nahm die beiden Tüten. Das Mädchen wollte sie ihm abnehmen.

»Haben Sie zufällig Verbandsmaterial zu Hause?«, fragte er.

»Haufenweise.«

»Ich mache Ihnen einen Vorschlag. Ich komme kurz mit rein, sehe mir die Wunde an und wechsle den Verband. Dann sind Sie mich los.«

Sie zögerte einen Moment, zog die Brauen zusammen, als müsste sie nachdenken. »Einverstanden«, sagte sie schließlich.

Von innen wirkte das Haus dumpf und muffig. Beengend. Zu viele alte Möbel standen herum, zu wenig Licht fiel durch die winzigen Fenster.

»Wohin kommen die Tüten?«

»In die Küche, die ist im ersten Stock.« Sie ließ ihm den Vortritt.

»Was fehlt Ihrer Tante eigentlich?«

Die alte Holztreppe ächzte unter Roberts Gewicht.

»Sie hatte einen leichten Schlaganfall und leidet an chronischer Arthritis.«

»Wenn Sie wollen, kann ich ja anschließend nach ihr sehen.« Ein Luftzug wehte süßen Blumenduft in seine Nase. Verfaulten Blumenduft, korrigierte Robert sich. »Sagen Sie, wonach riecht es hier?«

»Sind Sie immer so neugierig?«

»Wer nicht neugierig ist, erfährt nichts. Das hat schon der alte Goethe gesagt.«

»Neugier tötet die Katze, sagt ein altes Sprichwort.« Mette Kindler lachte glockenhell auf, während sie die Küchentür aufstieß.

***

In der ersten Nacht in Freiheit hatte Vera geschlafen wie ein Murmeltier.

Sie duschte, trank den üblichen Morgenespresso und überlegte, was sie machen sollte.

Auf alle Fälle würde sie sich einen neuen Job suchen. Und sie musste Joyce anrufen, um die Gesangsstunde abzusagen. Sie hatte nichts geübt und wollte ihre fabelhafte Lehrerin nicht enttäuschen. Dafür nahm sie sich vor, die Lieder zu üben.

Eigentlich könntest du die Zelte abbrechen und nach München zurückgehen. Sofronsky war tot, ihre Mission zu Ende. Komischerweise hatte sie noch keine Sekunde daran gedacht. Das Medizinstudium war abgehakt. Sie wollte Sängerin werden, mit jeder Faser ihres Körpers.

Aber bevor sie sich um Job und Studium kümmerte, wollte sie sich ein neues Paar Schuhe kaufen. Das musste sein. Natürlich konnte sie es sich überhaupt nicht leisten. Es war schlichtweg Wahnsinn.

Und wenn schon!

Vorfreude ließ ihre Fingerspitzen kribbeln, als sie wenig später den Burggraben entlangschlenderte und die Auslage einer Schuhboutique inspizierte. Ein Paar Pumps aus magentafarbenem Veloursleder stach ihr ins Auge.

Sie wollte gerade das Geschäft betreten, als sie erstarrte. An der Eingangstür prangte ein Plakat. Eine Konzertankündigung.

Musiker des Innsbrucker Symphonieorchesters spielten Werke von Wolfgang Rihm, Helmut Lachenmann und John Cage. Auf dem Plakat war eine Partitur abgebildet. Eine Art Koordinatensystem, in dem sich Punkte, Kästchen und Wellenlinien tummelten. Diese oder eine ähnliche Partitur hatte sie schon einmal gesehen, in der Biographie von John Cage. Aber was ihr das Blut in den Adern gefrieren ließ, war ein anderer Zusammenhang, der ihr schlagartig klar wurde und eine ganze Batterie von Lichtern in ihrem Hirn zum Blinken brachte.

Unmöglich. Vollkommen verrückt.

War sie im Gefängnis paranoid geworden?

Und wenn doch etwas dran ist?

Sie musste Heisenberg anrufen.

In einer Tasche ihrer Jeans fand sie seine Visitenkarte. Hastig tippte sie die Nummer in ihr Handy.

»Landeskriminalamt, Linda Strillinger.«

»Ich möchte Herrn Heisenberg sprechen. Es ist wichtig!«

»Der Chef ist unterwegs.«

»Es geht um die Mordserie.«

»Tut mir leid, im Moment ist die gesamte Abteilung unterwegs. Kann ich was ausrichten? Wie ist Ihr Name?«

»Scheiße!« Vera beendete das Gespräch.

Sie wählte die zweite Nummer, die auf der Karte stand. Vermutlich Heisenbergs Mobiltelefon.

Es läutete dreimal, dann brach die Verbindung ab.

»Verdammt!« Der Mistkerl hatte aufgelegt. Von wegen »Rufen Sie mich jederzeit an«.

Eine Stimme in ihrem Kopf sagte: »Lass es. Misch dich nicht ein. Das hat dir schon genug Ärger gebracht.«

Aber da war noch eine andere Stimme, eine lautere. »Willst du den Kopf in den Sand stecken wie deine Mutter? Die unangenehmen Dinge einfach aussparen, als ob sie dann aufhören würden zu existieren?«

Sie musste Gewissheit haben. Sie lief zum Taxistandplatz am Marktgraben. Kein Taxi weit und breit.

Sie überquerte die Straße und ging vor bis zum Kongresshaus. Dort stand ein weißer Mercedes mit einem Taxischild. Sie rannte los. Als sie die Hand hob, um dem Fahrer zuzuwinken, fuhr er ihr vor der Nase davon.

***

Heisenberg mühte sich die letzten Stufen hinauf. Er keuchte. Höchste Zeit, dass er abdankte. Dieser Beruf war nichts für alte Männer mit Übergewicht. In seinem Mund sammelte sich bitterer Speichel. Er schluckte, atmete tief durch. Dann nickte er Wurz zu.

Der klingelte und presste sein Ohr gegen die Tür. »Ich höre nichts, Chef.«

In dem Moment piepte Heisenbergs Handy los. Auch das noch. Umständlich fummelte er es aus seiner Brusttasche, drückte den Anruf weg und schaltete es aus.

Wurz hämmerte gegen die Tür. »Aufmachen, Kriminalpolizei!«, brüllte er.

Keine Reaktion.

Nur die Tür der Nachbarin öffnete sich. »Ist was passiert?«, fragte eine alte Frau. »Sind Sie von der Polizei?«

»Kripo.« Heisenberg deutete auf seine Dienstmarke. »Es ist alles in Ordnung. Und jetzt schaun S', dass Sie in Ihre Wohnung kommen.« Die Tür wurde bis auf einen Spalt zugezogen.

Heisenberg drehte sich zu Mitterhofer um. »Rufen S' den Schlüsseldienst.«

Mitterhofer schlenkerte mit seinen Armen. »Aber wir haben doch keine richterliche Genehmigung.«

»Schmarrn. Gefahr im Verzug.«

»Brauchen Sie vielleicht das da?«, fragte die alte Frau. Sie streckte ihre faltige Hand aus dem Türspalt. An ihrem Zeigefinger baumelte ein Schlüssel an einem Ring.

Heisenberg nahm den Schlüssel an sich und steckte ihn ins Schloss. Dann zog er die Dienstwaffe und entsicherte sie. Wurz und Mitterhofer hielten ihre Glock schon in der Hand. Heisenbergs Herz setzte einen Schlag aus, um sogleich mit erhöhter Frequenz weiterzuschlagen. »Bereit«, sagte er.

Er drehte den Schlüssel um und stieß die Tür auf; blickte

nach links, lugte blitzschnell hinter die Tür und betrat die Wohnung. Wurz und Mitterhofer folgten ihm.

Während Mitterhofer Deckung gab, schaute Wurz in das hinterste Zimmer. Heisenberg nahm sich den nächsten Raum vor. Er war leer. Eine Staffelei lag zerbrochen am Boden, das Bett war zerwühlt. Überall zerbrochene Flaschen. Glasscherben am Boden verteilt.

Die Tür der Küche stand sperrangelweit offen. Auch hier war niemand. Berge von Geschirr türmten sich. Essensreste. Es roch nach Schimmel.

»Auf geht's«, murmelte Heisenberg und öffnete die letzte Tür. Beigefarbener Fliesenboden. Eine Badewanne voll Wasser, aber das Wasser war rot. Hellrot wie Himbeersaft.

Und im Himbeersaft trieb ein lebloser Körper.

Mit Wurz zusammen hob er die Nemetz heraus.

»Rettung verständigen, los, Mitterhofer!«, bellte er. Dann spulte etwas in ihm die vor Langem erlernten Handgriffe ab, von denen er nicht mehr geglaubt hätte, dass er sie noch kannte.

Er riss das nächste Handtuch vom Halter und presste es auf den klaffenden Schnitt am Unterarm der Nemetz.

»Gürtel, Wurz!«, brüllte er. Der riss eine Frotteekordel aus dem Bademantel, der an der Wand hing. Während Heisenberg seine Rechte auf das Handtuch presste, fixierte Wurz die Kordel um den improvisierten Druckverband.

Heisenberg kniete schon über der Nemetz. Der metallische Geruch drehte ihm fast den Magen um. Aber er schluckte die Übelkeit hinunter und drückte dreißigmal seine Handballen gegen ihr Brustbein. Dann überstreckte er ihren Kopf, hielt ihre Nase zu und blies zweimal Luft in ihren Mund. Und wieder pumpte er. Und blies. Er fiel in eine Art Trance. Wie aus der Ferne hörte er Wurz sagen: »Tabletten hat sie auch geschluckt. Und eine Flasche Whiskey. Kombinierter Selbstmordversuch. Das entspricht wohl einem Geständnis, Chef. Oder?«

Da war es wieder. Das Oder. Heisenberg bearbeitete den Brustkorb der Selbstmörderin, bis ihm fast die Arme abfielen. Er blies seinen Atem in ihren Mund, bis er Sterne vor den Augen sah.

Bis ihm der Notarzt auf die Schulter klopfte.

Endlich.

»Bringt ihr sie durch?«, fragte Heisenberg atemlos. Er brauchte die Nemetz lebend. Für ein Geständnis. Unbedingt.

Nach wenigen Augenblicken schüttelte der Arzt den Kopf. »Aussichtslos. Exitus.«

ZWANZIG

Ich schenke meinem Gast eine Tasse Tee ein. Während er sie zum Mund führt, krame ich im Rucksack, den ich vorhin aus den Praxisräumen geholt habe; in dem schon alles bereitliegt für den nächsten Einsatz. Was für ein Glück, dass ich vorausschauend veranlagt bin.

Er denkt, ich suche nach Keksen. Dabei habe ich bereits die Betäubungsspritze in der Hand. Als er zum zweiten Mal trinkt, wirble ich herum und injiziere das Narkotikum in seinen Oberschenkel.

Eins. Er spuckt den Tee aus. Reißt die Augen auf.

Zwei. Die Tasse zerschellt auf dem Boden, der restliche Tee spritzt in alle Richtungen.

Fünf. Er öffnet den Mund, um etwas zu sagen, das für immer ungesagt bleiben muss.

Neun. Seine Muskulatur erschlafft. Er kippt vornüber und bleibt freundlicherweise mit dem Oberkörper auf der Tischplatte liegen.

Ich schneide ihm die Kleider vom Leib. Halb schiebe, halb ziehe ich ihn auf den Küchentisch. Meine Verletzung behindert mich, aber ich beiße die Zähne zusammen.

Das Umdrehen spare ich mir. Ich werde meine Kunst in seinen Rücken stechen. Er hat einen wunderbaren Rücken, makellos reine Haut ohne Unebenheiten. Zärtlich creme ich sie mit Vaseline ein.

Die Vorbereitungen laufen wie am Schnürchen. Bald surrt das Tätowiergerät sein eintöniges Lied, und ich fühle mich wie Zarathustra, der gottlose. Ich lasse die Nadeln über die Haut tanzen. Mir ist selbst nach Tanzen und Singen:

»Es trägt mich dahin, meine Seele tanzt. Tagewerk! Tagewerk! Wer soll der Erde Herr sein? Der Mond ist kühl, der Wind schweigt. Ach! Ach! Flogt ihr schon hoch genug? …«

Die Türglocke unterbricht meinen Gesang. Noch ein Überraschungsgast? Heute muss mein Glückstag sein.

»… – es brummt die Glocke, es schnarrt noch das Herz, es gräbt noch der Holzwurm, der Herzenswurm. Ach! Ach! Die Welt ist tief!«

EINUNDZWANZIG

Atemlos blieb Vera stehen. Als sie dem wegfahrenden Taxi nachsah, schoben sich grünlich-weiße Glasziegel wie eine Gletscherzunge in ihr Gesichtsfeld.

Natürlich, die Hungerburgbahn! Der Stolz der Bürgermeisterin, wie Anna ihr erklärt hatte. Geschaffen von der irakischen Stararchitektin Zaha Hadid, die schon die Bergisel-Schanze gebaut hatte. Die beiden Bauwerke sollten Innsbruck in den Rang einer Weltstadt katapultieren.

Hauptsache, die Bahn katapultiert mich auf die Hungerburg.

Vera raste los. Polternd lief sie die Rolltreppe nach unten. Die Bahn stand schon bereit. Vor der Kasse hatte sich eine Schlange gebildet, aber der Fahrkartenautomat war frei. Vera hackte wie wild auf die Tasten ein, fummelte ihre EC-Karte aus der Hosentasche und gab den Code ein. Endlich hielt sie die Fahrkarte in der Hand. Sie umrundete trödelnde Touristen, rannte fast ein Kind um, brachte das Drehkreuz hinter sich und hechtete in den nächstbesten Waggon. Wenige Augenblicke später piepste es zweimal, die Türen schlossen sich. Die Bahn fuhr an. Zunächst verlief die Strecke unterirdisch, dann ging es steil bergauf zur Station Alpenzoo. Vera versuchte erneut, Heisenberg zu erreichen, aber der hatte sein Handy ausgeschaltet. Sie hinterließ eine Nachricht.

»Mir ist eingefallen, woran mich die Tätowierungen erinnert haben. An eine graphische Partitur. Konkret an eine Komposition von Mette Kindler, einer Schülerin von Sofronsky. Ich bin gerade unterwegs zu ihr. Sie wohnt auf der Hungerburg, in der alten Villa gegenüber der Feuerwehr.«

Die Tatsache, dass der Oberbulle jetzt wusste, wo sie hinging, gab Vera ein gutes Gefühl.

Von der Bergstation der Hungerburgbahn waren es nur etwa hundert Meter bis zum Haus von Mettes Tante. Auf der Suche nach einer schönen Joggingstrecke war Vera einmal hier gewesen. Damals hatte sie das Haus nach Mettes Beschreibung sofort erkannt: eine idyllische Villa inmitten von üppigem Grün, genau gegenüber der Feuerwehr. Heute kam es ihr eher wie ein verwunschenes Hexenhaus vor. Mit gemischten Gefühlen öffnete sie die Gartentür.

Ein nagelneues Mountainbike lehnte an der Hausmauer. »Dr. med. vet. Jakob Pribil«, stand auf einem Messingschild neben der Haustür. Das musste der verstorbene Mann von Mettes Tante sein.

Vera klingelte.

Sie hatte sich schon überlegt, was sie sagen wollte. Sie würde Mette um Verzeihung bitten, dass sie in der »Kunstpause« so abweisend gewesen war. Würde sich unauffällig zum Kaffee einladen und dann so harmlos wie möglich nach Mettes Kompositionen fragen, sich eine Partitur zeigen lassen. Und Mette in ein Gespräch verwickeln, bis hoffentlich die Kripo auftauchte.

Noch einmal betätigte sie den Klingelknopf. Nichts. Nach einiger Zeit drückte sie die Klinke hinunter. Die Tür sprang auf.

Es dauerte einige Augenblicke, bis ihre Augen sich an das Dämmerlicht im Haus gewöhnt hatten.

Niemand war zu sehen. Sie schlich weiter, den Flur entlang.

Aus dem Augenwinkel nahm sie eine Bewegung wahr; fuhr panisch herum. Als sie ihr eigenes Gesicht im Garderobenspiegel erkannte, musste sie sich das Lachen verbeißen.

Was sollte sie tun? Warten, bis Mette oder ihre Tante auftauchte? Oder still und heimlich jedes einzelne Zimmer durchsuchen?

Vera beschloss, mit dem Durchsuchen anzufangen, und entschied sich für die erste Zimmertür zu ihrer Linken. Beherzt wollte sie sie öffnen, als ein leises Scharren an ihr Ohr drang. Die Härchen an ihren Armen sträubten sich.

Das Geräusch war aus dem oberen Stockwerk gekommen.

Eine Stimme in ihrem Kopf sagte: *Nein!*

Doch irgendetwas trieb sie weiter, unerbittlich.

Stufe für Stufe schlich Vera hinauf. Die vorletzte Stufe knarrte, in Veras Ohren klang es wie ein Flugzeugabsturz. Wieder hörte sie ein Geräusch. Ein Schaben diesmal. Wie ferngesteuert ging sie auf den Raum zu, dessen Tür nur angelehnt war. Dahinter brannte Licht.

Als sie der Tür einen Stoß versetzte, nahm sie drei Dinge gleichzeitig wahr.

Erstens, sie befand sich in einer Küche mit einem alten Herd und gusseisernen Pfannen an der Wand.

Zweitens, auf dem Küchentisch lag ein nackter Mann, dessen Rücken blutverschmiert war.

Drittens, der Mann war Robert. Sie erkannte ihn an seinen Kleinmädchenfüßen und den sternförmigen Narben am Unterschenkel.

Ihr Herz begann zu rasen.

»Robert!«

Er reagierte nicht. Entsetzt starrte sie auf die frische Tätowierung. Nach einer Schreckenssekunde tat ihr Hirn wieder seinen Dienst. Vera hielt ihre Uhr an seinen Mund. Das Uhrglas beschlug, also atmete er.

Hol Hilfe. Nimm dein Handy.

Sie fischte es aus der Hosentasche und tippte die Nummer des Notrufs ein.

Plötzlich spürte sie einen Luftzug; wirbelte herum; sah die offene Schranktür; ein Gesicht, zu einer Maske verzerrt; eine Bratpfanne, die auf sie zu schwang.

Ihre Abwehrbewegung kam zu spät.

Weißes Licht explodierte in ihrem Kopf. Den blechernen Schlag hörte sie nicht mehr.

Das Erste, was sie fühlte, war Schmerz. Dumpfen, drückenden Schmerz. Als hätte jemand ihre Hirnschale mit Beton ausgegossen.

Übelkeit stieg auf, blieb als galliger Geschmack auf ihrer Zunge kleben. Vera schluckte. Langsam ebbte der Brechreiz ab.

Sie hörte Geräusche, einen leisen Singsang, ein monotones Surren.

Ihre Handgelenke brannten. Ihr wurde bewusst, dass sie auf einem Stuhl saß und ihre Hände einzeln an die Rückenlehne gefesselt waren, mit Bändern, die sich hart anfühlten; wie Kunststoff.

Kabelbinder.

Einen Herzschlag später fiel ihr alles wieder ein.

Sie öffnete die Augen. Sah nur Schlieren und schwarze Punkte. Blinzelte.

Als es ihr gelang, das Bild scharf zu stellen, grinste Mettes bleiche Fratze sie an.

»Wie schön, dass du wach bist, Vera! Du kannst mir beim Komponieren zusehen. Dies wird mein Opus vier. Genau genommen Opus fünf, aber das erste gilt nicht, das habe ich verdorben.«

Vera schluckte. Das bedeutete, dass es bereits vier Todesopfer gab. Robert wäre das fünfte.

»Der Auserwählte, der durch meine Kunst in die Geschichte eingehen wird, ist Dr. Nemetz, ein sehr guter Arzt. Er hat meinen Finger zusammengeflickt.« Mit einem Wattetupfer säuberte Mette Roberts Haut von Blut und überschüssiger Farbe. »Aber ihr scheint euch ja zu kennen. Da freut es dich bestimmt, dass ich dich für den letzten Satz meiner Hautsonate ausgesucht habe.«

Sie ist vollkommen irrsinnig. Warum habe ich das nicht früher bemerkt?

Roberts Schulter zuckte. Ein lang gezogenes Stöhnen ließ Vera frösteln. Wie lange würde er wohl noch durchhalten? Mette griff zu einer Spritze und jagte sie ihm in den Schenkel.

Nach einiger Zeit hörten Roberts Zuckungen auf. Er lag so still wie zuvor.

Möglichst unauffällig versuchte Vera, an ihren Fesseln zu rütteln. Die Kabelbinder gaben nicht nach, aber sie waren nicht sehr eng zusammengezogen. Es gab einen Spielraum. Offensichtlich hatte Mette sie in der Eile nicht fest genug gezurrt.

Ich muss die Verrückte ablenken. Zeit gewinnen.

»Warum tust du das?«

»Warum? Ein Genie fragt nicht nach dem Warum. Es tut, was es tun muss. Glaubst du, ein Leonardo, ein Shakespeare, ein Mozart haben sich um irgendwelche Warums gekümmert?

Glaubst du, ein Wagner, ein Nietzsche, ein Einstein haben sich von Traditionen, Regeln oder Gesetzen aufhalten lassen? Man muss Grenzen überschreiten, um über das Mittelmaß hinauszugelangen.«

Die Tatsache, dass ihre Füße nicht gefesselt waren, gab Vera Hoffnung. Sie musste versuchen, ihre Hand so schmal zu machen, dass sie aus dem Plastikring schlüpfen konnte. Zuerst rechts. »Sind das deine Vorbilder? Wagner und Nietzsche? Sie waren zwar Genies auf ihrem Gebiet, aber menschlich eher unbegabt. Wagner hat seine Mitmenschen in den Wahnsinn getrieben, Nietzsche sich selbst. Dennoch haben sie niemanden umgebracht, soviel ich weiß.« Vera legte alle Finger ihrer Rechten so eng wie möglich aneinander, den Daumen klappte sie ein. Dann drehte sie das Handgelenk. Millimeter für Millimeter schabte die Fessel über die Haut. An den Fingergrundgelenken war Veras Hand am breitesten, dort ging nichts mehr.

»Was ist schon dabei? Was ist so ein kleines, unbedeutendes Menschenleben wert im Vergleich zu einem unsterblichen Kunstwerk? Der Tod ist nur ein Übergang. Eine Metamorphose. Eine Raupe verpuppt sich und wird zum Schmetterling. Ein Mensch verlässt seine sterbliche Hülle und wird Teil eines unsterblichen Gesamtkunstwerks.«

»Du hältst dich also für ein Genie? Für eine große Künstlerin, der alles erlaubt ist?« Vera drehte und zerrte, bis die Haut aufplatzte. Es brannte höllisch. Warme Flüssigkeit rieselte über die Finger. Ihr eigenes Blut. Es machte die Sache geschmeidiger. Sie durfte nur nicht warten, bis die Hand anschwoll und dicker wurde. »Ich sage dir, was du bist: ein Tier. Nein, weniger als das. Tiere töten, weil sie Hunger haben. Du bist nur eine Sadistin. Eine Wahnsinnige.«

Vera biss die Zähne zusammen. Sie konnte nur hoffen, dass man ihrem Gesicht die Anstrengung nicht ansah. Unter Aufbietung ihrer ganzen Willenskraft gelang es ihr, aus dem Kunststoffring zu schlüpfen. Fast hätte sie sich verraten und ihr rechter Arm wäre im Schwung seiner plötzlich gewonnenen Freiheit nach vorn gependelt. Im letzten Moment konnte sie die Stuhllehne ergreifen und ihre Position beibehalten.

Mettes Augen waren auf Roberts Rücken gerichtet, sie hatte nichts bemerkt.

»Die meisten Menschen sind vollkommen verweichlicht. Sie fürchten den Tod und die Schmerzen, die damit einhergehen. Doch Kunst – wahre Kunst – ist seit jeher mit Schmerz und Leid verbunden«, sagte Mette.

Nun die linke Hand. Millimeter für Millimeter drehte Vera sie aus ihrer Fessel. »Da musst du etwas falsch verstanden haben. Wenn Kunst mit Leiden verknüpft ist, dann mit dem Leiden der Künstler. Chopin litt an Heimweh, Tuberkulose und tausend Ängsten, Schubert an Armut und Syphilis. Und Beethoven musste gegen seine fortschreitende Taubheit ankämpfen. An diesen Schmerzen und Entbehrungen sind sie menschlich gereift, das ist in ihre Werke eingeflossen.« Ihr Daumen verkrampfte sich. Sie musste locker bleiben. »Was du hier machst, ist einfach krank. Es ist ebenso wenig Kunst, wie wenn ein Kind einer Fliege die Beine ausreißt.«

»Erinnerst du dich an die Zugabe, die ich bei meinem Klavierabend gespielt habe? Das war mein erster Versuch. Ich habe diese Komposition in den Körper meiner Tante geritzt. Du warst davon begeistert, Vera. Glaubst du, sie wäre halb so inspiriert ausgefallen, hätte ich sie auf Papier geschrieben? Und dabei halte ich dieses Werk für verpatzt. Denn meine Tante war alt und faltig. Und sie war schon tot, als ich sie beschriftet habe.« Sie leckte sich die Lippen. »Erst mit Briguglia habe ich meine Gesellenprüfung abgelegt, mit Sofronsky Meisterschaft erreicht. Und mit meiner Mutter bin ich noch einen Schritt weitergegangen auf dem Weg zur Perfektion.«

Vera hatte es fast geschafft. Ein paar Millimeter noch, dann war die dickste Stelle ihrer Linken hindurch.

Frag weiter, lenk sie ab.

»Warum Luca? Du kanntest ihn doch kaum.«

»Als ich ihn nach meinem Konzert sah, wusste ich: Der ist es. Ich habe mich in seine Haut verguckt, wenn du so willst. Diese makellose olivfarbene Haut. Sie hat mich inspiriert.«

Mette blickte schwärmerisch durch Vera hindurch. »Sofronskys Haut war lange nicht so schön. Aber er war das perfekte

Opfer. Ich habe ihn angerufen und gesagt, ich hätte mich in ihn verliebt und könnte nicht mehr schlafen vor Sehnsucht.« Sie lachte hysterisch auf. »Er war sofort bereit, sich mit mir zu treffen. Du hättest die Geilheit in seinen Augen sehen sollen.« Sie schnaubte. »Letztlich habe ich ihn vom Diktat seines Körpers erlöst.«

Ein letzter Ruck und Veras Linke war frei. Sie bewegte die Finger, ballte die Fäuste; holte tief Luft und atmete in den Schmerz der brennenden Handgelenke hinein.

»Und warum Robert?«

»Er ist mir zufällig über den Weg gelaufen. Musste unbedingt den Hilfsbereiten spielen. Hat mir wie ein Kavalier der alten Schule die Tasche nach Hause getragen. Kavaliere haben etwas Schmieriges an sich, findest du nicht?« Mette beugte sich wieder über Roberts Rücken. »Dann war er zu neugierig. Wie meine Mutter, die auch plötzlich aus Wien angereist ist, unangekündigt, und tausend Fragen gestellt hat. Er hat sich über den Geruch gewundert und sich nach meiner Tante erkundigt.« Sie setzte das Tätowiergerät an und arbeitete weiter.

Jetzt.

Vera sprang auf. Es schwindelte sie, aber sie rang das Schwächegefühl nieder.

Mette schrie. Das Tätowiergerät fiel zu Boden; stattdessen packte sie das Skalpell und kam auf Vera zu.

Messerabwehr. Du kannst es!

Wie in Zeitlupe sah Vera das Skalpell auf ihren Bauch zufliegen.

Verdammt, das war scharfer Stahl und kein Farbstift! Sie versuchte, Mettes Arm zu packen und mit Gewalt nach unten zu drücken.

Vera unterschätzte die zierliche Sechzehnjährige, der der Wahnsinn und die Wut beachtliche Stärke verliehen. Es gelang dem Mädchen, den Arm zu befreien. Die Klinge des Skalpells pflügte durch Veras Handfläche.

Erstaunlicherweise spürte sie keinen Schmerz. Nur Zorn.

Sie wich zurück. Plötzlich hörte sie Jochens Stimme in ihrem Kopf.

»Nicht mit Kraft«, sagte die Stimme. »Gib nach.«

Ohne zu blinzeln, fixierte sie Mettes Augen. Wartete auf den Moment, in dem die Pupillen sich um eine Winzigkeit zusammenzogen.

Jetzt.

Wieder schnellte der Arm mit dem Skalpell vor. Mit einer geschmeidigen Wendung wich Vera aus und drehte sich zur Seite.

Der Stich ging ins Leere, gefolgt von einem wütenden Aufschrei.

Außer dem Schrei vernahm Vera ein weiteres Geräusch, doch es drang nicht in ihr Bewusstsein, da der Kampf ihre volle Konzentration forderte. Mit einem Ausfallschritt gelangte sie in Mettes Rücken und trat gegen ihre Fersen.

Mette stürzte. Das Skalpell fiel klappernd zu Boden. Sofort kickte Vera danach. Es schlitterte über das Linoleum und verschwand unter dem Herd.

Dann warf sie sich auf das Mädchen und drückte es mit ihrem ganzen Gewicht nieder. Während sie noch überlegte, womit sie Mette fesseln sollte, schwamm das Geräusch, das sie in ihrem Unterbewusstsein gehört hatte, an die Oberfläche.

Es waren zwei Töne, die sich wiederholten und lauter wurden. Eine Quart. Das schönste Intervall, das sie sich im Moment vorstellen konnte.

Endlich. Die Bullen kommen.

Mit der Erleichterung kam auch der Schmerz. Veras aufgescheuerte Handgelenke brannten, die zerschnittene Handfläche pulsierte. Mette wehrte sich. Sie biss und kratzte. Lange würde Vera die Tobende nicht halten können.

Sie schrie um Hilfe.

Als sie Männerstimmen und Getrampel auf der Treppe hörte, atmete sie auf. In dem Moment hieb Mette ihr den Ellbogen in die Seite.

Übelkeit stieg in Vera auf. Sie würgte.

Schon hatte Mette sich frei gestrampelt; humpelte zum Tisch zurück. Als Vera ihren Schwindel überwunden hatte, sah sie das Skalpell in Mettes Hand aufblitzen.

Verdammter Mist. Sie hat ein zweites.

Im selben Moment flog die Tür auf. Wurz stürmte herein, eine Pistole im Anschlag.

Mette starrte ihn an. In ihren Zügen lag nichts Menschliches mehr. Nur Wahnsinn und Raserei.

»Waffe fallen lassen! Hände hoch!«, bellte Heisenberg, der unmittelbar hinter Wurz aufgetaucht war.

Mette ignorierte ihn. Mit einem Aufschrei warf sie sich Wurz entgegen, das Skalpell in der Faust.

»Schieß!«, brüllte Heisenberg.

Doch Wurz zauderte. Vera sah die Panik in seinen Augen. Die Waffe in seiner Hand zitterte.

Mettes Arm holte zum Stich aus. Da krachte ein Schuss und fegte sie von den Füßen.

Wimmernd lag sie am Boden, die Hände auf ihre Knie gepresst.

Heisenberg nahm das Skalpell an sich. Dann erst steckte er seine Waffe weg. Zwei uniformierte Beamte sprangen herbei und legten Mette Handschellen an.

Etwas klapperte. Erst nach einer Weile bemerkte Vera, dass es ihre Zähne waren, die aufeinanderschlugen. Mit einem Mal fiel die Anspannung von ihr ab. Sie fühlte sich unsagbar elend und erleichtert zugleich.

***

Heisenberg sog an seiner Zigarette, inhalierte den Rauch, hustete und drückte den Glimmstängel angewidert aus. Nicht einmal das Rauchen konnte die Übelkeit vertreiben, die sich in seinem Magen breitgemacht hatte, seit er die Waschküche des Mörderhauses betreten hatte.

Der Fäulnisgeruch hätte eigentlich schon genügt, um ihm wochenlang den Appetit zu verderben. Der Anblick der beiden Frauenköpfe in den großen Einweckgläsern und der drei Gläser mit der Aufschrift »Delikatessgurken«, die jeweils Briguglias Augäpfel, Sofronskys Penis und den Nabel von Mettes Mutter enthielten, hatte ein Übriges getan. Als ein junger Kollege von der Spusi dann den halb angeschimmelten, madenzerfressenen Torso von Mettes Tante im Schrank neben der Waschmaschine fand, nahm Heisenberg Reißaus. Mit Müh und Not erreichte er den Garten und übergab sich in einen Rhododendronbusch. Die Übelkeit und die scheußlichen Bilder in seinem Kopf war er den ganzen restlichen Tag nicht losgeworden.

Das hat sein müssen, dass ich das in meiner Karriere noch erlebe. Dass jetzt junge Frauen zu Serienmörderinnen werden.

Und noch dazu eine, die anscheinend eine glänzende Karriere als Pianistin vor sich gehabt hätte.

Mit einem tiefen Seufzer beobachtete er eine Fliege, die immer wieder gegen sein Bürofenster stieß.

Es klopfte.

Wurz trat ein. Er war kreidebleich, blieb mitten im Raum stehen und starrte auf seine Schuhspitzen. Wo war sein Siegerlächeln geblieben, verdammt noch mal?

»Ich wollte mich nur bedanken, Chef.«

»Stecken Sie sich den Chef sonst wohin, Wurz. Morgen ist der 1. Juli. Mein Urlaub beginnt und geht nahtlos in die Pension über. Es hat sich ausgecheft. Sie sind doch bestimmt froh darüber, was?«

»Tut mir leid, dass ich das einmal gesagt habe, wirklich.«

»Ach was, ich weiß, dass ich ein Ekelpaket war. Ich hab es nicht anders verdient. Wofür bedanken Sie sich eigentlich?«

»Sie haben mir das Leben gerettet. Wenn Sie nicht geschossen hätten …« Wurz' Kehlkopf hüpfte auf und ab. »Ich … ich konnte einfach nicht abdrücken. Hab versagt. Hätte mich von der Verrückten abstechen lassen wie eine Sau.«

»Schießhemmung. Das kann jedem passieren.« Heisenberg deutete auf einen Stuhl, während er sich die nächste Zigarette drehte.

Zögernd kam Wurz näher und setzte sich. »Hätten Sie vielleicht auch eine für mich?«, fragte er mit Blick auf Heisenbergs Tschik.

»Nein. Fangen S' gar nicht erst an mit dem Rauchen. Und bittschön schauen S' nicht so trübsinnig, das steht Ihnen nicht.«

»Ich werde den Bericht fertig schreiben, und anschließend reiche ich die Kündigung ein.«

Heisenbergs Unterkiefer klappte nach unten. »Sind Sie vollkommen wahnsinnig? Was fällt Ihnen ein?«

Wurz riss die Augen auf. »Aber …«

»Kein Aber. Sie sind der beste Kriminalbeamte, mit dem ich je zusammengearbeitet habe. Auch wenn ich das nie gesagt und vermutlich noch weniger gezeigt habe«, brummte er ärgerlich. »Sie haben einen Fehler gemacht. Na und?« Er klopfte im Rhythmus seiner Worte auf den Tisch: »Ich lasse Sie nicht gehen.«

Noch dazu, wo es sich um einen absolut sympathischen Fehler handelte. In Zeiten, in denen schießwütige Kollegen jugendliche Kleinganoven von hinten erschossen und damit die ganze Polizei in Misskredit brachten, war es beruhigend, dass es jemanden gab, der zögerte, bevor er abdrückte. Heisenberg räusperte sich. »Jetzt kennen Sie Ihre Schwäche und können daran arbeiten.«

»Aber …« Wurz' Wangen hatten inzwischen die Farbe überreifer Tomaten angenommen.

Heisenberg blies ihm einen Rauchkringel ins Gesicht. »Kein Aber, hab ich gesagt. Seit Jahren sind Sie auf meinen Posten scharf. Ihre Chancen stehen nicht besonders gut, aber ich werde mich für Sie einsetzen, Wurz. Und ich habe immer noch ein bisschen Einfluss.«

»Aber …«

»Wissen Sie warum? Weil Sie das Zeug dazu haben. Machen Sie sich trotzdem keine falschen Hoffnungen. Versprechen kann ich nichts.« Heisenberg hatte sich gefragt, ob es ihm gelingen würde, die Röte in Wurz' Gesicht noch zu intensivieren. Und es gelang.

»Und jetzt Schluss mit den Schmeicheleien. Reden wir über den Fall. Mit Mette Kindlers Geständnis ist er mehr oder weniger abgeschlossen. Natürlich müssen wir noch die Ergebnisse von Spusi und Gerichtsmedizin abwarten. Aber ich denke, dass die unsere bisherigen Erkenntnisse bestätigen werden.«

»Einiges verstehe ich immer noch nicht, Chef. Warum hat sie das erste Opfer, ihre Tante, zerstückelt, aber den Torso im

Keller versteckt und nur die Extremitäten in den Wald gebracht?«

»Weil sie ihre ersten Kompositionsversuche auf dem Torso der Tante gemacht hat. Bis er halb verwest und nicht mehr zu gebrauchen war. Dann hat sie sich wohl zu sehr geekelt, um ihn noch weiter zu zerteilen und wegzubringen.«

»Hat sie die Tante gehasst?«

»Nein, das ist das Absurde an dem Fall. Ich glaube, sie mochte ihre Tante, die ihr viel mehr Freiheiten gelassen hat als die Mutter in Wien. Sie hat auch Sofronsky geschätzt, ebenso Dr. Nemetz, der ihre Hand verarztet hat. Ihrem kranken Hirn nach hat sie diese Menschen durch ihre Kompositionen ausgezeichnet. Briguglia kannte sie kaum. Gehasst hat sie wohl nur ihre Mutter.«

»Wie passt die dann ins Schema?«

»Erstens musste sie sie töten, als sie plötzlich vor der Tür stand und Fragen stellte. Zweitens hat sie immerhin ein Genie geboren. War also von daher auch ein würdiges Opfer. Mit der eintätowierten Komposition war Mette Kindler offensichtlich so zufrieden, dass sie alle Welt daran teilhaben lassen wollte. Daher hat sie die beiden Koffer bei der Annasäule und beim Goldenen Dachl deponiert.«

»Ja, das ergibt einen Sinn.«

»Haben Sie eigentlich schon die Zeugenaussagen nach dem Fernsehauftritt durchgesehen? Hätte eine davon irgendwie auf Mette Kindler gepasst?«

»Ja, Chef, hab ich.«

Na endlich, dachte Heisenberg. Er strahlt wieder.

»Ein Busfahrer der Linie J hat gemeldet, dass ein etwa dreizehnjähriges Mädchen mit blonden Zöpfen in seinen Bus gestiegen ist, das genau so einen Koffer bei sich hatte, wie er im Fernsehen zu sehen war. Er hat ihr geholfen, ihn einzuladen.«

Heisenberg lächelte. »Ja, sie sieht aus wie dreizehn. Kein Mensch hätte ihr das zugetraut.«

»Ich frage mich nur, woher dieses Gör die medizinischen Kenntnisse hatte«, sagte Wurz.

»Dr. Pribil, der Mann ihrer Tante, hatte eine gut gehende

Tierarztpraxis. Außerdem war er für den Alpenzoo tätig. Er ist vor knapp zwei Jahren gestorben. Die Praxisräume im Erdgeschoss sind voll mit Instrumenten und Medikamenten.«

»Das Betäubungsmittel?«

»Die Hellabrunner Mischung, genau. Und es findet sich massenhaft medizinische Fachliteratur.«

»Kann sich ein Laie aus medizinischen Büchern Wissen aneignen? Wenn ich bloß an die ganzen Fachausdrücke denke …«

»Normale Menschen wie Sie und ich nicht, Wurz. Aber diese Kindler ist hochbegabt. Die hat mit vierzehn schon maturiert.«

Wurz schwieg. Nach einer Weile erhob er sich. »Hat sie eigentlich Verwandte?«

»Den Vater habe ich schon informiert. Er kommt morgen mit dem ersten Flugzeug aus Wien, um seine Exfrau und seine Schwester zu identifizieren. Anschließend werde ich mich mit ihm unterhalten.«

»Aber morgen sind Sie doch schon nicht mehr da.«

»Natürlich bleibe ich so lange, bis der Bericht getippt und der Fall endgültig bei den Akten ist. Nach Spanien komm ich noch früh genug«, brummte Heisenberg. »So, und jetzt machen wir Feierabend, mein Lieber.«

Am nächsten Morgen fühlte er sich beinahe erholt, so gut hatte er geschlafen. Wie ein Baby. Erst die allmorgendlichen Magenkrämpfe, die ihm seit Langem den Wecker ersparten, hatten ihn aus dem Schlaf gerissen.

»Du musst jetzt wirklich zum Arzt gehen«, sagte Thea wieder einmal und sah ihn dabei so besorgt an, dass ihn zusätzlich zum Magen auch noch das schlechte Gewissen zwickte. So hatte er widerwillig seinen Hausarzt angerufen und sich einen Termin für eine Vorsorgeuntersuchung geben lassen.

Jetzt saß er in seinem Büro und schaute in das fassungslose Antlitz Walter Kindlers, des Vaters der Mörderin, und seine Magenschmerzen lebten wieder auf. Kindler war ihm als tougher Geschäftsmann angekündigt worden. Doch der Mann, der ihm gegenübersaß, wirkte gebrochen.

»Herr Kindler, ich kann mir vorstellen, wie Sie sich jetzt

fühlen. Ich werde Sie nicht lange quälen. Nur ein paar Fragen, damit wir den Fall abschließen können.« Heisenberg pausierte. »Haben Sie in letzter Zeit Kontakt zu Ihrer Tochter gehabt?«

Kindler antwortete nicht.

Heisenberg ließ ihm Zeit. In aller Ruhe zog er eine Selbstgedrehte aus seiner Westentasche und steckte sie sich an.

»Darf ich auch rauchen?«

»Freilich. Allen Verboten zum Trotz ist dieses Zimmer eine Insel für uns Diskriminierte.«

Kindler legte eine Packung Marlboro auf den Tisch, klopfte eine Zigarette heraus. Heisenberg gab ihm Feuer. Sie rauchten und schwiegen.

Kindler starrte die Wand an, als suchte er in einer Unregelmäßigkeit der Raufasertapete einen Ansatzpunkt für das erste Wort. »Ich habe meine Tochter seit fast drei Jahren nicht mehr gesehen.«

»Warum nicht?«

»Das ist eine längere Geschichte.« Er schloss die Augen. »Ich habe spät geheiratet, eine viel jüngere Frau. Vor meiner Ehe habe ich mir eine kleine Firma aufgebaut. Vermittlung und Verwaltung von Immobilien. Ich war ziemlich erfolgreich.« Er verzog den Mund. »Sie wissen, was Selbstständigkeit heißt: ständig selbst. Ich habe nicht viel Zeit für die Familie gehabt. Wenn ich heimkam, war ich müde und musste mir das Genörgel und Gejammer meiner Frau anhören. Irgendwann habe ich ihre Pedanterie, ihren Grant und auch ihren Erziehungsstil nicht mehr ausgehalten.«

»Wie hat sie Mette denn erzogen?«

»Für Lappalien hat sie das Kind streng bestraft. Wenn die Kleine sich beim Essen angepatzt hat, bekam sie eins auf die Finger. Da war sie zwei. Sie musste immer sauber und adrett sein, das kleine Schmuckstück meiner Frau. Mit drei Jahren hat Mette mit dem Klavierspiel angefangen. Dummerweise hat sie sich als ausgesprochen talentiert erwiesen. Als meine Frau das merkte, war es ganz aus. Mit vier Jahren musste Mette schon ein bis zwei Stunden am Tag üben. Da war für mich der Ofen aus. Ich habe die Scheidung eingereicht.«

»Haben Sie nicht versucht, es Ihrer Frau auszureden?«

Kindler lachte auf, hart und trocken. »Den Menschen gibt es nicht, von dem Ursula sich etwas hätte ausreden lassen.« Über seiner Nasenwurzel trat eine v-förmige Ader blau hervor. Die einzige Ähnlichkeit, die Heisenberg zwischen Kindler und seiner Tochter feststellen konnte.

»Warum haben Sie nicht das Sorgerecht für Ihr Kind beantragt?«

»Ursula hätte das nie zugelassen. Und welches Gericht spricht ein Kind dem Vater zu, wenn er so wenig Zeit hat wie ich? Ich hätte mich nicht genug um Mette kümmern können.«

»Hm.«

»Das werde ich mir für den Rest meines Lebens vorwerfen«, fügte Kindler leise hinzu, »dass ich es nicht einmal versucht habe. Mein Geschäft war mir wichtiger. Ich habe mich finanziell als großzügig erwiesen und mir eingeredet, damit wäre der Verantwortung Genüge getan.« Er drückte die Zigarette aus und steckte sich sofort eine neue an. »Nach der Scheidung habe ich das Kind alle zwei Wochen gesehen. Als Mette immer mehr üben musste, wurde auch das weniger. Ursula hat ein kleines Wunderkind aus ihr gemacht. Sie ist darin aufgegangen, Mettes Terminkalender zu managen, sie vom Klavierunterricht zum Ballett zu bringen, ihre Hausübungen und das Üben zu überwachen.«

»Haben Sie nicht darauf bestanden, Ihr Kind öfter zu sehen?«

»Anfangs schon. Bis mir eines Tages aufgefallen ist, dass Mette Ursula immer ähnlicher wurde. Damals war sie zwölf. Ein besserwisserisches, altkluges Aufziehpüppchen. Mit allen Charaktereigenschaften ihrer Mutter, die mich im Lauf unserer Ehe so abgestoßen haben. Von da an sahen wir uns kaum noch.«

»Wussten Sie, dass Ihre Tochter Bettnässerin war und von ihrer Mutter dafür in den Keller gesperrt wurde?«

Kindler starrte Heisenberg entgeistert an. »Nein.«

»Wir haben eine Art Tagebuch von Mette gefunden. Sie hat mit Windeln geschlafen. Außerdem litt sie bis vor Kurzem an Nyktophobie.«

»Was heißt das?«

»Sie hatte panische Angst vor der Dunkelheit.«

»Das … das höre ich zum ersten Mal.«

»Mettes Tante wusste davon. Sie hat das Mädchen zu einem Psychiater geschickt, einem gewissen Dr. Czerny.«

»Hat er ihr geholfen?«

»Dr. Czernys Ruf ist … sagen wir, sehr zweifelhaft. Er selbst ist davon überzeugt, er hätte Mette geheilt. Bei ihrer letzten Sitzung hat sie ihm von dem Mord erzählt, in allen Einzelheiten.«

»Mein Gott …«

»Dr. Czerny hielt es für einen symbolischen Mord, eine Art rituellen Befreiungsschlag, der in ihrer Phantasie stattgefunden hat. Er fiel aus allen Wolken, als einer meiner Mitarbeiter ihm gestern versichert hat, dass es der Beginn einer Mordserie war.«

Kindler stützte den Kopf in seine Hände. »Als Mette nach Innsbruck zu meiner Schwester gezogen ist, war ich froh. Ich dachte, jetzt ist sie endlich der Fuchtel ihrer Mutter entronnen und kann anfangen, zu leben. Wenn ich geahnt hätte …« Er sog an seiner dritten Zigarette. »Ich verstehe es trotzdem nicht! Wie wird ein Kind zu einer Mörderin? Auch wenn ihre Mutter zu streng war und ich als Vater nicht vorhanden, so ist sie doch nicht in asozialen Verhältnissen aufgewachsen. Sie hätte so viel aus sich machen können, mit ihrer Intelligenz und ihrem Talent.«

»Was in ihrem Kopf vorgegangen ist, werden wir wohl nie bis ins Letzte verstehen. Auch Psychologen können in niemanden hineinsehen. Aber der Mord an der Tante, aus einem Gefühl panischer Angst heraus, muss wie ein Katalysator gewirkt haben. Als hätte man einen Schalter umgelegt, der alle Hemmungen ausschaltet.« Heisenberg erhob sich und wankte zum Fenster. Er öffnete es, um die Rauchschwaden abziehen zu lassen. »Wie wird man zu einem Serienmörder? Sind es die Gene? Ist es die Erziehung? Ich weiß es nicht, ehrlich gesagt.« Er fing Kindlers Blick ein. »Vielleicht spielen mehrere Faktoren zusammen: die Strafen in der frühen Kindheit, die übertriebenen Erwartungen der Mutter, der Wunderkindstatus, die falsch verstandene Lektüre von Nietzsche und seiner Übermenschtheorie … vielleicht auch eine zwanghaft verleugnete Sexualität, die unter der Oberfläche gebrodelt und sich ein Ventil gesucht hat?« Heisenberg setzte sich wieder hinter seinen Schreibtisch.

»Was geschieht jetzt mit ihr?«

»Bis zur Gerichtsverhandlung bleibt Mette in Untersuchungshaft. Da sie sich ihrer Verhaftung widersetzt hat und mit einem Skalpell auf meinen Kollegen losgegangen ist, musste ich auf sie schießen, um einen weiteren Mord zu verhindern. Sie liegt momentan in der Krankenabteilung.«

»Wie geht es ihr?«

»Die Kugel hat ihr Kniegelenk zerfetzt. Möglicherweise wird sie nur noch mit Krücken gehen können.«

Kindler nickte. Seine Augen schimmerten feucht.

»Im Übrigen wird ein psychologisches Gutachten über ihre Zurechnungsfähigkeit entscheiden. Und wenn ich mich nicht sehr täusche, wird sie mit großer Wahrscheinlichkeit in der geschlossenen Psychiatrie landen.«

Wie ein Schlafwandler wankte Kindler aus Heisenbergs Büro. Sein Rücken war gekrümmt, als müsste er das Gewicht von vier Leichen und seiner verkrüppelten Tochter auf seinen Schultern tragen.

ZWEIUNDZWANZIG

Oktober 2010

Applaus brandete auf. Der koreanische Tenor verbeugte sich. Er hatte die Lieder von Dowland weder stilsicher noch ausdrucksvoll gesungen, aber zumindest alle Töne getroffen.

Robert schielte in das Programmheft seiner Nachbarin zur Linken.

»Sechs Lieder nach Gedichten von Rilke« kamen als Nächstes. Komponiert 1957 von einem gewissen Petr Eben, von dem Robert noch nie gehört hatte. Er setzte sich gerade hin und hob erwartungsvoll die Brauen.

Eine hochgewachsene Frau nahm mit forschen Schritten die Bühne ein. Ihr flaschengrünes Kleid umspielte die schlanke Gestalt. Breitbeinig stellte sie sich in die Ausbuchtung des Flügels. Sie trug unauffällige Schuhe mit flachem Absatz. Wäre ihr Haar nicht zerzaust gewesen wie immer, Robert hätte sie nicht erkannt.

Der Korrepetitor nickte Vera zu und begann mit dem Vorspiel, das wie ein lauer Wind durch den Saal säuselte.

»Vor lauter Lauschen und Staunen …«

Robert staunte. Veras Stimme klang ganz anders, als er sie in Erinnerung hatte. Die Pantherin in ihrer Kehle schien domestiziert zu sein. Der Schleifpapieranteil war auf ein Minimum beschränkt und der Samt zu flauschiger Fülle aufgebürstet.

Erleichtert atmete er auf. Die pure Erotik, die ihre Stimme im Blue Note ausgestrahlt hatte, erdrückte ihn nicht mehr. Er spürte nur noch die Magie, die Vera in diese slawisch angehauchten Melodien wob. Etwas, das ihn im Innersten berührte und ihm das Gefühl von Wärme vermittelte.

Als Joyce Jamesons Klassenabend zu Ende war, wartete Robert geduldig, bis Vera sich von ihren Kollegen verabschiedet hatte und die Aula der Akademie verließ. Im Foyer trat er auf sie zu.

Er überreichte ihr die gelbe Rose, die in seinen Händen schon etwas welk geworden war.

»Robert! Was für eine Überraschung!« Sie lächelte.

»Gratuliere. Du warst großartig.«

Vera schnupperte an der Blume. »Danke. Wie geht's dir?«

»Hast du Hunger?«, fragte er.

Sie nickte.

»Was hältst du davon, wenn ich dich zum Italiener einlade?«

Sie sah ihn fragend an, als müsste sie darüber nachdenken.

»Ich hab mich noch nie bei dir bedankt«, fügte er rasch hinzu, ehe sie ihm eine Absage erteilen konnte. »Weil ich lange nicht wusste, wer mir das Leben gerettet hat. Vor Kurzem habe ich Heisenberg getroffen. Jetzt weiß ich Bescheid.«

Ihre Augen lächelten. »Also gut. Auf zum Italiener!«

Wenig später saßen sie unter einem Fischernetz bei Penne all'arrabbiata und einer Flasche Montepulciano d'Abruzzo.

Bis Robert die erste Nudel aufgespießt hatte, war Veras Portion schon zur Hälfte vertilgt.

»Du hast also mit dem griesgrämigen Kripo-Chef gesprochen?«, fragte sie.

»Ich bin ihm in der Klinik begegnet. Er liegt auf der Onkologie. Magenkrebs.«

Klirrend fiel Veras Gabel auf den Tellerrand. »Oh, das tut mir leid!« Sie tupfte mit der Serviette einen Spritzer Sugo von ihrem Handrücken. »Anlässlich meiner Verhaftung hat er sich zwar von seiner schlechtesten Seite gezeigt, aber am Ende war er sehr nett. Er hat mir sogar Blumen schicken lassen mit einer Karte, auf der er sich ziemlich schwülstig bedankt und entschuldigt hat.« Sie schluckte. »Wird er wieder gesund?«

Robert zuckte mit den Schultern. »Schwer zu sagen. Man hat ihm den Magen entfernt, aber es besteht wohl Verdacht auf Metastasen. Er bekommt eine Chemotherapie und kämpft wie ein alter Löwe.«

»Und ich dachte, er wäre längst in seinem Pensionistendomizil in Spanien.«

»Darüber hat er mir eine hübsche Geschichte erzählt. Am

schwersten habe ihn an seiner Krebsdiagnose getroffen, dass Thea, seine Frau, den Spanienflug stornieren musste. Bis sie ihm gestand, sie sei froh, hierzubleiben. Sie wäre nur ihm zuliebe nach Spanien gezogen. Dabei ...«

»Dabei wollte er nur ihretwegen hin.«

»Genau. Wegen ihrer Arthritis.«

Vera grinste. »Dann hat dieser fiese Krebs wenigstens etwas Positives bewirkt.«

Robert lächelte. »Krebs hat durchaus paartherapeutisches Potenzial. Und er beinhaltet die Möglichkeit zu einem Neustart, wenn man es schafft, das Beste aus der Situation zu machen. Ich glaube, der Alte ist auf einem guten Weg.«

Sie schwiegen und aßen.

»Du bist schmal geworden«, sagte Vera, als ihr Teller leer war.

Robert stocherte in seinen Nudeln. »Die letzten Wochen waren ziemlich dunkel.«

»Es ist Brigittes Selbstmord, der dir zu schaffen macht, nicht wahr?«

»Ich habe sie im Stich gelassen.«

»Hast du dich nicht jahrelang um sie gekümmert? Auch nach der Scheidung?«

»Ja, aber ...«

»Das ist mehr, als die meisten Menschen tun würden. Hat sie es dir gedankt?«

»Nein, aber ...«

»Es ist nicht deine Schuld, Robert. Sie war erwachsen. Du hättest es nicht verhindern können.«

»Das sagt meine Vernunft auch. Mein Herz ist ab und zu anderer Meinung. Beispielsweise wenn ich die Augen meiner Exschwiegermutter vor mir sehe; den Moment, als sie von der Kreuzfahrt zurückkam und ich es ihr beibringen musste.«

Robert spießte drei Nudeln auf. »Aber ich arbeite mich langsam aus dem schwarzen Tunnel heraus. Und sehe wieder Licht.« Er steckte die Gabel in den Mund und kaute.

Dann lächelte er Vera an und zog ein Stück Papier aus der Innentasche seiner Cordjacke.

»Was ist das?«

»Ein Ticket. In zwei Wochen fliege ich nach Australien.«

»Was?«

»Von der Weite dieses Kontinents habe ich schon als Kind geträumt. Und seit ich dem Tod in Gestalt von Mette Kindler knapp entronnen bin, habe ich beschlossen, meine Träume zu leben, anstatt ein Leben lang nur zu träumen.« Robert steckte das Ticket wieder ein.

»Klingt fabelhaft. Und wie lange machst du Urlaub?«

Er winkte mit der Gabel ab. »Kein Urlaub. Ich habe gekündigt.«

Vera starrte ihn mit offenem Mund an.

»Zuerst schaue ich mir zwei Monate lang das Land an, fahre herum und bleibe überall, wo es mir gefällt. Ab Juni arbeite ich für ein Jahr an einem Forschungsprogramm am Royal North Shore Hospital in Sydney mit. Es geht um die Entwicklung von Knochenersatzmaterialien.«

»Und danach? Kommst du zurück?«

»Wer weiß?«

»Das ist ja abgefahren.« Vera erhob ihr Glas. »Auf Australien. Und dass du dort viel Spaß hast.«

»Auf dich und auf die Musik«, sagte Robert.

Mit hellem Klang stießen die Gläser aneinander.

»Ich finde es großartig, dass du dich zu einem Gesangsstudium entschlossen hast«, sagte er.

»Das Leben ist schon komisch. Man zieht aus, um die Geheimnisse der toten Schwester zu lüften, und man entdeckt dabei Geheimnisse, die man ein halbes Leben lang vor sich selbst versteckt hat.«

»Wie meinst du das?«

»Ich habe gemerkt, dass Musik mein Leben ist. Ich will Sängerin werden. Zu Isas Lebzeiten hätte ich das nie gewagt, weil sie immer der musikalische Star in der Familie war. Offensichtlich habe ich Angst gehabt, nicht gegen ihr Talent bestehen zu können. Deshalb habe ich es gleich gar nicht versucht, sondern mich für ein Studium entschieden, das nichts mit Musik gemeinsam hat. Nur den Anfangsbuchstaben.« Sie lachte.

Dann unterhielten sie sich über die besten Jazzsängerinnen aller Zeiten und leerten dabei den Montepulciano.

Roberts Nase zuckte, aber er wandte den Kopf nicht ab. Es war ihm egal.

Vera ist weicher geworden, dachte er auf dem Nachhauseweg. Reifer.

Und er? Hatte er sich auch verändert?

Hatte er etwas dazugelernt?

Nach längerem Grübeln lächelte er zufrieden.

Loslassen. Ich habe das Loslassen gelernt.

***

Hamburg-Ohlsdorf

Der Himmel drückte bleigrau auf die alten Linden des Ohlsdorfer Friedhofs. Wind frischte auf, riss zimtfarbene Blätter ab und peitschte Regen in Veras Gesicht.

Vor dem Stein aus rötlichem Granit blieb sie stehen.

»Isabel Meyring, 21.3.1994–1.6.2010«, war in schwarzen Lettern eingraviert. Die Buchstaben sahen wie neu aus, während die Namen der Großeltern schon verblasst waren. Vera öffnete ihren Rucksack und holte ein sperriges Paket heraus, das in grünes Seidenpapier eingeschlagen war. Sie riss das Papier herunter und zerknüllte es.

»Ich habe dir was mitgebracht«, sagte sie und stellte ein Paar quietschgrüner High Heels unter den Buchsbaum. »Die habe ich kaum getragen. Und es ist deine Lieblingsfarbe.«

Sie setzte sich auf die steinerne Grabeinfassung und sah einem glänzend schwarzen Käfer zu, der sich hinter der schmiedeeisernen Laterne in Sicherheit brachte.

Der Regen ließ langsam nach. Es roch nach feuchter Erde und modrigen Blättern. Ein Versprechen von Winter lag in der Luft.

»Ciao, Schwester.« Vera erhob sich. Ohne sich umzudrehen, bog sie in den Kiesweg ein, auf dem sie hergekommen war.

EPILOG

Endlich sind die Weißkittel gegangen, diese Blutegel und Giftmischer. Vor ihren Augen habe ich brav meine Pillenration in den Mund gesteckt, habe sie wieder ausgespuckt, als die Tür hinter ihnen ins Schloss fiel. Nichts soll meinen Geist heute Nacht träge und gefügig machen.

Ich brauche ungetrübte Sinne, um mein Werk zu vollenden.

Meine Mittel sind primitiv, aber ich habe Zeit. Zeit bis morgen früh.

Morgen werden sie sich fragen, wie ich an die Glasscherbe kommen konnte. Vielleicht werden sie die Hilfsschwester entlassen, die beim Wegräumen des zerbrochenen Glases nicht gut genug aufgepasst hat. Als Ausländerin gibt sie eine willkommene Schuldige ab.

Der letzte Satz meiner Komposition ist kurz, sodass ich ihn in meinen Arm ritzen kann. Schade, dass ich kein Tätowiergerät mehr habe. Nicht einmal eine Nadel. Natürlich wird es nicht halbwegs so kunstvoll, wie ich es mir wünschen würde. Und es wird schmerzhaft sein. Aber Schmerzen sind menschliche Schwächen, die überwunden werden müssen.

Ich rufe mir SEINE Worte ins Gedächtnis, die mir eine Brücke zwischen zwei Abgründen sind: »Von allem Geschriebenen liebe ich nur Das, was Einer mit seinem Blute schreibt. Schreibe mit Blut: und du wirst erfahren, dass Blut Geist ist.«

Ich brauche lange, muss viele Pausen einlegen.

Endlich ist es geschafft. Ich habe die letzten Takte meines Lebenswerks in meinen Körper geritzt.

Es dämmert schon. Ich lege mich auf das Bett, nehme die Glasscherbe und drücke ihre scharfe Kante fest auf meinen Puls, schlitze die Ader der Länge nach auf.

Blut spritzt im Rhythmus meines Herzschlags an die Wand. So viel Blut.

Ich lasse mich in das Pulsieren hineinfallen, schließe die Augen.

NACHBEMERKUNGEN

Eine Tiroler Musikakademie gibt es nicht. Ich habe diese fiktive akademische Einrichtung frecherweise da angesiedelt, wo sich in Wirklichkeit (noch) die Innsbrucker Stadtsäle befinden. Auch das Jazzcafé Blue Note und das Wohnhaus von Mettes Tante auf der Hungerburg sind lediglich meiner Phantasie entsprungen. Die übrigen Schauplätze, Lokale, Sehenswürdigkeiten und Straßennamen entsprechen der Realität, die Hausnummern sind dagegen erfunden.

Ein herzliches Dankeschön geht an meine wunderbaren Testleserinnen Andrea, Bärbel, Kerstin, Susanne und Susan, die die richtigen Fragen gestellt, motiviert, gelobt und konstruktiv kritisiert haben.

Fetten Dank dem weltbesten Schreiblehrer, Rainer Wekwerth, der an diesen Roman geglaubt hat, ehe ich es selbst konnte.

Überaus dankbar bin ich meinen Recherchehelfern, besonders Herrn Dr. Franz Gratl, dem Kustos der Musiksammlung der Tiroler Landesmuseen, Frau Dr. Pia Gigl für die kompetente Beratung im Hinblick auf medizinische Themen und dem Institut für Gerichtliche Medizin der Universität Innsbruck für die geduldige Beantwortung meiner Fragen auf dem Gebiet der Forensik. Eventuelle Fehler, die sich dennoch eingeschlichen haben mögen, gehen selbstverständlich ausschließlich zu meinen Lasten.

Weiters bedanke ich mich aufrichtig bei meiner Literaturagentin Natalja Schmidt und beim gesamten Team des Emons Verlags, besonders bei den Lektorinnen Dr. Marion Heister, Stefanie Rahnfeld und Dr. Christel Steinmetz.

Zum Schluss möchte ich all meinen Freunden danken, die mir verziehen haben, dass sie während der Niederschrift des Romans so sträflich vernachlässigt worden sind.

Lena Avanzini, Innsbruck, November 2010